思想的力量

2024 群众讲给群众听

本书编写组 编

山东友谊出版社·济南

图书在版编目（CIP）数据

思想的力量.2024群众讲给群众听/本书编写组编.—济南：山东友谊出版社，2025.7. — ISBN 978-7-5516-3676-6

Ⅰ.D619.52-53

中国国家版本馆CIP数据核字第2025AK8422号

思想的力量 2024群众讲给群众听
SIXIANG DE LILIANG
2024 QUNZHONG JIANGGEI QUNZHONG TING

责任编辑：肖　杉
装帧设计：刘洪强

主管单位：山东出版传媒股份有限公司
出版发行：山东友谊出版社
　　　　　地址：济南市英雄山路189号　邮政编码：250002
　　　　　电话：出版管理部（0531）82098756
　　　　　　　　发行综合部（0531）82705187
　　　　　网址：www.sdyouyi.com.cn
印　　刷：济南乾丰云印刷科技有限公司

开本：710 mm×1000 mm　1/16
印张：24　　　　　　　　字数：367千字
版次：2025年7月第1版　　印次：2025年7月第1次印刷
定价：72.00元

前　言

思想引领方向，使命凝聚力量。习近平总书记指出："一个民族要走在时代前列，就一刻不能没有理论思维，一刻不能没有正确思想指引。"在中国式现代化建设的生动实践中，在强国建设、民族复兴的伟大征程上，时刻需要加强党的创新理论武装，时刻需要用习近平新时代中国特色社会主义思想凝心铸魂。聚焦这一中心任务，理论宣传宣讲工作责任重大、使命光荣。

近年来，山东深入学习贯彻落实习近平总书记关于理论宣传宣讲工作的重要指示精神，以打造"中国梦"系列百姓宣讲大赛品牌为抓手，积极推动群众讲给群众听，让党的创新理论"飞入寻常百姓家"。大赛突出基层党员群众主体性，创新"宣讲＋"形式，把科学理论融入通俗话语，把抽象道理融入感人故事，把理性思考融入感性场景，推动群众自我展示、自我教育、自我提升，已经连续举办了12届。2024年3月至年底，中共山东省委宣传部联合省委网信办、省委省直机关工委、省总工会、团省委、省妇联、省委教育工委、省国资委、省广电局联合组织开展了"中国梦·新气象·新作为"百姓宣讲暨微视频宣讲大赛。大赛以身边人身边事为切口，把党的创新理论与乡村振兴、基层治理、科技创新等结合起来，集中展现了山东在推进中国式现代化实践中的新担当新作为，集中展现了全省上下团结奋斗、开拓创新取得的新成效新业绩，集中展现了广大干部群众牢记嘱托、奋力争先的新气象新面貌。

——覆盖影响不断扩大。全省各级各部门5万余名党员干部群众踊跃参赛，121名选手脱颖而出，选手中既有模范典型、行业标兵、奥运冠军，也有特战救援队员、非遗传承人、一线工人……他们来自不同行业、不同领域，但都是党的创新理论的坚定信仰者、践行者和传播者。

——青年群体成为主力。参赛选手中青年人占到8成以上，广大青年用青年人的"打开方式"学理论用理论讲理论，以"新"的话语、"活"的讲述、"潮"的形式，宣讲自己的学习感悟和奋斗故事，特别是广大高校大学生也积极参与到宣讲大赛中，为全省理论宣传宣讲工作注入青春活力。

——形式载体拓展创新。深化拓展"宣讲+"模式，结合动漫、曲艺、情景剧、微短剧、微电影多种形式，搭建"宣讲+文艺""宣讲+故事""宣讲+动漫""宣讲+微视频"等多种宣讲场景，让宣讲更加入情入理、可感可知。

——培育机制日趋完善。各地各部门单位以赛代训、以赛促讲，挖掘培育了一大批优秀的基层宣讲人才，创新打造了一批宣讲工作室和宣讲孵化中心，形成了选拔—培育—孵化—展示—评估的人才培育闭环，为基层理论宣传宣讲工作赋能聚力。

为进一步提升百姓宣讲影响力、扩大基层宣讲覆盖面，现将2024年山东省"中国梦·新气象·新作为"百姓宣讲暨微视频宣讲大赛的优秀参赛作品汇集成册。本书内容分为理论类、故事类、曲艺类、视频类四部分，其中理论宣讲作品24个、故事宣讲作品56个、曲艺宣讲作品22个，微视频宣讲105个。本书图文并茂，并附有现场宣讲视频和获奖微视频二维码，现结集出版供参考。

目录

理论类

真理与传统的碰撞 …………………………………………… 003

传承好家风　逐梦新时代 …………………………………… 007

奋力书写为中国式现代化挺膺担当的青春篇章 …………… 010

改革"问民" …………………………………………………… 014

为万千家庭增添"廉"动力　为崭新时代涵养"清"风气 … 018

从"朋友圈"看文化自信的底气来源 ……………………… 021

以钉钉子精神抓好改革落实 ………………………………… 024

以乡村产业振兴助力乡村全面振兴 ………………………… 027

从三重维度理解"新质生产力" …………………………… 030

让中华文化主体性的旗帜高高飘扬 ………………………… 033

以新质生产力推进中国式现代化 …………………………… 036

改变中国的"第二个结合" ………………………………… 039

做"一眼就看得出来"的共产党员 ………………………… 042

牢记"三个务必"，书写新时代答卷 046

跟随总书记的足迹寻找生态之道 049

文化遗产的"活态传承" 052

因地制宜发展新质生产力是方向更是责任 055

学习贯彻习近平文化思想 勇担新时代文化使命 059

自我革命：中国共产党的长青之道 062

自我革命：跳出历史周期率的新时代答案 065

坚持好运用好贯穿于习近平新时代中国特色
社会主义思想的立场观点方法 068

积极培育践行中国特色金融文化 071

向"新"而行 以"质"致远 074

坚持以人民为中心的发展思想 078

故事类

技校生也能闯出一片天 085

我在齐国故都办研学 088

从"最初一公里"到"最后一公里" 091

我，该怎样的活着 094

"钢铁侠"炼成记 097

海贝姑娘	100
当好沂蒙精神宣讲员	104
让"山钢红"在"一带一路"上绽放	107
一臂之力	110
致敬英雄	113
盾构机　山东造	116
天下谁人不识"军"	119
我在砣矶岛的28年	122
小金娃上春晚	125
传承	128
带着龙虾下"疆南"	131
做一名助力乡村振兴的新农人	134
特战救援　蛟龙出海	137
四代人的坚守	140
甘做降服炸弹的孤勇者	143
我在你身边	146
无名卫士	149
我和一群特殊孩子的故事	152
把微笑带给学生	155
焊花飞舞的"工匠路"	158
逆行之旅	161

90后女村支书乡间逐梦 164

党员之家的故事 167

绣针上的非遗——兖绣技艺传承之路 170

最后的托举 173

心中的那一粒粮 175

成为那道光 179

我在基层写青春 182

做"老区花园"的红色园丁 185

我"嫁"给了西墙峪 188

锦鲤姑娘 191

一辈子只干一件事 194

把"盐碱地"变成"聚宝盆"的土专家 197

小铜箔成重器 200

我在古村做讲解 203

心结 206

刘公岛消防救援站的"传家宝" 209

翻山越岭 为爱而来 213

把青春书写在共和国最年轻的土地上 216

劳动托起新中国 219

丹桂飘香 愿做百姓暖心法官 222

为了那一声声"妈妈"的呼唤 225

"三件事"和"一件事"里的师道传承 ······ 228

争做泰山挑山工 迈出时代新征程 ······ 231

万里归途接你回家 ······ 234

痴迷微生物的采油专家 ······ 236

永远的为民 ······ 239

用心中大爱书写央企员工的社会担当 ······ 242

一个人的追光之路 ······ 245

初心绘就梦想 微善聚成大爱 ······ 248

永不褪色的铁路精神薪火永续 ······ 251

曲艺类

我们村的共富路（快板小品） ······ 257

"放牛娃"的科学梦（双书对唱） ······ 261

在路上（快板书） ······ 265

日照蓝（小品） ······ 271

让爱回归（渔鼓戏小品） ······ 275

百炼成钢（快板书） ······ 279

星星跟着月亮走（青岛柳腔） ······ 288

桃花的爱（对口数来宝） ······ 292

快乐直播间（相声） ······ 297

黄河颂（京韵大鼓） 302

三句话（板书对唱） 305

挖井记（板书对唱） 311

社区情深大碗茶（山东快板） 316

唱"刮风"（快板书） 320

地摊书记（对口快板） 323

一张办公桌（山东快书） 330

人间处处充满爱（山东琴书） 336

心愿（情景剧） 339

守黄河之水·筑梦想齐鲁（现代说唱） 343

"心动力"直播间（情景剧） 348

海油父子（小品） 353

"跑"与"不跑"（山东琴书） 357

视频类

山东省"中国梦·新气象·新作为"微视频宣讲大赛作品 363

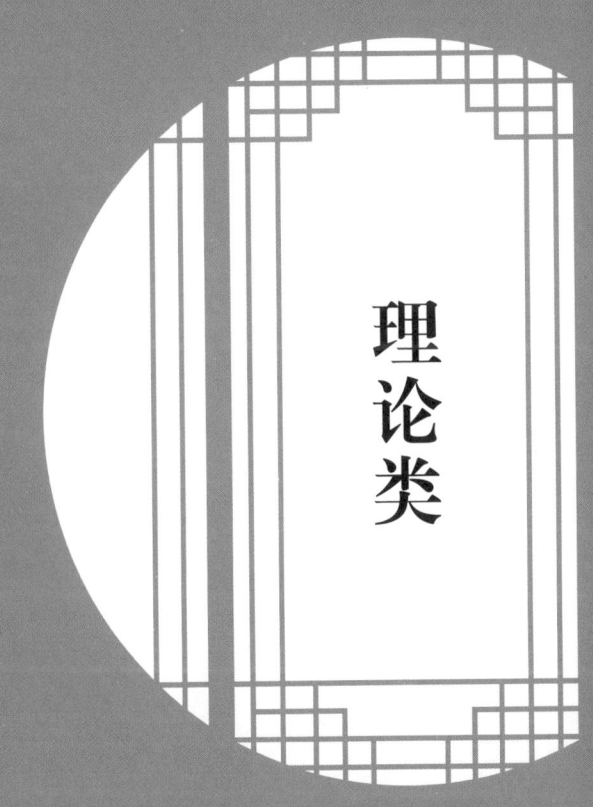

理论类

真理与传统的碰撞
——深刻把握"第二个结合"

巨顺天/烟台经济技术开发区自来水有限公司职员

与大家设想这样一个问题：如果穿越2000年的时空，马克思与孔子二人面对面畅聊，会碰撞出怎样的思想火花呢？1925年郭沫若先生写了一篇文章《马克思进文庙》，讲述了马克思亲赴文庙向孔子讨教的故事。文庙中的孔子用"有朋自远方来，不亦乐乎"的开场白，欢迎远道而来的马克思。马克思说："我是特为领教而来，我们的主义已经传到你们中国，我希望在中国能够实现。"在经过一番长谈后，孔子不禁对马克思惊叹："你这个理想社会和我的大同世界竟是不谋而合。"而马克思也对孔子感叹："我不想在两千年前，在远远的东方，已经有了你这样的一个老同志！你我的见解完全是一致的。"

这虽然是一篇虚构的穿越文，但马克思与孔子的历史性"相遇"绝非偶然。在"第一个结合"的基础上，习近平总书记又明确提出"马克思主义基本原理同中华优秀传统文化相结合"的重大命题。我们不禁要问，170多年前诞生于欧洲的马克思主义和中华优秀传统文化为什么能结合？为什么要结合？怎样结合？带着这些问题，我们一起进入今天的宣讲。

一、缘何可能：知其"结合"的契合性

为什么能够结合？"马克思主义和中华优秀传统文化来源不同，但彼此存在高度的契合性。"习近平总书记在文化传承发展座谈会上的重要讲话，揭示了两者相结合的逻辑必然。

长沙岳麓书院的一个标志性文物是一块写着"实事求是"的匾额。实事求是最早出自《汉书》，本意讲的是一种治学态度。青年毛泽东曾多次寄读岳麓书院，这块匾额对他的影响非常大。在之后不断的实践中，毛泽东运用马克思主义的观点赋予了实事求是新的内涵。2020年9月，正在湖南考察的习近平总书记来到岳麓书院，久久凝望着这块匾额，语重心长地说："一定要把真理本土化。"真理本土化的过程，就是科学理论植根中华民族文化沃土的过程。

从"民惟邦本，本固邦宁"到坚持以人民为中心；从"周虽旧邦，其命维新"到全面深化改革；从"天人合一，道法自然"到促进人与自然和谐共生；从"协和万邦，天下大同"到推动构建人类命运共同体……

正如哲学家艾思奇所说："中华民族和它的优秀传统中本来早就有着马克思主义的种子。"

正是两者的梦幻联动，使马克思主义能够深深扎根中国大地开花结果，从而开辟了马克思主义中国化、时代化新境界。

二、为何结合：知其"结合"的必要性

那这二者为什么要结合呢？习近平总书记曾深刻指出："没有文化的繁荣兴盛，就没有中华民族伟大复兴。"

中华文化源远流长、博大精深，为人类文明进步作出了不可磨灭的贡献。但鸦片战争后，落后挨打的局面引发了人们对本国文化的反思，对中华传统文化采取全盘否定的态度。及至改革开放打开了国门，西方文化又一次大量涌入，盲目崇拜西方的现象一度甚嚣尘上，甚至产生了"现代化=西方化"的错误认识。怎样对待本国历史？怎样对待西方文明？站在建设中国式现代化的当下，我们要走出一条什么样的路？这些问题到了必须彻底解决的时刻。

在这个重大历史节点上，习近平总书记明确提出"'第二个结合'是又一次的思想解放"的重大论断，为人们廓清了思想迷雾，拓展了中国特色社会主义的历史纵深，让我们明白了这条道路从哪里来，要走向何方的重大问题。如果说，46年前的真理标准大讨论，驱散了人们思想的迷雾，实现了党和国家事业的伟大转折，那么"第二个结合"作为又一次的思想解放，也必将推动中国式现代化和建设中华民族现代文明创造新的辉煌。

三、如何实现：知其"结合"的实现性

那二者如何实现结合呢？党的二十大报告鲜明指出：把马克思主义思想精髓同中华优秀传统文化精华贯通起来、同人民群众日用而不觉的共同价值观念融通起来。"贯通"与"融通"，体现了对二者结合的深刻洞察。

去年的端午节，杭州西湖的一位姑娘火遍了全网，她身穿汉服，与路人问答，免费赠送荷花，被路人拍了视频发到网上后引发了大量关注。面对意外的走红，她说了一句："我不火，火的只是传统文化。"这句话再次登上了热搜，很多网友回应道："这是真正的文化自信！"

今年5月，习近平总书记在山东考察时，嘱托山东要担负起新时代的文化使命。这是党和国家赋予山东的光荣使命。

从尼山世界文明论坛连续十届的成功举办，到国家一级博物馆数量全国第一；从"山东手造"的深入人心到"数字+文化"的创新发展；从13亿字大型文献《齐鲁文库》的成功编纂到《大河之洲》获全球纪录片最高奖项，山东始终在用实际行动践行着总书记的嘱托，为建设中华民族现代文明贡献山东力量和山东智慧。

"第二个结合"不仅激活了几千年的中华文明，赋予马克思主义以鲜明的中国特色，而且让我们能够在更广阔的文化空间中，探索面向未来的理论和制度创新。

对过去的守望，亦是对未来的奔赴。中国正在从历史走向未来，我们要深刻领会"第二个结合"的重大意义，扬起思想解放的风帆，开启文化创新的航程，我们必将创造光耀时代、光耀世界的中华民族现代文明。

（理论类一等奖）

传承好家风　逐梦新时代

王浩然/泰安市泰山区文化路小学教师

前段时间有一个朋友问我，假如你就要离世了，你想留给你的孩子一句话，能够让他更好地活在这个世界上，请问你要跟他说什么？我说是银行卡密码吗？他说不是的。

随后，他与我分享了这样一则故事：苏东坡的曾祖父苏杲，擅长理财，家道殷富，可是他却把多余的钱财都施舍出去了。临终时，他给孩子留下了什么呢？两顷薄田和一间未修葺的破房子。

在苏杲看来，给子孙留金留银，不如留个好家风，好教诲。当时人们觉得他傻，但后来证明，他是对的，他的儿孙，一个比一个有出息。与朋友一席话，我豁然开朗：比起万贯家财，家风，才是一个家庭最宝贵的财富。

明晰家风内涵，引领时代风尚

细品家风之韵，其意深远而厚重，不仅承载着家族血脉的延续，更是精神的灯塔，照亮后辈前行的征途。步入新时代，家风融合了传统美德与现代价值，被赋予了多元化、深层次的内涵使命。它不再局限于家族之内，而是跨越至社会和谐、民族复兴的广阔天地。西南民族大学的徐华教授曾将"苏氏"家训浓缩为"勤、孝、忠、廉、礼"五字，而新时代的家风，更需融入"孝顺仁爱以立德、诚实守信以立人、勤奋进取以立业"的蕴意，使之成为引领时代风尚的强大力量。

党的二十大报告将"加强家庭家教家风建设"作为"推进文化自信自强，铸就社会主义文化新辉煌"的重要内容加以强调。因此，我们必须高度重视家风建设，将其作为一项长期而艰巨的任务来抓——家风正，则民风淳；民风淳，则社稷兴。

注重家庭教育，践行时代要求

《易经·家人卦》讲到，"家人有严君焉，父母之谓也"。家长的思想品德、行为模式等，对于家风的走向、子女的成长起着榜样和引领作用。作为家长，应该把美好的道德观念从小就传递给孩子，引导他们有做人的气节和骨气，帮助他们形成美好心灵，促使他们健康成长，长大后成为对国家和人民有用的人。中国古代流传下来的孟母三迁、岳母刺字、画荻教子等故事讲的就是这样的道理。

说到这里，我不禁有些后怕。我儿子年纪小，吃饭的时候总是不好好吃，为了转移他的注意力，我就用手机给他放短视频，长此以往，每回吃饭都必须要看手机，我用了半年的时间，才慢慢给他改掉这个坏习惯。相信不只是我，很多家庭也出现过这种情况。"问题儿童"大都源于"问题家长"。孩子出了"问题"，家长要"反躬自省""扪心自问"，从自己身上找根源：有没有为了图省劲儿，让孩子自己玩手机呢？育人先育己，家庭教育不仅是言传，更是身教。一辈做给一辈看，一辈讲给一辈听，长辈带头践行，对孩子进行熏陶、教化，才能形成良好的家风家教，践行"帮助孩子扣好人生的'第一粒扣子'，迈好人生的第一个台阶"的时代要求。

集结社会合力，汇聚时代力量

家风传承，家庭教育是基础，学校教育是升华。作为教师，我们致力于将家风教育融入课堂，经常组织开展"说家风·话家训"主题班会、"好家风伴我成长"手抄报创作等系列教育实践活动，让传承"家风家训"变成润泽学生心灵、助力学生成长的无形力量。此外，社会各界也应积极参与到家风建设事业中来，通过多种形式、多种渠道传播好家风、弘扬正能量。我的爱人也是一名"基层理论宣讲员"，业余时间，我们一起走进社区、走进农村、走进企业，让新时代好家风吹进千家万户。唯有全社会共同努力、持续推动，才能在新时代的大潮中培养出更多具有优良家风的家庭，为社会的和谐稳定与繁荣发展贡献力量。

新时代新征程，我们必须坚持把家风传承作为培育和践行社会主义核心价值观的重要支点，肩负起文化自信的时代担当，共建中国梦、共展新气象、共创新作为！正如习近平总书记所指出的："不论时代发生多大变化，不论生活格局发生多大变化，我们都要重视家庭建设，注重家庭、注重家教、注重家风"，"努力培养堪当民族复兴重任，勇于创造世界奇迹的国之栋梁。"

（理论类一等奖）

奋力书写为中国式现代化挺膺担当的青春篇章

王鹏翔/中国石油大学（华东）马克思主义学院形势与政策教研室主任

今天我想跟大家分享的关键词是青春与中国式现代化。

何为新时代中国青年？新时代中国青年何为？成为青年一代在进一步全面深化改革、推进中国式现代化征程上理应思考和回答的两个命题。

针对这两个问题，我想跟大家一起在《论党的青年工作》一书中寻找答案。

通过年度词频统计我们可以发现，习近平总书记对于青年群体关注的维度随着时代的发展也在不断变化。

当我们把整本书做一个词频统计，中国、教育、社会主义、人民、中华民族等关键词位于前列。

结合书中有关这些关键词的相关论述，我们就可回答清楚第一个问题：何为新时代中国青年，也就是作为新时代中国青年，我们该有什么样的角色定位。

首先，我们是社会的活力之源。这一点很好理解。因为我们年轻、有活力，是朝气蓬勃的一代。

那为什么又称我们是党和人民事业发展的生力军与突击队、国家和民族的希望呢？

首先我们来看两个时间点，一个是2035年，基本实现社会主义现代化。一个是本世纪中叶，全面建成社会主义现代化强国。大家思考一下，2035年到本世纪中叶，我们处于一个什么样的年龄阶段呢？很多青年会回答是35-50岁之间。对于个人来讲，30-50岁是我们事业发展、个人成长的关键时期，而这个时期与我们全面建成社会主义现代化强国的关键时期是紧密结合在一起的。

也就是说，我们的第二个百年奋斗目标能否实现以及实现的效果如何，在很大程度上取决于这一时期的社会中坚力量，也就是当前的青年一代。我们身上肩负着中华民族伟大复兴的光荣使命，所以我们是党和人民事业发展的生力军与突击队，是国家和民族的希望。

如何理解我们的第四个角色定位"世界的未来"呢？

我们先来回顾一个去年火遍全网的短视频《逃出大英博物馆》。不知道大家是否关注到，当这部短视频火了以后，很快在网络上兴起了一股热潮，那就是国内外各种up主都去拍摄同种类型题材的短视频"让文物回家"。抛开蹭流量这一个因素，大家思考一下其深层次的原因是什么？那就是新时代的中国青年，在当今国际世界的舞台上有足够的勇气和能力，不仅可以发出声音，而且还能引领着世界青年的思想方向，我们成为了世界的未来。

新时代青年又当何为呢？结合这本书，可以从三个方面进行理解。

一是用"理想"烛照"现实"。黄文秀是我们这一代青年的精神偶像。2019年7月，在黄文秀牺牲后不到一个月，我来到了广西，拥有了跟黄文秀一样的身份——"选调生"。黄文秀的事迹也给予了我们这一批选调生不竭的精神动力。

她的一件遗物，也就是我手里拿的这本《驻村日记》给了我莫大的震撼。看到她生前的遗物，我不禁发出了这样的疑问：何等信念，才能像她那样放弃"小我"选择"大我"！何等担当，才能像她那样将党和人民的事业放在更重要的位置！何等情怀，才能像她那样把原本陌生的贫困户当成自己最亲的亲人！

慢慢地，我开始理解了这些问题的答案，这就是她心中所坚持的"长征"——不获全胜、决不收兵。这个答案也在告诉我们：新时代，青年一代更应当把理想信念根植于现实，转化为新时代干事创业的不竭动力和执着追求，为实现中华民族伟大复兴奠定更加牢固的思想基础。

二是靠科学解决"问题"。一场突如其来的新冠疫情成为全世界的巨大挑战。不少西方国家借病毒溯源来抹黑中国在国际上的大国形象。面对这些错误的言论，中国青年科技工作者协会连同993名会员，向世界卫生组织发送了一封公开信，信中提到："我们认为，病毒溯源是严谨的科学问题，不宜受政治因素干扰。政治不能凌驾于科学之上。"对某些国家裹挟有关组织将病毒溯源政治化的行径表示强烈愤慨，向国际社会发出了中国青年的声音。

一封小小的公开信引起海内外广泛关注。这些青年科技工作者用实际行动告诉我们，作为新时代的中国青年，面对错综复杂的国际形势，我们更应当筑牢信仰之基、补足精神之钙、把稳思想之舵，以此来辨析形形色色的社会思潮，来分析纷繁复杂的社会现象，发出正确的声音、捍卫祖国的形象。

三是以"小我"成就"大我"。假如，现在你在北京有了一份安稳的工作，你还会选择到农村去种地吗？魏巧和她的丈夫给出的答案是肯定的。

2017年，身为土壤学硕士的魏巧和农学博士的丈夫孙振中，分别辞去中国科学院和北京大学的工作，来到家乡的2万多亩农田上，成为国内最早的一批数字化农田种植的探索者。他们以技术培训、就业帮扶等累计带动脱贫人数3000多人，有效带动了周边农民致富。习近平总书记是这样评价他们的："像魏巧这样的同志到农村去，很好！"这既是对青年人投身乡村振兴给予最大的勉励与支持，也是新时代青年立足主战场贡献青年力量的一个缩影。

魏巧和她丈夫的故事告诉我们，作为新时代的中国青年，我们理应自觉听从党和人民的召唤，到新时代新天地中去施展抱负、建功立业，把个人理想与人民福祉联系在一起，让个人的奋斗方向与时代同向同行。

最后，我想借用习近平总书记在今年五四青年节前夕寄语青年的一段话作为本次宣讲的结尾："奋力书写为中国式现代化挺膺担当的青春篇章。"

（理论类一等奖）

改革"问民"

刘　洋/济南市委党校讲师

改革接力，击鼓催征——

2024年盛夏7月，党的二十届三中全会审议通过了《中共中央关于进一步全面深化改革、推进中国式现代化的决定》。

从"进一步"三个字中，我们读出中国改革主打一个历史主动、讲究一个战略定力！

从"中国式"三个字中，我们读出中国改革进入了又一个摸石头、渡险滩的深水区。

改革，是改革者的通行证。唯有持续改革，才能冲破迷雾，过关斩将。

为谁而改？人民至上！

习近平总书记强调，"为了人民而改革，改革才有意义；依靠人民而改革，改革才有动力"。有了"人民至上"这个答案，深化改革的新征程，就等于注入了一针"醒脑剂"，升维思考，豁然开朗，出离盲区。

为谁而改？这不是一个简单的问题。这更像一个哲学命题，不断追问，这个党从哪里来？到哪里去？这个党何以兴立？何以常青？

人民至上，这也不是一个粗浅的回答。改革"为民"，必然要举政"问民"，即问需于民、问计于民、问效于民，做好这"三问"，中国共产党的执政才是逻辑自洽的、才是治理闭环的。

一、改革改什么？要"问需于民"

真改革，必须解决真问题。

作为改革的切口，真问题往往就是民生的"金钥匙"。选择从哪里下手改革，先要问问百姓的痛点、难点在哪里。

所谓民之所盼，我必行之。

2024年5月，习近平总书记踏上了日照28公里的阳光海岸绿道，这条绿道循岸线，连山海，穿松林，过村居，是一条人与自然和谐共生的生态路，也是一条宜居宜游的活力路，它串起了人们的幸福生活。在这次调研中，总书记指出："建设绿道应市民所需，是得民心之事"，"生态环境好，老百姓就多了一份实实在在的幸福感"。

绿色健康，生态环保，在民生需求中具有越来越大的分量。

近年来，"大气十条""水十条""土十条"相继实施，绿水青山就是金山银山的理念，已经成为实打实的"中国共识"和"全民行动"。

坚持以人民为中心推进改革，就要笃定"老百姓关心什么、期盼什么，改革就要抓住什么、推进什么"。

二、改革怎么改？要"问计于民"

知屋漏者在宇下，知政失者在草野。

40多年来，改革开放每一个领域和环节经验的创造和积累，无不来自亿万人民的智慧和实践。

当下很多顶层设计，往往来自基层方案。

为起草好"十四五"规划建议稿，2020年9月，习近平总书记在长沙主持召开基层代表座谈会，会上的一句话掷地有声："正确的道路从哪里来？从群众中来。"

党的十八大以来，习近平总书记走遍了大江南北，深入城市、农村、高校、企业、科研机构，多次同基层代表、专家学者、民营企业家等座谈，听取意见建议。

今年5月，习近平总书记在济南主持召开企业和专家座谈会时指出："党中央作出重大决策、制定重要文件，都深入调研，广泛听取各方面意见，这是我们党的一贯做法和优良传统。"

群众有智慧，答案在一线。2015年至今年4月，全国人大常委会法工委先后就183件次法律草案向全国各地基层立法联系点征求意见27880多条，其中有3200多条被立法研究采纳，有力推动民法典、个人所得税法、人口与计划生育法等一系列重要法律制度的制定、修改。

坚持以人民为中心推进改革，就要尊重基层和群众首创精神，这是改革最坚实的依托、最强大的底气、最澎湃的动力。

三、改革改得怎样？要"问效于民"

俗话说，金杯银杯不如老百姓的口碑。人民的获得感，就是改革的含金量。由人民群众来检验和评判改革，是"人民创造历史"的理论逻辑使然，也是"以人民为中心"的实践逻辑必然。

当下的改革发展环境，要么"百年未遇"，要么"风高浪急"。百年党史经验告诉我们，越是面临复杂局面，越是应对重大挑战，越要站稳人民立场，越要让人民群众作为阅卷人。

习近平总书记一再强调："让群众满意是我们党做好一切工作的价值取向和根本标准，群众意见是一把最好的尺子。"由人民来检验改革成色，意味着改革不仅要抓宏观大事，也要抓与群众息息相关的"小事"。

群众事，无小事。尤其进入新发展阶段之后，人民群众对于美好生活的向往，往往就体现在一纸证明、一个挂号等类似小事中。很多时候，小事办不好，最终会坏了大事。党的二十届三中全会所聚焦的收入分配制度、就业优先政策、社会保障体系等，在日常状态何尝不是以一些"民生琐事"的形式存在，然而这些琐事的集合，却汇聚为人的全面发展，汇聚为人民的共同富裕，汇聚为中国式现代化里的"民生为大"。

问需于民、问计于民、问效于民，成就了"改革大业"的民本气质。

江山就是人民，人民就是江山——

40多年来，从"一部分人先富起来"，到"先富带动后富"，做好改革"问民"，一定会让全体人民共同富裕的康庄大道越走越宽广。

（理论类二等奖）

为万千家庭增添"廉"动力
为崭新时代涵养"清"风气

王亚丽 / 昌邑市委党校教务科科长

古人曾言："一家仁，一国兴仁；一家让，一国兴让。"家风不仅是一个家庭的精神基石，更是整个社会的微观缩影。习近平总书记于党的二十大报告中着重强调："弘扬中华传统美德，加强家庭家教家风建设。"足见家风建设意义非凡。

党员干部的家风，恰似党风廉政建设的"指示灯"，又如社会风气的"瞭望塔"。重视家风建设，既是中华民族传统美德的延续，也是中国共产党优良作风的传承。党员干部应依照《关于加强新时代廉洁文化建设的意见》，自觉培养清正廉洁的道德品质，严私德、守公德、明大德，将廉洁要求融入日常工作的方方面面，把家风建设视作自身作风建设的重要环节。

廉洁家风"严私德"，勾勒清白人生底色

林则徐曾言："子孙若如我，留钱做什么？贤而多财，则损其志；子孙不如我，留钱做什么？愚而多财，益增其过。"家庭作为社会的基本细胞，是个人成长的第一课堂，也是最能雕琢人的精神风貌之所。人之初皆似一张纯净宣纸，正是家风为其渲染出人生的初始色彩。

清代书画家郑板桥，以其清正廉洁的为官之道和独特的艺术风格闻名于世。他重视对子女的教育，要求子女要自立自强，不可依赖父辈的声名财富。这种清正廉洁、自立自强的家风，深深影响着郑氏后人。受其影响，郑氏子孙始终秉持着廉洁自律、勤奋努力的品质，在各自的岗位上兢兢业业，以实际行动践行"严私德"。在人生起步之时便注入廉洁的"疫苗"，构筑起正风肃纪的坚固"堡垒"，勾勒出清白的人生底色。

涵养良好家风就是砥砺品行的"磨刀石"。

廉洁家风"守公德"，激扬清正党风政风

家风正则党风正、政风清。其身正，不令而行；其身不正，虽令不从。党员干部作为党风的引领者、政风的示范者，理当带头树立廉洁家风，在醇厚家风中培育刚正作风，积极"守公德"，引领营造家风清正、政风廉明的良好局面。好家规造就好家风，好家风成就好家庭。家风关联作风，作风影响党风。

在新中国成立之初，毛泽东同志为自己定下了三条原则——"恋亲不为亲徇私，念旧不为旧谋利，济亲不为亲撑腰"，在当时为全党同志妥善处理公权与亲情的关系树立了典范。作为党员干部，应以伟人之风范处世，以常人之心态律己，始终保持政治定力。紧绷纪律之弦，增强不敢腐的行动自觉；抵御诱惑之念，筑牢不能腐的思想防线；夯实觉悟之基，坚定不想腐的理想信念。修好家风课，过好廉洁关，在思想上划出红线，在行为上明确界限，廉洁修身、廉洁齐家，正好家风、管好家人、处好家事，在行动上当好表率。

涵养良好家风就是抵御贪腐的"防火墙"。

廉洁家风"明大德"，培育清新时代风尚

"忠厚传家久，诗书济世长"，古往今来，廉洁家风一直在潜移默化中影响着一代又一代中国人的价值取向，激荡引领着时代的新风尚，凝聚起磅礴的正能量。家风是社会风气的重要组成部分，老一辈革命家在培育良好家风方面，为我们作出了榜样。

兰考县委原书记焦裕禄同志，虽然已经离世多年，但焦家"任何时候都不搞特殊化"的家风，至今仍在传颂。这般家风，不仅高山仰止、源远流长、光照后人，也让共产党人的精神家园更为丰沛，让廉洁家风的时代内涵更为丰实。

这些优秀干部，无一不是廉洁勤政的楷模，他们能够"严私德"，更能"明大德"。他们以"心中装着全体人民、唯独没有他自己"的公仆情怀，诠释了"为官一任，造福一方"的责任与担当。作为党员干部，要引领家庭成员自我约束，让淳朴家风与优良党风同频共振。

涵养良好家风就是社会风气的"助推器"

于喧嚣中保持宁静，在浮华时坚守质朴，廉洁家风始终是赓续红色血脉、涵养时代新风的精神源泉。生逢盛世，沐浴清风，让我们永远保持共产党人的清廉本真，着眼于日常工作的细微之处，为万千家庭增添"廉"动力，为崭新时代涵养"清"风气！

（理论类二等奖）

从"朋友圈"看文化自信的底气来源

李 聪/费县县委党性教育服务中心副主任

前阵子,全红婵在巴黎奥运会以"拿捏"手势炫耀金牌的照片在大家的"朋友圈"纷纷刷屏。在女子双人10米跳台决赛中,她与搭档陈芋汐携手夺得的这枚金牌,不仅是中国跳水队历史上的第50枚奥运金牌,更实现了中国代表团在奥运会该项目上的七连冠。全红婵的"拿捏"手势不仅展示了她对金牌的自信与掌控感,更体现了年轻一代敢于展现自我、追求梦想的精神风貌。而这"拿捏"手势的背后,蕴含着深厚的文化自信。

文化自信是指一个民族、一个国家以及一个政党对自身文化价值的充分肯定和积极践行,并对其文化的生命力持有的坚定信心。习近平总书记指出:"在5000多年文明发展中孕育的中华优秀传统文化,在党和人民伟大斗争中孕育的革命文化和社会主义先进文化,积淀着中华民族最深层的精神追求,代表着中华民族独特的精神标识。"今天,我将会带着大家在"朋友圈"这样一个与新时代同步的社交平台上找一找"文化自信"的底气来源。

首先,中华优秀传统文化是文化自信的根脉。中华文明探源工程等重大研究成果,实证了我国"百万年的人类史、一万年的文化史、五千多年的文明史"。而在这悠久的历史中,中华优秀传统文化从宏观到微观都有自己丰厚的内涵。"朋友圈"里展现出的中华优秀传统文化区别于以往的刻板印象,已经从"外化于形"向"内化于心"进行转变,具有更多样的形式和更丰富的内涵。所以我才会刷到这样的"朋友圈"——里面提到琅琊古城的演出不仅让观看者震撼,同时还激发了观看者的自豪感。所以我们大家才会在"朋友圈"里看到"新中式"服装成为越来越多人的"心头好",看到"围炉煮茶""八段锦"成为青年社交新宠,看到《国家宝藏》《万卷风雅集》等文化类节目频频"出圈"……没有悠久的历史，文化会显得"气虚"，没有对优秀传统文化的创造性转化、创新性发展，也不可能充分唤醒当代人体内沉睡的文化基因。加强对中华优秀传统文化的当代阐发，把具有当代价值和永恒魅力的文化精髓加以弘扬，对传统观念及其传播方式进行重构，使中华优秀传统文化融入当下，构成我们今天社会生活与实践的现实内容和推动力，才能为实现中国式现代化和民族复兴伟业汇聚精神力量。

其次，革命文化是文化自信的魂脉。革命文化是中国共产党领导中国人民在伟大斗争中构建的文化，是以马克思主义为指导，以"革命"为精神内核和价值取向，继承中华优秀传统文化，借鉴世界优秀文明成果，具有鲜明中国特色的先进文化，蕴藏着"过去我们为什么能够成功"的基因密码，更标定"未来我们怎样才能继续成功"的方向路标。历史从未被忘记，这条"朋友圈"是山东青年政治学院的一位同学听了我们沂蒙精神党课后分享的认同和感动。新时代，以"红色"为主题的活动更是深深嵌入了社会生活，被随手记录在"朋友圈"里，比如观看《觉醒年代》《长津湖》等红色作品后产生的感悟，解读英雄故事背后的家国情怀，分享红色经典歌曲的演唱片段，发布参观红色纪念场馆的现场照片……走好新的赶考之路，更需要从革命文化中汲取那股革命加拼命的强大精神，从中汲取奋进新征程的智慧和力量，书写强国建设、民族复兴的崭新篇章。

再次，社会主义先进文化是文化自信的命脉。社会主义先进文化是以马克思主义为指导，以培育有理想、有道德、有文化、有纪律的社会主义公民为目标，面向现代化、面向世界、面向未来的，民族的科学的大众的文化。还记得"朋友圈"里对浩瀚星空的探索吗？中国神舟十八号载人飞船的成功发射，不仅标志着中国航天事业的一个新里程碑，也是国家科技力量和综合国力的显著体现，展现了社会主义先进文化面向世界的开放姿态。大家"朋友圈"里也不乏以社会主义核心价值观为内容的正能量视频，将传统文化元素融入现代设计的艺术作品，参与艺术展览、文化讲座甚至参与国际文化交流的经历和感受……习近平总书记在党的二十大报告中明确提出"推进文化自信自强，铸就社会主义文化新辉煌"的重大任务。文化自强是文化自信的价值目标与发展指向，要不断增强自身文化的吸引力、凝聚力，坚持以爱国主义为核心，更好构筑中国精神；要努力提升自身文化的创造力、竞争力，坚持以建设核心价值观为支撑，更好构筑中国价值；要日益扩大自身文化的影响力、感召力，坚持以提高国家文化软实力为重点，更好构筑中国力量。

"问渠那得清如许，为有源头活水来。"党的二十届三中全会通过的《中共中央关于进一步全面深化改革、推进中国式现代化的决定》中更加明确："中国式现代化是物质文明和精神文明相协调的现代化。必须增强文化自信，发展社会主义先进文化，弘扬革命文化，传承中华优秀传统文化，加快适应信息技术迅猛发展新形势，培育形成规模宏大的优秀文化人才队伍，激发全民族文化创新创造活力。"这就要求我们深入挖掘运用中华文化丰富宝藏，使激活传统与弘扬传统相结合、历史与现实相结合，厚植理论创新的历史根基、文化血脉，提出更多蕴含中国智慧、体现中国精神的思想观点，赋予党的创新理论鲜明的中国特色，为中华文明增添新的生机活力，为人类文明发展进步贡献思想力量。慢慢地，你会发现，不止我的"朋友圈"、我们的"朋友圈"，甚至中国的"朋友圈"都将被中华文化刷屏，而中华文化血脉也将融进世界文明的"主动脉"，中国人民必将在建设社会主义文化强国之路上，书写更加辉煌的文化篇章，让世界看到更多元的中国故事，听到更多彩的中国声音。

（理论类二等奖）

以钉钉子精神抓好改革落实

颜春倩/阳谷县第一初级中学教师

党的二十届三中全会审议通过的《中共中央关于进一步全面深化改革、推进中国式现代化的决定》强调"以钉钉子精神抓好改革落实",并就全党如何抓落实、如何检验改革成效等提出了明确要求。

"发扬钉钉子精神"是习近平总书记反复倡导的一种工作方法。钉钉子,看似是简单动作,实则蕴含深刻哲理。钉钉子往往不是一锤子就能钉好的,而是要一锤一锤接着敲,直到把钉子钉实钉牢。那么,如何以钉钉子精神抓好改革落实呢?

一、发扬钉钉子精神抓好改革落实,必须"钉得准",坚持人民至上

钉子起不起作用、起多大作用,关键在于是否找准"钉点"。习近平总书记强调:"老百姓关心什么、期盼什么,改革就要抓住什么、推进什么,通过改革给人民群众带来更多获得感。"

身后照片上的这一张张笑脸就是对此最好的诠释。这是一名患有十多年糖尿病的高中教师,他告诉记者:在患病的这些年啊,跑医院可以说是家常便饭,医保账户余额也经常不够用。而近年来,他惊喜地发现账户里的钱从原先的"不够用"变成了"有结余",说到这里他不禁喜笑颜开。医保账户的变化,源于持续深化的医药卫生体制改革,让老百姓"病有所医"。党的十八大以来,全面深化改革向纵深推进,各方面推出的2000多个改革方案,大写的"人"字贯穿始终。从幼有所育、学有所教、劳有所得、住有所居等方面我们持续用力,不断满足了人民日益增长的美好生活需要。

　　进一步全面深化改革必须从人民利益出发，谋划改革思路、制定改革举措。这充分体现了我们党全心全意为人民服务的根本宗旨，也彰显了全面深化改革的价值取向。

　　二、发扬钉钉子精神抓好改革落实，必须"钉得稳"，敢作善为

　　钉钉子，要一锤一锤接着敲，如果东一榔头西一棒子，往往钉不到点子上，甚至会前功尽弃。习近平总书记强调："干事业就要有钉钉子精神，抓铁有痕、踏石留印，稳扎稳打向前走，过了一山再登一峰，跨过一沟再越一壑，不断通过化解难题开创工作新局面。"

　　我们都知道，河北正定曾经是我国有名的"高产穷县"。习近平来到正定任职后，通过在街头摆桌子接待群众的方式，摸清了正定的实情，而后他排除万难，一步一个脚印地将"包产到户"推行开来。因此，正定摘掉了"高产穷县"的帽子，也成为河北省第一批包产到户试点县。当时，山西省的一位县委书记到正定参观后，感慨地说："这里听不见人人喊改革，但处处在改革。"是啊！一路走来，习近平总书记始终坚守"敢想敢干、不墨守成规"的改革初心：他在厦门实行"放水养鱼"，在宁德倡导"弱鸟先飞"，在福州开创"马上就办"，在浙江提出"八八战略"，在上海力推"长三角一体化"……

这一桩桩一件件的改革事例，无不体现了习近平总书记敢做善为的钉钉子精神，也激励着我们全党在进一步全面深化改革中，敢于向顽瘴痼疾开刀、勇于突破利益固化藩篱，做到机遇面前主动出击、困难面前迎难而上、风险面前积极应对，确保各项重大改革措施落到实处。

三、发扬钉钉子精神抓好改革落实，必须"钉得牢"，务求实效

钉钉子要真锤实击，久久为功，直到把钉子准确牢固地钉住。习近平总书记强调："改革要重视谋划，更要抓好落实。"

小岗破冰、深圳兴涛、海南弄潮、浦东逐浪、雄安扬波，一项项伟大改革的成功，就如同一场场春风，激荡着中华大地的生机与活力。党的十一届三中全会以来，46年的历史，就是一部不断深化的改革史。从农村联产承包制改革到税费改革，再到国企改革等各种政治经济社会改革的落实，都是凭借着钉钉子精神，树立和践行正确政绩观，察实情、出实招、求实效，将改革的钉子牢牢打入要害、夯实根基，让中国人民一步一个脚印地实现了"从富起来"到"强起来"的历史性跨越。

《决定》明确提出300多项重要改革举措，对进一步全面深化改革作出系统部署。我们要继续发扬钉钉子精神抓好改革落实，奔着问题去、盯着问题改，以人民至上的理念、敢做善为的闯劲、务求实效的作风，汇聚起进一步全面深化改革的磅礴之力，把《决定》的"大写意"转化为"工笔画"实景图，让我们在改革的新征程上，喜迎新气象、展示新作为，谱写中国式现代化更加辉煌的新篇章！

（理论类二等奖）

以乡村产业振兴助力乡村全面振兴

陈配配/菏泽市档案馆三级主任科员

乡村要振兴,产业必振兴。乡村产业振兴是乡村全面振兴的基础和关键。习近平总书记强调:"产业兴旺是解决农村一切问题的前提。"只有实现乡村产业振兴,才能更好推动农业全面升级、农村全面进步、农民全面发展。

那如何才能实现乡村产业振兴呢?

一、实现乡村产业振兴必须坚持因地制宜

习近平总书记指出,乡村振兴要靠产业,产业发展要有特色,要走出一条人无我有、科学发展、符合自身实际的道路。"橘生淮南则为橘,橘生淮北则为枳""一方水土养一方人",每一个地区都有各自的地理环境、资源禀赋,只有发挥、利用好自己的优势条件,选择合适的特色产业,因地制宜、因村施策、宜种则种、宜养则养、宜林则林,才能促进乡村产业发展。党的十八大以来,乡村特色产业蓬勃发展,一些地区立足本土资源、紧跟市场变化、延伸产业链条,培育壮大特色产业,持续增加农民收入,为全面推进乡村振兴提供了坚强保障。作为中国牡丹之都,菏泽大力发展牡丹产业,从一朵花到一个产业,菏泽牡丹完成了从单一种植到产业化、规模化、网络化、国际化和深加工的华丽转变,现在牡丹可以入饼、入茶、入药用来食用,还可以入纸、入画、入香用来做文化产品,菏泽牡丹形成了全产业链融合发展的完整链条,带动了种植、包装、运输、销售、印刷、研发等多行业就业,牡丹之花绽放为"产业之花"和"富民之花",菏泽乡村也找到了一条以特色产业赋能乡村振兴的发展道路。

二、实现乡村产业振兴必须坚持创新发展

创新是乡村全面振兴的重要支撑，更是乡村产业振兴的最大动力。近年来，随着数字经济的快速发展和互联网技术的广泛应用，农业经营模式和农业发展路径持续更新，作为信息技术与农村经济深度融合的产物，农村电商正成为乡村振兴的新引擎。习近平总书记指出："电商不仅可以帮助群众脱贫，而且还能助推乡村振兴。"去年，菏泽有超过57万人依托电商产业实现了就业，菏泽也被称为"农村电商第一市"。在曹县的乡村，宣传标语的变化最具代表性，原来村里墙上都写的是"一人外出务工，全家脱贫致富"，而现在全都变成了"在外东奔西跑，不如在家淘宝""网上销售卖天下，淘宝服饰富万家"。曹县汉服产业从无到有，从模仿到自主设计，依靠创新研发和电商平台火爆出圈，尤其是马面裙，成为当下穿搭界的新风尚。现在，全国每卖出两件汉服，就有一件来自这里。借助一根网线，传统农民变成了"电商新农人"，他们一头连接着乡村，一头连接着市场，手里的手机成了新农具，网上直播变成了新农活，借助网络创新的优势，农产品打破了地域的束缚，提高了产品附加值，为农民带来了实实在在的经济利益，也为乡村经济发展注入了新的活力。

三、实现乡村产业振兴必须发挥组织优势

历史和实践都充分证明，组织起来具有强大的力量，社会主义制度具有集中力量办大事的显著优势，能够有效发挥集体的力量让人民共同致富。习近平总书记指出："要发展新型集体经济，走共同富裕道路。"集体经济就是能够把农民群众组织起来、联合起来、共同发展。在乡村，组织群众发展最重要的形式是合作社，而最关键的力量来自党组织。"农村富不富，关键看支部。"近年来，为了促进农民持续增收致富，菏泽基层党支部领办的牡丹、芍药、菊花、金银花、葡萄、大蒜、山药等各种专业合作社相继涌现，他们都逐渐形成了独具特色的发展模式。这些成功经验的背后都有一个共同特点，那就是他们将党组织的政治优势与合作社的经济优势以及农民群众的人力优势充分结合，通过股份合作、抱团发展、规模经营等形式，统筹整合了农村的资产、资金和资源，从而实现了乡村产业发展、集体增收、农民获益，走出了一条组织引领、万民共富的强村富民新路子。

产业兴则农村兴，农村兴则国家旺。当乡村的产业越来越兴旺、人才越来越集聚、文化越来越繁荣、生态越来越美好、组织越来越壮大，那乡村全面振兴，一定未来可期！

（理论类二等奖）

从三重维度理解"新质生产力"

蒋玲玲/青岛西海岸新区工委党校政治经济教研室副主任

大家好，我们现在看到的是一款国产自研的低空无人驾驶载人航空器，它已悄然走进我们的生活，"打飞的"有望成为全新的出行选择。可以看到，以这种低空经济为代表的新兴产业在不断培育壮大，与此同时，传统产业在改造提升，未来产业也在超前布局，"新质生产力"的种种浪潮正席卷而来。如果评选当下最热词汇，毫无疑问，非"新质生产力"莫属。从去年在地方考察时提出，到今年中央政治局集体学习和全国两会上深入阐释，再到党的二十届三中全会重点部署，习近平总书记以深邃思考和科学判断，总结概括了引领中国式现代化的新的生产力理论。发展新质生产力是推动高质量发展的内在要求和重要着力点，更是打开未来大门的关键"钥匙"。那么，新质生产力究竟"新"在哪里？下面，我们从三重维度来理解。

从世界维度来看，新在"先进"，这是新质生产力的本质

先进就是最新、就是领先，就是看与全球生产力水平顶尖的国家相比，有没有跻身第一梯队？有没有能力在新领域、新赛道上与之同台竞技？中国曾有很长一段时间在世界舞台上扮演着"追赶者"的角色。而如今，这一局面正在显著改变。比如，我们常见的海藻，原本每吨不过8000元，但经过尖端技术的纯化处理后，提取出的海藻酸钠价值高达2亿元，增值数万倍，我们是全球第二个掌握此项技术的国家。有一艘堪比航母的大型渔船名为"国信一号"，是"中国造"的全球首艘10万吨级智慧渔业大型养殖工船，它突破了近海养殖限制，年产量超过两个查干湖，有效落实了"向江河湖海要食物"的大食物观，让我们更有信心确保中国人的饭碗牢牢端在自己手中。还有我们熟知的山东港口青岛港自动化码头，生产作业有条不紊、高效运行，却几乎看不到工人的身影，自首次作业以来已十次刷新装卸效率世界纪录，稳居世界领先水平。全球第二、全球首艘、世界领先……我们在许多领域已与世界强国并肩而立，正加速向"先行者"的角色迈进，以伟大实践生动诠释了新质生产力"先进"的本质。

从历史维度来看，新在"质优"，这是新质生产力的关键

质优就是高技术、高效能、高质量，就是看与传统的生产力相比，是否实现了方式转变、创新主导？是否大幅提升了全要素生产率？全要素生产率作为新质生产力的核心标志，是指技术进步、资源配置等无形要素通过对有形要素的赋能和组合优化，形成的对经济增长的强大驱动力。它的大幅提升，可直观地体现为两个指标。一是企业净资产收益率，就是看企业的盈利能力。过去，我们在全球产业链中主要依赖贴牌代工、汗水驱动，利润微薄，赚取的是"辛苦钱"。而如今，以光伏、动力电池和新能源汽车为代表的新兴产业迅速崛起，走向产业链高端，利润丰厚，赚取的是"智慧钱"。再一个是人均国民收入，就是看百姓是否能够享有更多的财富。值得骄傲的是，我们已十分接近世界银行设定的高收入国家门槛，但我们目标远不止于此，我们将继续努力，到本世纪中叶，全面建成社会主义现代化强国，基本实现全体人民共同富裕。只有企业利润率更高、百姓更加富裕，才是质优的生产力。这不仅是新质生产力的关键，更是我们的共同追求。

从理念维度来看，新在"绿色"，这是新质生产力的底色

传统生产力理论强调的是人类改造自然的能力，而新的生产力理论强调在改造自然过程中更加注重顺应自然，在利用自然过程中更加注重保护自然，真正做到人与自然和谐共生，这是发展理念上的一场深刻革命。习近平总书记指出，"新质生产力本身就是绿色生产力。"绿色代表着我们对美好生活的向往，曾被戏称为"山东北大荒"的石油之城东营，如今已蜕变为一座万鸟翔集、秀美如画的生态绿城，黄河三角洲国家级自然保护区成为这座城市的新名片。绿色亦代表着更高更强的竞争力，有着双边合作典范美誉的中德生态园，绿色产业占比高达"百分之百"，工业产值年均增长近20%，展现了绿色魔法的澎湃能量。绿色还代表着更加广阔的发展空间，全国最后一个开通公路的县——西藏墨脱，靠生态打造出"世界生物基因库"，带来惠及全体墨脱人民的绿色红利。新时代，我们持续推进生态产业化、产业生态化，坚持山水林田湖草沙一体化保护和系统治理，将绿色发展的理念融入到经济社会发展的每一个环节。越来越多的绿色创造，擦亮了新质生产力的"底色"，也为我们的生活增添了无尽的色彩。

"先进""优质""绿色"的新质生产力正在掀起中国最生动的时代浪潮。我们要全面贯彻习近平总书记重要指示要求和视察山东时的重要讲话精神，加快形成同新质生产力更相适应的生产关系，促进各类先进生产要素向发展新质生产力集聚，因地制宜谋发展、先立后破开新篇，以新的理念、新的视野、新的格局，奋力谱写中国式现代化山东篇章！

（理论类优秀奖）

让中华文化主体性的旗帜高高飘扬

王　洁/淄博市委讲师团讲师

大家请看，我今天穿的这条裙子，您一定不会感到陌生——2024年春节，山东曹县卖了5亿元仍供不应求的马面裙。时间回到两年前，2022年7月，某国际大牌一条标价29000元的半身长裙，完全照搬马面裙的剪裁样式，却自称为原创设计，引起国人强烈不满。一石激起千层浪。为什么"马面裙事件"会引发国人广泛关注？因为马面裙是中华传统文化的独有标识，是中华民族文化主体性的具体呈现。而文化主体性是一个民族维系文化生命、屹立于世界民族之林的根系所在。

首先，通过三个词看清中华民族文化主体性的"当代图景"

它们正是习近平文化思想中内蕴的民族主体性、政党主体性、人民主体性。

民族主体性——中华优秀传统文化是中华民族的"根"与"魂"。有一条精神纽带，从远古到今天，通向每一个中华儿女的内心世界。这条纽带是道法自然、天人合一，是天下为公、世界大同，是自强不息、厚德载物，是民为邦本、以民为本等等，这些文化精华跨越时空、历久弥新，标志着中华民族的文化主体意识绵延千载、一以贯之。

政党主体性——中国共产党掌握文化领导权。在民族最危急时刻，中国共产党带领中国人民挽救了日渐式微的文化主体性，避免中华民族沦为强势文明的附庸与奴隶。进入新时代，习近平总书记创造性提出"两个结合"重大论断，是坚持党的文化领导权的根基。正是把文化领导权牢牢掌握在我们党的手中，我们才能造就新的文化生命体，创造人类文明新形态，迎来巩固和发展文化主体性的新机遇。

人民主体性——中华文化源于人民群众的文化实践。习近平总书记强调,"以人民为中心,就是要把满足人民精神文化需求作为文艺和文艺工作的出发点和落脚点"。新时代文化建设既要立足人、扎根人,又要引导人、培育人。

其次,巩固中华民族文化主体性是坚定文化自信的"时代需要"

坚定文化自信,事关国运兴衰、文化安全和民族精神独立。古语有云:"伐国之道,攻心为上。"纵观当今,近30年,以非暴力方式推翻的政权占世界政权瓦解总数的90%以上。以乌克兰为例,2004年经历"颜色革命"后,国家政局混乱、经济衰退,一步步陷入今天的战争泥潭。历史和现实都表明,一个抛弃或者背叛了自己历史文化的民族,不仅不能发展起来,反而可能上演一幕幕历史悲剧。

文化主体性是文化自信的根本依托。回望历史,中华文明有傲视群雄的高光时刻,也有落后挨打的落魄百年,中国人也经历了从"傲慢"到"失落自信"再到"回归自信"的曲折心路历程。习近平总书记指出:"文化自信就来自我们的文化主体性。"只有不断巩固提升文化主体性,坚定文化自信,中华民族精神的大厦才能在新时代巍然耸立!

最后,走好巩固中华民族文化主体性的"时代道路"

走独立自主之路。全球首座第四代核电站商运投产、第一颗6G卫星发射成功、C919大飞机实现商飞……我国那些曾被"卡脖子"的技术正走出一条自主研发之路。巩固文化主体性就是要立足于中国式现代化伟大实践,绽放独属于我们民族的时代光彩。

深入推进"两个结合"。在曲阜,大型演出《金声玉振》尽显古风古韵,尼山世界文明论坛持续提升中华文化影响力;在淄博,齐文化研学如火如荼,稷下学宫正待世人探寻,圭元瓷器代表中国宴请世界……习近平总书记深刻指出:"'结合'巩固了文化主体性","两个结合"激活了中华文化的"一池春水",把中华文明发展推向新阶段。

不断增强文化生产力。《长安三万里》《我的阿勒泰》等影视剧作品深受观众喜爱;中国文化出海"新三样"——网文、网剧、网游势头强劲,比如,最近国产网游《黑神话:悟空》在美国、新加坡等12个国家霸榜。巩固文化主体性必须落实到文化生产能力上,必须以中国气派的优质文化产品彰显文化主体性。

源浚者流长,根深者叶茂。坚持以习近平文化思想为指导,信心百倍建设中华民族现代文明,亿万中华儿女豪情满怀、昂首向前!

(理论类优秀奖)

以新质生产力推进中国式现代化

王海平/枣庄市山亭区凫城镇人民政府宣传办工作人员

党的二十届三中全会指出：必须"促进各类先进生产要素向发展新质生产力集聚"，大力"发展以高技术、高效能、高质量为特征的"新质生产力。为什么党中央把发展新质生产力，作为推动经济高质量发展的第一条再次给予强调？这是因为，马克思主义的基本原理告诉我们，生产力是人类社会发展的根本动力，也是一切社会变迁和政治变革的终极原因。所以中国共产党始终把代表中国先进生产力发展要求作为自己的立党之本，并引领不同时代新质生产力的发展。从毛泽东的"必须急起直追"实现"科学技术现代化"，到邓小平的"科学技术是第一生产力"的论断，再到习近平总书记的"加快实现高水平科技自立自强""以新质生产力推进中国式现代化"的重要论述，都充分体现了我们党全局谋划、前瞻布局的卓越战略智慧。特别是1977年基本粒子夸克被命名为毛粒子"Maosns"那一刻，其实就已经说明了这一点。党的二十届三中全会和习近平总书记关于新质生产力的重要论述，更是彰显了新时代中国共产党人始终坚持以理论创新引领时代发展的高度理论自信和自觉。因此，在推进中国式现代化的新征程上，如何把握住当下新质生产力、加快中华民族伟大复兴、创造人类文明新形态就具有不言自明的重大意义。

一、新质生产力是对马克思主义生产力理论的新发展

新质生产力理论的提出，体现我们党在领导中国特色社会主义现代化建设过程中，对马克思主义生产力理论创造性转化和创新性发展。它既在理论上丰富和拓展了马克思主义的生产力观，又展示了马克思主义理论同

中国实践紧密结合的生动实践。从神舟飞船上天、"蛟龙"号入海、量子通信、激光和特高压技术，到人工智能专利申请世界第一、大模型技术运用的遥遥领先，再到摘下一颗颗现代工业明珠、占领一个个科技制高点，自信满怀地走在中国式现代化的道路上，前所未有地接近民族复兴的伟大目标，都是新质生产力理论和实践的最好展现。

二、新质生产力是推动我国经济社会高质量发展的新动能

一枚小小的光电智能计算芯片，就能把芯片的性能提升3000倍，一个大国重器"神光三号"激光装置，可释放全球电网的500倍的能量，5.3亿亿瓦的峰值功率，更是把技术等级提升到人难以想象的境界。随着AI人工智能的迭代升级，硅基智能所爆发出的新能量，都将成为推动我国经济社会高质量发展的新动能。所以习近平总书记强调指出：发展新质生产力是推动高质量发展的内在要求和重要着力点。有了新质生产力的发展、生产要素的提质增效和优化组合，有了更多的颠覆性前沿技术，才能产生新的产业、新的业态，为高质量发展提供强劲的推动力和支撑力。

三、新质生产力是实现人民对美好生活向往的新要求

从脑机接口到心智人工智能，新质生产力不但极大地提高了生产效率和

服务品质，而且把人们从繁重的劳动中进一步解放出来，更加契合发展享受型为主导的生活趋势，进而为更好实现人民自由而全面发展打开了新天地。当智慧化全程体验定制式生产、心智化便捷生活、高仿真性机器人陪伴我们的亲人，这些科幻般愿景逐渐到来时，人民对美好生活向往的新要求就会实现。而新质生产力的发展为这一切提供了根本支撑。

四、新质生产力是牢牢掌握发展安全和主动权的重大新举措

在百年变局加速演进、大争之世来临之际，我们要突破美西方的"小院高墙""脱钩断链"对我们科技产业的封堵，解决"卡脖子"难题，只有在发展新质生产力上实现重大突破，才能把发展的安全和主动权牢牢掌握在自己手里，真正实现高水平科技的自立自强。

五、加快发展新质生产力是以中国式现代化全面推进中华民族伟大复兴的新要求

只有加快发展新质生产力，创造更好的经济社会发展效益，开辟新领域新赛道，塑造发展新动能新优势，才能在"两种社会制度""两种意识形态"的比较中，更好地凸显中国式现代化的优越性，更好地捍卫科学社会主义的尊严，也才能够为更多的发展中国家探索发展道路提供中国智慧和中国经验，从而更好地推进构建人类命运共同体的进程。

放眼全球，互联网、大数据、云计算、人工智能等数字技术加速创新，新质生产力从未像今天这样深刻地影响着一个国家的前途命运，也从未像今天这样深刻地影响着人民的生活福祉。

聚焦中国，在上海人工智能实验室，通用大模型体系已经投入应用；在合肥，我国第三代超导量子计算机也已上线运行；在山东的国家超算济南中心，算力优势已经彰显……如今的中国，到处都是活跃的创造、日新月异的进步。

同志们，让我们深刻把握、认真贯彻落实习近平总书记关于发展新质生产力的重要论述，真抓实干、开拓进取，共同开创高质量发展新境界，奋力谱写中国式现代化新篇章。

（理论类优秀奖）

改变中国的"第二个结合"

许白爽/东营市垦利团区委副书记（兼职）、区教育团工委负责人

我的宣讲要从一场跨越千年的"相遇"谈起：1925年，在郭沫若先生笔下，马克思穿越千年与孔子相遇了，一番畅谈后，马克思感叹道"我不想在两千年前，在远远的东方，已经有了你这样的一个老同志！"这场"神奇的相遇"其实就寓意着"第二个结合"。

正是这次"相遇"，在百年革命、建设、改革的伟大实践中不断交融会通、互相成就，迸发出了改变中国的"真理力量"。2023年6月，习近平总书记站在中华民族伟大复兴的战略高度，回答了过去我们为什么能够成功以及未来如何能够更好成功的世界之问："让马克思主义成为中国的，中华优秀传统文化成为现代的，让经由'结合'而形成的新文化成为中国式现代化的文化形态。""第二个结合"是我们党对马克思主义中国化时代化历史经验的深刻总结，更是对中华文明发展规律的深刻把握。接下来，我将和大家一起从内涵和意义两个方面走近"第二个结合"：

我们知道，"第二个结合"不是拼盘，不是简单的物理反应，而是深刻的化学反应，其深厚内涵贯通着过去、现在和未来：

"第二个结合"是信仰信念与千年理想的有机结合。从"民亦劳止，汔可小康"与全面建成小康社会，到"天下为公""天下大同"与人类命运共同体，它赋予中国特色社会主义道路以民族的血脉、文明的底蕴。

"第二个结合"是发展思想与民本理念的有机结合，赋予执政理念以深厚的人民情怀。习近平总书记强调："我们要坚守人民至上理念。"何为"人民至上"？是解放军"入沪不入户"宁可睡在街头也绝不扰民的钢铁纪律；是县委书记焦裕禄"心中装着全体人民，唯独没有他自己"的公仆品格；更是共产党人"我将无我，不负人民"的赤诚追求。

"第二个结合"是命运与共与协和万邦的有机结合，赋予人类文明新形态以思想的贯通。"站在这里，回首历史，我仿佛听到了山间回荡的声声驼铃，看到了大漠飘飞的袅袅孤烟。"2013年金秋，习近平总书记提出共建"一带一路"倡议。10年后，巴基斯坦有了第一条地铁线，斯里兰卡的居民喝上了24小时供应的自来水。到2030年，这一倡议将让相关国家近4000万人摆脱贫困。

历史和实践都告诉我们，"第二个结合"廓清了"古今中外"之惑，打破了"文明蒙尘"之困，是我们胜利的"必由之路"和"最大法宝"，有着极其深远的意义。

第一，筑牢了道路根基。回望百年党史，我们怀揣着文化自信与强大底气，没有刻写曾经辉煌的"回忆录"，更没有仿写西方文明的"复制本"，而是用中国式现代化的奇迹打破了"现代化＝西方化"的迷思。"第二个结合"延伸和拓展了中国特色社会主义道路的历史纵深与文化根基，让我们成功开创了非西方国家独立自主探索现代化的新路。

第二，打开了创新空间。近年来，从《清明上河图》在VR中"复活"到微短剧《逃出大英博物馆》火爆全网，从央视文化综艺节目收视火热到各城市文创产品大受欢迎，"时代潮流"和"传统文化"碰撞交织出了文明传承的"新形态""新魅力"。"第二个结合"让我们能够在更广阔的文化空间中，充分运用宝贵的文化资源。

第三，巩固了文化主体性。习近平总书记说："任何文化要立得住、行得远……就必须有自己的主体性。"在杭州第19届亚运会开幕式上，从风雅颂歌到梅兰竹菊，从诗画江南到人文雅韵，中国以绵延5000多年的文化印记，向八方宾朋展现了一个文明古国如何在坚守文化主体性中彰显自信的力量。

讲到这里，我忍不住畅想，如果马克思与孔子重逢在今日盛世，眼前将是"结合"百年后的累累硕果：中国特色社会主义用几十年就走完了西方资本主义国家几百年走过的工业化历程，我们山河无恙、国富兵强，孩子们生在红旗下、长在春风里，脱贫攻坚、全面小康，嫦娥探月、蛟龙深潜，和平崛起、举世惊艳！我想，当看到五星红旗高高飘扬在世界东方，两位圣哲会是何等欣慰呢！

"追风赶月莫停留，平芜尽处是春山。"我们要始终坚守"魂脉"和"根脉"，不断推进"第二个结合"向纵深发展，不断探索面向未来的理论和制度创新，在实现"第二个百年奋斗目标"的追梦路上，构筑新气象、激扬新活力、展现新作为，不断书写新的历史华章！

（理论类优秀奖）

做"一眼就看得出来"的共产党员

冯　珊/泗水县委党校教务教研室副主任

近日学习，看到两篇专访，印象深刻，感触颇多。

一个是独臂将军丁晓兵在回顾自己爱党信党心路历程时的感慨：当时我还是个新兵，党员形象在官兵心中非常神圣，共产党员让人一眼就能看出来，执行任务冲在最前头、承担急难险重任务的，都是党员。

另一个是德国工程师曼福雷德·布罗克，他是中国一汽集团的外籍技术专家，也是三次向一汽党组织递交入党申请书的"积极分子"。他在中国很多地方工作、生活过。"谁是共产党员我一眼就能看得出来"，这是他到中国后的最大感受。因为他发现：身边最努力、最能吃苦的往往都是共产党员。

从丁晓兵的感慨到布罗克的感受，两个事，一个理儿：真正的共产党员"辨识度"高，一眼就看得出来。一眼就看得出来，既难能可贵，又易说难做。贵就贵在忠诚无私、历久弥坚，难则难在孜孜以求、百折不回。而这正是共产党员最鲜亮的政治底色，更是我们共产党员所独有的特质。这独有的特质来自哪里呢？

一、无畏之心：信仰的纯粹与坚韧

"身之主宰便是心"，"不能胜寸心，安能胜苍穹"。"本"在人心，内心净化、志向高远便力量无穷。

1935年12月，贺龙率领红二、六军团长征进入瓦屋塘。师长贺炳炎的右臂不幸被炸得粉碎，必须马上截肢。按照当时的医疗条件，根本没有任何可以辅助手术的器材，更没有麻药，有的只是一把从老乡手中找到的锯木头的锯子，手术持续了两个多小时，贺炳炎在极度疼痛中昏死过去，又清醒回来。

贺炳炎在回忆时称:"手术在一间草房里,五六个人按着,没有麻药,硬是把右臂锯掉了,嘴里的毛巾也咬碎了。"而这一年,贺炳炎才22岁。手术后,贺龙掏出一块手帕,小心翼翼地捡起几块碎骨,包起来揣进怀里。贺炳炎问:"总指挥,我整条右臂都被锯掉了,你还捡这些碎骨有什么用?"贺龙说:"我要把它们留起来,长征才刚刚开始,以后会遇到更大的困难,到时我要拿出来对大家说,这是贺炳炎的骨头,共产党人的骨头,你们看有多硬!"正是无数这样的硬骨头,换来了中国革命、建设、改革的一个个胜利。难道共产党人的骨头是特殊材质做的?当然不是。

骨头如此坚硬,是因为信仰极其纯粹。"绝非为一衣一食之自为计,而在四万万同胞之均有衣有食也。亦非自安自足以自乐,而在四万万同胞之均能享安乐也。"

骨头如此坚硬,是因为信仰极其坚定,信仰具有神奇的力量。

二、不朽的意志:信仰的坚定与永恒

习近平总书记指出,理想信念是共产党人的政治灵魂。信仰认定了,就要信上一辈子。

1941年,皖南事变爆发,叶挺被国民党反动派扣押,入狱5年。在狱中，叶挺严词拒绝了蒋介石的威逼利诱。1946年，经过中共多番努力，叶挺重获自由。出狱前，叶挺对沈醉说："我是一个与组织失去联系的共产党员，所以，我出去的第一件事情就是请求组织恢复我的党籍。"沈醉把叶挺的回答报告给了戴笠，戴笠半天说不出话来，最后才咬牙切齿地说："共产党人的可怕，就在这里。"

是的，共产党人的可怕就在这里，"头可断，血可流，志不可屈"，誓"在烈火与热血中得到永生！"

三、铸就新时代：信仰的赓续与践行

共产党员不是职务，而是全心全意为人民服务的身份和沉甸甸的责任。进了党的门，就是党的人，就要在党言党、为党兴党。平常时候看得出来，关键时刻站得出来，生死关头豁得出去，当是每一名共产党员的本色和初心。而这本色和初心，尽显于无数党员干部的行为和形象当中，让他们那样地与众不同，"一眼就看得出来"！

乡村振兴、强村富民，在千方百计多方奔走的路上，您，一眼就看得出来，想办法、出谋略的一定是共产党员；

共同富裕、民族复兴，在全面建设社会主义现代化国家新征程上，您，一眼就看得出来，埋头苦干、奋力争先的一定是共产党员；

您的眼神很坚毅，您的神采很飞扬，您的口号很响亮，您的行动很有力，我知道，那是因为您的信仰很坚定，正是这坚定的信仰让无数共产党人散发出独特的光芒，不仅照亮了中华大地这片充满无限生机和活力的沃土，也让中国成为一个负责任、勇担当、有温度的国度！

常思奋不顾身，而殉国家之急。习近平总书记强调，忠于党、忠于人民、无私奉献，是共产党人的优秀品质。党的事业，人民的事业，是靠千千万万党员的忠诚奉献而不断铸就的。

而今，我们已然意气风发迈上全面建设社会主义现代化国家新征程，向着第二个百年奋斗目标进军！举国上下踔厉奋发，勇毅前行。广大党员干部更要坚定信仰，勠力同心，以时不我待、只争朝夕的紧迫感，以抓铁有

痕、踏石留印的硬作风，强力担当，干出精彩，为实现中华民族伟大复兴贡献力量！

举目远眺，"不忘初心、继续前进"的告诫在耳畔回响，躬身追问，今天，您是否也"一眼就看得出来"？

（理论类优秀奖）

牢记"三个务必",书写新时代答卷

洪小燕/荣成市第三十五中学教师

作为一名教师,我收到过一份特别的礼物,就是我手里拿的这支笔。一个学生把它送给我,因为他用这支笔在当年的高考中取得了历史最好成绩。

作为一名考生,在考场上这支笔就是他重要的武器。而作为迈入新时代新征程的我们,拥有一支重要的笔,也是答好新时代新征程新答卷的重要工具。

答题的"笔"是工具,那握笔的"手"就是实干。今天就和各位聊一聊答题的"笔"和握笔的"手"。

习近平总书记在党的二十大报告中指出:"全党同志务必不忘初心、牢记使命,务必谦虚谨慎、艰苦奋斗,务必敢于斗争、善于斗争。"可以说"三个务必"象征着中国共产党的光荣传统和优良作风的赓续传承,这也是我们百年大党发展至今的重要法宝。

接下来让我们穿越历史时空看一看曾经这法宝的力量。

1949年3月5日,这是我们党七届二中全会召开的日子。毛泽东同志在西柏坡向全党发出"两个务必"的谆谆告诫,为的是引领全党在"进京赶考"之路上避免"其亡也忽"的悲剧发生。

3月23日,毛泽东同志和其他中央领导人乘车从西柏坡前往北平。出发时,毛泽东对周恩来说道,今天是进京的日子,进京"赶考"去。周恩来笑着说,我们应当都能考试及格,不要退回来。毛泽东则表示,退回来就失败了,我们决不当李自成,我们都希望考个好成绩。

而"两个务必"就是成功避免被敌人的"糖衣炮弹"击中,而奠定了在革命胜利之前重要的思想保障。后来的故事大家也都知道了,我们确实考了一个不错的成绩。

　　73年后,习近平总书记创新性地把"两个务必"上升到了"三个务必",这不仅体现了我们党的光荣传统和优良作风的赓续传承,更重要的则是代表了我们党的工作作风和精神风貌建设提升到了新的境界。之所以强调工作作风和精神风貌建设,是因为在客观上越是接近全面建成社会主义现代化强国,面临的风险和挑战就越多,就越会受到西方国家的打压。此时的我们面临的是一个重要的时间节点,这又是一次"赶考"。所以,这支"笔"即将要谱写的是使命光荣、任务艰巨的新答卷。

　　那么,"三个务必"向世人展示的是什么呢?事实上,从字面上我们不难看出,务必不忘初心、牢记使命代表的是中国共产党人全心全意为人民服务的根本宗旨;务必谦虚谨慎、艰苦奋斗代表了中国共产党人在面对困难矛盾以及成绩时所展示出来的底色与本色;务必敢于斗争、善于斗争则代表了我们迈上新时代新征程时所赓续的精神风貌。可以说"三个务必"诠释了中国共产党人应遵守的宗旨、传承的作风和发扬的精神,蕴含着马克思主义的真理光芒。这样的"笔"确实是我们百年大党重要的工具。它号召着全体中国共产党人要做光荣传统和优良作风的忠实传人,同时也号召着我们要紧紧地握住这支"笔"继续向前。

　　时代变迁,我们党的光荣传统和优良作风却从未改变。现在大家看到的这些照片可能是一些您熟悉的人,他们的手是践行"三个务必"的手:

这是张桂梅老师的手，她的手缠满了绷带，很多关节已经不能自主弯曲，瘦弱的身躯不知道承受了多少病痛，但我知道这双手写下了无数个山区女孩读书的梦想。

这是农民院士朱有勇的手，虽说是个读书人，但经常干农活的他手上有很多老茧。这双手写下了红土地上脱贫致富、实验田里科技创新的扶贫答卷。

这是高德荣老县长的手，他的手粗糙厚实，他应该就是站在独龙江边用这双手指着山的那一头。这双手写下了带领独龙族人民一步越千年、天堑变通途的篇章。

他们的手是中国共产党人的手。

答题的"笔"是党的光荣传统和优良作风，握笔的"手"是中国共产党人的实干与担当。牢记"三个务必"，弘扬"三个务必"，践行"三个务必"，让我们以党的光荣传统和优良作风为笔，以你我青春实干为"手"，谱写出新时代让历史和人民满意的答卷。

（理论类优秀奖）

跟随总书记的足迹寻找生态之道

王晓丽/日照市委党校科研处副处长、副教授

黄海之滨，海天交织之下，一条28公里的阳光海岸绿道纵贯南北。5月22日下午，习近平总书记来到日照，在这里与市民游客讲，"绿道建设把自然景色和人工设施很好地结合起来，应市民所需，是得民心之事。"我们为什么要修建这样一条绿道？这条绿道又何以能让总书记点赞？带着这些问题，让我们跟随总书记的足迹去寻找答案。

答案一：生态文明建设是关系中华民族永续发展的根本大计

新中国成立以来，我们用几十年的时间走完了发达国家几百年走过的工业化历程，在创造发展奇迹的同时，也积累了大量的生态环境问题，成为国土之痛、民生之痛。西方国家相继发生的环境公害事件也时刻警醒我们，以资源消耗和环境污染换取经济增长的传统发展方式已经难以为继。习近平总书记立足于人类文明发展的历史趋势，指出："生态文明建设事关中华民族永续发展和'两个一百年'奋斗目标的实现。"早在厦门工作期间，他就从永续发展的角度出发，将生态环境恶化的筼筜湖综合治理作为一件大事要事亲自谋划、亲自部署、亲自推动，指引厦门市把曾经的"臭水湖"建成今天的"城市会客厅"。而如今的日照阳光海岸绿道建设，以尊重自然、顺应自然、保护自然为先，统筹山、海、林、田、河、草、沙系统治理，坚持"不动一棵黑松，不动一块礁石，不动一片沙滩"的三不动原则，对烂泥滩、盐碱地、废虾池等生态薄弱地方进行修复提升，现在已然蝶变成黄金海岸、美丽港湾，为可持续发展开拓出更为广阔的空间。这既是破解生态问题的现实回应，更是实现永续发展的必然要求。

答案二：生态文明建设是关系党的使命宗旨的重大政治问题

新时代以来，以习近平同志为核心的党中央把生态文明建设作为治国理政的重要领域进行全面部署。在"五位一体"总体布局中，生态文明建设是其中一位；在新时代坚持和发展中国特色社会主义的基本方略中，坚持人与自然和谐共生是其中一条；在新发展理念中，绿色是其中一项；在三大攻坚战中，污染防治是其中一战；在到21世纪中叶建成社会主义现代化强国目标中，美丽中国是其中一个。这一系列顶层设计、战略规划，都集中体现了党中央对生态文明建设规律的深刻把握。聚焦生态文明建设，日照市深入实施"生态立市"战略，因地制宜发展绿色生产力，以阳光海岸绿道串联起城区、景区、度假区不同功能，发展文化旅游、体育赛事、康养医疗、节会演艺等优势产业，实现绿道的生态价值反哺经济价值，让绿道为城市绿色低碳高质量发展赋动能、增优势。站在新的起点，党的二十届三中全会再次作出战略安排，要聚焦美丽中国建设、实现人与自然和谐共生的现代化、完善生态文明制度体系等等。这是在党的全面领导之下的一场久久为功的绿色行动，更是党的使命宗旨的庄严承诺。

答案三：生态文明建设是关系民生福祉的重大社会问题

当前社会主要矛盾发生变化，人民群众从过去"盼温饱"到现在"盼环保"，从过去"求生存"到现在"求生态"。面对人民群众对优美生态环境的需要，我们如何答好这道时代必答题？在北京，总书记强调，"环境治理是一个系统工程，必须作为重大民生实事紧紧抓在手上。"在云南，总书记明确要求，"要深入打好污染防治攻坚战，集中攻克老百姓身边的突出生态环境问题，让老百姓实实在在感受到生态环境质量改善"。在日照，总书记深情地讲，"推进中国式现代化，就是让人民群众的生活越来越好。生态环境好，老百姓就多了一份实实在在的幸福感"。总书记走遍大江南北，为人民群众擘画美丽中国蓝图，强调"绿色民生才是有质量的民生"；"实现百姓富、生态美有机统一"。而从烂泥滩到阳光海岸绿道、从黑臭水沟到小微绿地、从废弃矿山到生态旅游村，一系列变化与成果告诉我们：新时代的生态文明建设始终坚持人民至上，我们把良好的生态环境变成了最普惠的民生福祉，实现了生态惠民、生态利民、生态为民。

  回过头来我们再来看这条绿道，在阳光的照耀下，绿道蜿蜒向前，滋养着人们的休闲时光，讲述着人与自然和谐共生的生动故事。现在它不仅已经成为市民生活和城市发展的重要组成部分，也向我们回答了城市发展依靠谁、为了谁这个根本问题。所以绿道"之道"，不仅仅是"生态之道"，也是"发展之道""为民之道"，这也恰恰印证了习近平总书记的重要论断："生态文明建设是关系中华民族永续发展的根本大计，是关系党的使命宗旨的重大政治问题，是关系民生福祉的重大社会问题。"当前，站在新的历史发展方位，我们必须更加坚定地贯彻落实习近平生态文明思想，加快建设绿色低碳高质量发展先行区，奋力谱写人与自然和谐共生的时代新篇章。

（理论类优秀奖）

文化遗产的"活态传承"

宋慧敏/平原县委党校教务科科员

2024年6月8日，圆明园十二生肖七大兽首在广西博物馆展出，从星散到重聚，它们辗转走过的是一条中国流失文物的回归之路，也是中华民族的崛起之路。

2023年10月，习近平总书记对宣传思想文化工作作出重要指示，提出"七个着力"的要求，其中一个重要内容就是"着力赓续中华文脉、推动中华优秀传统文化创造性转化和创新性发展"。让文物活起来，让文脉传下去，不仅仅是一个时代性问题，更是一代代传承人的文化使命。

一、"活态传承"的第一个关键词是"保护"

当清晨的第一缕阳光照亮九层楼时，世界文化遗产莫高窟逐渐苏醒，在喧闹声中迎来了新的一天。敦煌研究院保护研究部部长吴健和他的同事们，也在洞窟内开始了和时间的赛跑。面对莫高窟彩塑和壁画衰变褪色等保护问题，经过30多年的不断探索，敦煌研究院逐渐探索形成了一整套数字化保护的关键技术，并把它全面运用于"数字敦煌"项目。近年来，敦煌研究院还不断完善预防性保护体系建设。2020年底投运的中国文物领域首座"多场耦合实验室"，推进了敦煌文化遗产由抢救性保护向预防性保护的转变。真正让莫高窟得到真实、完整的有效保护，让莫高窟"延年益寿"，让千年古老遗产重新焕发出熠熠光彩……

"不能搞'拆真古迹、建假古董'那样的蠢事。""树立保护文物也是政绩的科学理念。""历史文化遗产不仅属于我们这一代人，也属于子孙万代。"总书记的话启示我们，只有保护好、传承好、利用好老祖宗留下的宝贵历史文化财富，才能让中华文脉绵延赓续、文明薪火代代相传。

二、"活态传承"的第二个关键词是"创新"

2024，央视春晚舞台上，《年锦》节目用东方美学再次惊艳世界。节目以中华传统服饰文化为创意核心，借助虚拟合成技术，四位演员分别穿着汉服、唐装、宋装、明袍，通过不同时期的纹样生动演绎了一场穿越千年的"古代时装大秀"。所有的纹样均取材于对应时代文物的原型，每一种纹样都有自己的故事和寓意，传统纹样静默无言却能表词达意。常沙娜先生在接受采访时表示，传统纹样让人们感受到历史的厚度，感受到感性的温情，更可以通过现代设计的形式体现本民族的文化品格。在她看来，中国传统纹样"就好像今天年轻人的问候语和网络的表情图！"它产生于人民，从古到今，人们赋予纹样自己的故事和寓意。借助互联网的力量，运用市场化的手段，开发更多载体和场景得以传播，使得文化遗产能够开口说话，走进百姓生活。

总书记强调："要系统梳理传统文化资源，让收藏在禁宫里的文物、陈列在广阔大地上的遗产、书写在古籍里的文字都活起来"。文化遗产要在形式上"活"起来，才能在人们心中火起来，应加强对中华优秀传统文化的挖掘与阐发，增加时代新意，为文化注入当代精神。

三、"活态传承"的第三个关键词是"传播"

春节是中国的，也是世界的。2023年12月，第78届联合国大会协商一致通过决议，将春节（农历新年）确定为联合国假日。据不完全统计，近20个国家将春节作为法定节假日，全球约1/5的人口以不同形式庆祝农历新年，春节民俗活动已走进近200个国家和地区。从喜气洋洋的中国传统民俗节日到其乐融融的联合国假日，中国福贴遍全球，中国红映照世界。当不同国籍不同肤色的人们沉浸式体验中华传统文化时，中华文明以其独特魅力与世界其他文明交流互鉴、美美与共。

习近平总书记在党的二十大报告中强调，坚守中华文化立场，提炼展示中华文明的精神标识和文化精髓，加快构建中国话语和中国叙事体系，讲好中国故事、传播好中国声音，展现可信、可爱、可敬的中国形象。这一重要论述以"文化"与"文明"为关键词，为构建国际传播的中国叙事体系指明了方向。

新时代以来，历史文化遗产保护工作的四梁八柱不断完善，成效日益显现，我国文化事业更加繁荣兴盛，全民族文化创新创造活力不断迸发。我省从留住文化根脉、守住民族之魂的战略高度推动文化遗产保护利用工作，坚决贯彻落实"保护第一、加强管理、挖掘价值、有效利用、让文物活起来"的新时代文物工作方针，擦亮"海岱考古"品牌，实施文物保护利用"十大工程""中华文明探源工程"山东行动。我市安排部署全市文化遗产保护传承工作，持续做好"两河牵手"文化旅游体验廊道建设，推动实施一批大运河遗产及沿线保护利用项目，加快推进"一县一馆"工程建设，高标准开展第四次全国文物普查工作，畅通水脉、传承文脉、带动人脉，充分展示"两河文化"新风采。

今天，锦绣大地上，文物古迹粲然可观，文化遗产多姿多彩，一幅古今辉映、灿烂辉煌的文化长卷徐徐展开。像爱惜自己的生命一样保护历史文化遗产，我们定能在守正中创新，在传承中发展，更好赓续历史文脉、谱写当代华章！

（理论类优秀奖）

因地制宜发展新质生产力是方向更是责任

盛雨凡/滨州市渤海先进技术研究院宣传专员

在2024年5月举办的第二十届深圳文博会上,海信自动升降卷曲激光电视、歌尔虚拟现实高端头显设备、腾讯数字XR演播室等代表文化产业新质生产力的山东新势力产品一经亮相,就惊艳全场。

发展生产力,关乎家国长远、人民幸福!共产党人始终把解放和发展生产力作为崇高使命!

党的十八大以来,推动高质量发展成为全党全社会的思想共识,2023年9月,习近平总书记创造性提出了"发展新质生产力"的重大论断。

为什么要"发展新质生产力"?

"新征程"上的战略抉择

回顾中华人民共和国75年发展史,也是党带领人民锐意改革、解放和发展社会生产力的奋斗史。鼓足老百姓"钱袋子"、一起过上"好日子",就得抓住"生产力"这个"牛鼻子"。中华人民共和国建国初土地改革,3亿农民摆脱了封建土地关系束缚,至1952年实现了农业总产值48.59%的历史性增长。改革开放,实现了1992年至2012年维持20年年均10.2%的经济高速发展。党的十八大以来全面深化改革,我国成为经济规模超百万亿的世界第二大经济体。

从积贫积弱到国富民强、从温饱不足到全面小康,我们党始终坚持"人民至上"的初心使命和"开拓创新"的政治勇气,领导人民取得了人类发展史上的奇迹。

新起点上,党的二十届三中全会对"健全因地制宜发展新质生产力体制机制"作出了全面部署,彰显着百年大党的战略清醒和历史主动。

从外部环境上看,新质生产力是大国博弈的"胜负手"。美国明确把中国定位为战略对手,采取全面打压遏制政策。全球科技创新空前活跃,新一轮科技革命加速演进,像高精密光刻机等关键核心技术仍面临卡脖子难题。塑造新优势、争得主动权,迫在眉睫。

从内在条件上看,新质生产力是充分发展的"重头戏"。习近平总书记深刻指出,制约高质量发展的因素还大量存在,我国发展不平衡不充分问题仍然突出,城乡区域发展和收入分配差距依然较大,传统生产力增长模式的局限性日益凸显。

那么,什么是"新质生产力",新质生产力究竟"新"在哪里呢?

"新特质"里的大国蓝图

新质生产力,"新"在技术。科技创新是新质生产力的核心要素。抬眼望,一系列创新成果铸成的C919大型客机完成长江-1000A发动机、起落架、航空玻璃等一系列创新突破并取得1200余架订单;俯首看,比亚迪王朝系列、小米SU7等国产新能源汽车驶进了人们生活、驶向了国际舞台。科技创新,深刻塑造着新质生产力的发展动能、无限潜能。

新质生产力，"新"在产业。体现为新一代信息技术、高端装备制造等新型产业。采用空间计算技术的国产游戏《黑神话：悟空》，首周全球销量破千万。伴随风电装备创新，我国风电累计装机容量超4.4亿千瓦。庞大的消费市场，为新型产业的孕育发展提供了广阔舞台。

新质生产力，"新"在人才。据人社部预测，到2025年，仅智能制造领域人才需求就将达900万人。我国拥有世界上规模最大的高等教育体系，受过高等教育人口2.5亿，高技能人才超过6000万。高素质、创新型人才，锻造着新质生产力的基底。

2024年5月，习近平总书记视察山东时殷切指出，山东在推进科技创新与产业创新深度融合、发展新质生产力、完善现代化产业体系上大有可为，赋予我们新的重大使命。那么我们该如何抢抓机遇，大力发展和培育新质生产力呢？

"新使命"里的强省担当

强省担当——必须以创新来驱动。科技创新是培育发展新质生产力的核心驱动力。山东实施新质生产力培育三年行动计划，当下，在集成电路、工业母机等领域实施100项重大科技创新项目。一批高能级创新平台加快建设，齐鲁大地不断培育出发展新动能。

强省担当——必须以产业来带动。产业是培育发展新质生产力的主阵地，通过加快传统产业转型升级，大力发展新兴产业，推广绿色生产方式，"十四五"前3年，万元GDP能耗下降15.8%，经济同步年均增长6%以上，绿色成为山东高质量发展的靓丽底色。

强省担当——必须以人才来促动。高素质劳动者是新质生产力的第一要素。"创新无捷径"，潍柴动力首席技师汤海威率团队5年攻关，解决了发动机测试领域全球行业难题。山大教授马晓鹏通过"科技人才副总"机制，与新力超导公司合作填补国内核磁共振成像技术空白。用好人才，汇聚起了推动发展的重要合力。

强省担当——必须以政策来联动。实施顶尖人才集聚三年行动，每年引进青年人才超70万人；出台规上工业企业数字化转型工作方案，数字化转型覆盖率达到87.3%。一揽子政策，为目标达成筑起有力保障。

一个个数字、举措，宣告着工业大省奋力"转身"、华丽"变身"的坚定决心和不懈实践。回眸历史，山东在改革开放浪潮中铸就了辉煌成就；立足当下，正书写着绿色低碳高质量发展先行区的时代新篇；面向未来，将科学有效发展新质生产力，使命光荣而重大。让我们牢记总书记嘱托，踔厉奋发，勇毅前行，在进一步全面深化改革、推进中国式现代化伟大征程中展现新气象、担当新作为！

（理论类优秀奖）

学习贯彻习近平文化思想
勇担新时代文化使命

王清宇/山东广播电视台编导

一年前,习近平总书记在文化传承发展座谈会上,提到"更好担负起新的文化使命"时,着重强调了三点,分别是:坚定文化自信、秉持开放包容、坚持守正创新。同一年的全国宣传思想文化工作会议,习近平总书记再次强调了这三点。这三点指导原则,是习近平文化思想内在蕴含的世界观和方法论,更是我们担负起新的文化使命的根本遵循。

首先,我们来看第一点,坚定文化自信。习近平文化思想的正式提出,表明党的文化自信达到了新高度。一个直观的表现就是,博物馆热持续升温。仅去年一年,我国博物馆接待人数就达到12.9亿人次,创下了历史新高;同时,举办展览4万多场,举办教育活动38万多场。如今的人们,穿上马面裙,畅游在五千多年的文化滋养中,迈进更加广阔的时代舞台。正如习近平总书记指出:"要坚定文化自信,坚持走自己的路,立足中华民族伟大历史实践和当代实践,用中国道理总结好中国经验,把中国经验提升为中国理论,实现精神上的独立自主。"

下面,我们来看第二点,秉持开放包容。工作以来,我有幸参与了每一届尼山世界文明论坛的采访工作,更幸运的是,每年都能在不同的文明交流中,结交到来自世界各地的朋友。那么接下来的部分,就从我身边的好朋友说起。

安乐哲,是一位美国汉学家。他曾告诉我,每次来尼山,最后总能获得一种"人类"的快乐。这种"人类"的快乐不是简单的"Happy!

Happy！"，而是人类生命中最深的感受。我想，他所说的这种感受，与我们两千多年前的"天下为公""天下大同"，与我们今天的"人类命运共同体"，应该是同样的感受吧！

纳赛尔，是一位伊朗籍学者。2023年，在中国的斡旋下，沙特和伊朗在北京握手言和，这件事让他感到由衷的高兴，并由衷地说出这段话：不管哪个国家、民族、肤色、宗教、信仰，或者意识形态有何种差异，人类的命运是一个共同体。

是啊，正是中华文明的开放包容，让越来越多的国际友人感受到，中国在自身发展的同时也为世界的和平与发展注入了强大的能量。

从"天下为公"到"人类命运共同体"，中华文明总是在开放与包容中不断焕发出新的生命力。革命时期，马克思主义基本原理同中国具体实际相结合，带来了中国革命的胜利。新时代，马克思主义基本原理同中国具体实际相结合、同中华优秀传统文化相结合，在这"两个结合"中，揭开了新篇章、实现了新飞跃。

正如习近平总书记指出的："要秉持开放包容，坚持马克思主义中国化时代化，传承发展中华优秀传统文化，促进外来文化本土化，不断培育和创造新时代中国特色社会主义文化。"

我们再来看第三点，坚持守正创新。2013年，习近平总书记考察山东时，在曲阜发出"大力弘扬中华优秀传统文化"的号召，并提出要"推动中华优秀传统文化创造性转化、创新性发展"。2024年，习近平考察山东时再次强调，要"深入挖掘中华优秀传统文化精华，坚持创造性转化、创新性发展"。十多年来，山东牢记嘱托，聚力打造文化"两创"新标杆。一个个历史悠久的非遗项目，从名录里"活"了起来，畅销海内外。

屏幕播放视频：俄罗斯留学生雷特姆："我特别喜欢中国的非遗，山东的手造文化，尤其是美食。我最喜欢吃花饽饽，一顿能吃好几个，所以我今天要多吃几个！"刘师傅："给你花饽饽，你能吃几个？"雷特姆："啊？这么大呀！"

这位爱吃的小伙伴儿，您可别小看他，通过吃，他可掌握了不少中华文化呢！不信咱们来问问他为什么那么喜欢吃花饽饽呢？

屏幕播放视频：雷特姆："花饽饽承载着平安健康、吉祥如意、富贵长寿、幸福美满等美好祝福和心愿。"

您看，产品与文化的结合，不仅带来了经济发展新动能，还拓展了文化传播新思路！如今，"山东手造""山东智造""好客山东""好品山东"，文化产业早已成为山东高质量发展的新引擎。正如习近平总书记指出："要坚持守正创新，以守正创新的正气和锐气，赓续历史文脉、谱写当代华章。"

今天，我们比历史上任何时期都更接近中华民族伟大复兴的目标，比历史上任何时期都更有信心、有能力实现这个目标，但同时，也必须准备付出更为艰巨、更为艰苦的努力。习近平文化思想为我们指明了前进的方向，中华民族必将以"坚定文化自信、秉持开放包容、坚持守正创新"的方法论，向着强国建设、民族复兴昂扬奋进！

（理论类优秀奖）

自我革命：中国共产党的长青之道

赵曜华/济南市委党校讲师

俗话说，要想跑得快，全凭车头带。中国人民实现了从站起来、富起来，到强起来的历史性飞跃，中国发展至今取得如此辉煌的成就，很大程度上得益于中国共产党"火车头"般的带动作用。为什么中国共产党有如此巨大的能力呢？习近平总书记曾深刻指出："根本原因在于我们党始终保持了自我革命精神，保持了承认并改正错误的勇气，一次次拿起手术刀来革除自身的病症，一次次靠自己解决了自身问题。"但革别人的命容易，革自己的命难，既然如此困难，那中国共产党为什么还要始终保持这样一种精神呢？我们可以从三重逻辑来理解：

首先是理论逻辑，自我革命是马克思主义政党性质的必然体现。中国共产党是马克思主义政党，自然需要跟随马克思主义的指引，那马克思主义是如何论述的呢？它指出，"无产阶级革命与其他革命不同之处就在于：它自己批评自己，并靠批评自己壮大起来。"列宁也强调："公开承认错误，揭露犯错误的原因，分析产生错误的环境，仔细讨论改正错误的方法——这才是一个郑重的党的标志，这才是党履行自己的义务。"所以说中国共产党需要不断地进行自我革命，以更好地践行"为中国人民谋幸福，为中华民族谋复兴"的初心使命。

二是历史逻辑，自我革命是党百年奋斗历程的经验结晶。百余年来，我们党有过辉煌，也经历过低谷，甚至有几次站在了生死存亡的边缘，然而，在紧要关头，中国共产党总能通过自我革命悬崖勒马、力挽狂澜。大革命失败后，八七会议上与右倾机会主义错误进行的坚决斗争是自我革命；遵义会议上，与"左"倾错误进行的坚决斗争是自我革命；延安整风与主观

主义、教条主义、经验主义进行的坚决斗争是自我革命；党的十一届三中全会的拨乱反正同样也是自我革命；而持续进行的反腐败更是最彻底的自我革命。从这个角度来说，中国共产党的历史就是一部自我革命的历史。在百年奋斗历程中，中国共产党历经千锤百炼仍旧朝气蓬勃，自我革命功不可没。

三是实践逻辑，自我革命是应对党内外形势变化的必然要求。对于个人，如果功成名就、花团锦簇，就很容易自我膨胀；对于一个长期处于执政地位的党，在取得了令人瞩目的成就，并且得到人民群众广泛赞誉的情况下，也有可能会陷入自我满足、消极懈怠的危险境地。世界上许多有过丰功伟绩的大党、老党，之所以没能跑赢历史周期率就黯然退场，其中一个重要的原因就是忽视了自身存在的问题，或者不敢纠正自身的错误。现在，我们站在百年未有之大变局中，外有西方势力的围追堵截，内有社会革命进入攻坚期、深水区，面对四大考验、四种危险，如果不能突破、不能变革，就会面临危急时刻。只有通过自我革命，共产党人才能直面自身存在的问题，始终保持先进性和纯洁性，不断增强创造力、凝聚力、战斗力，永葆马克思主义政党本色。

勇于自我革命，是中国共产党区别于其他政党的显著标志。中国共产党的自我革命有哪些鲜明特征呢？我们可以从四个维度来看。

首先，从方向维度上看，体现在刀刃向内。自我革命意味着要革自己的命，要对自身存在的问题动刀子，但又不是自我推翻、全盘否定，而是要确保党始终是中国特色社会主义事业的坚强领导核心，确保党开创的事业始终沿着正确的轨道、既定的目标前进。

其次，从力度维度上看，体现在壮士断腕。自我革命要有勇气，但更要有狠劲，因为它打破的是利益藩篱，而触动利益往往比触动灵魂更加困难。这样的革命，如果没有破釜沉舟、舍我其谁的魄力，没有刮骨疗毒、壮士断腕的勇气，是根本做不到的。

第三，从范畴维度上看，体现在全面覆盖。自我革命的力度和广度决定了一个政党所能达到的境界。中国共产党的自我革命是全方位、全过程的，它既包括了对自身的革命，也包括对所推进事业的革命，是推进党的建设和党的事业之间的统一。它覆盖了党的政治建设、思想建设、组织建设、作风建设、纪律建设五大建设，并把制度建设贯穿其中，深入推进反腐败斗争，通过自我革命使思想理论更具创造力、组织体系更具动员力、作风形象更有亲和力、制度体系更加成熟定型、反腐倡廉更加标本兼治。

最后，从时间维度上看，体现在永不停歇。马克思主义政党的先进性不是一劳永逸的，而是在不断自我革命中淬炼形成的。过去先进不意味着今天先进，今天先进也不意味着永远先进，因此自我革命必须贯穿于伟大事业的全过程中。带领一个有着14亿多人口的发展中国家，实现社会主义现代化和民族伟大复兴，是过去从来没有过的全新探索，如何让中国特色社会主义道路越走越宽广、让中国共产党能始终跟上时代、实践、人民的要求呢？那就要与时俱进、守正创新，用新的理念、新的作为，将自我革命进行到底，因此说，自我革命，永远在路上。

"能胜强敌者，先自胜者也"，勇于自我革命，就是中国共产党的长青之道。我们坚信，中国共产党定能继续保持勇于自我革命的气魄，在革故鼎新中锤炼百年大党的钢筋铁骨，引领中华民族走向伟大复兴！

（理论类优秀奖）

自我革命：跳出历史周期率的新时代答案

李鲁静/威海市文登区委党校校委委员、科研处主任

中国共产党作为一个拥有9918.5万名党员的世界第一大执政党，已走过103年的光辉历程，人们不禁要问，是什么力量让一个百年大党功成名就而不傲、屡遭挫折却不颓、始终朝气蓬勃、青春焕发？人们更想知道，这个世界上最大的马克思主义执政党，要如何成功跳出治乱兴衰的历史周期率、确保党永远不变质不变色不变味？

对于这个问题，习近平总书记在二十届中央纪委三次全会上给出了答案。他指出：毛泽东同志在延安的窑洞里给出了第一个答案，这就是"让人民来监督政府，政府才不敢松懈"。经过百年奋斗特别是党的十八大以来新的实践，我们党又给出了第二个答案，这就是自我革命。如果说第一个答案主要解决外部监督问题，那么第二个答案就是内部自觉，有刀刃向内的勇气，有自我约束的清醒。

一、中国共产党为什么要自我革命

勇于自我革命是我们党最鲜明的品格和最大的优势。回首百余年奋斗历程，"我们党之所以伟大，不在于不犯错误，而在于从不讳疾忌医，敢于直面问题，勇于自我革命。"

我们党历史上曾经历过多次错误，但每次都是依靠自身纠正了错误。党在大革命失败后纠正了右倾机会主义错误，万里长征中及时转变政治路线和军事路线实现了自我挽救，延安时期纠正了主观主义、宗派主义、"党八

股"，新中国成立初期通过整风整党和"三反"运动解决党在思想、组织、作风等方面存在的突出问题，改革开放通过纠正"文化大革命"的错误实现具有深远历史意义的伟大转折等等，无不体现了我们党对于自我监督和自我革命的坚定态度。正是因为时刻保持解决大党独有难题的清醒，使我们党得以在急剧变化的外部环境中保持党内政治生态风清气正，避免出现政治生命的早衰甚至消亡。

历史和现实告诉我们，过去先进不等于现在先进，现在先进不等于永远先进；过去拥有不等于现在拥有，现在拥有不等于永远拥有。习近平总书记曾语重心长地指出："没有什么外力能够打倒我们，能够打倒我们的只有我们自己。"因此，有没有强烈的自我革命精神，能不能进行自我革命关系党的生死存亡，关系中国特色社会主义事业的兴衰成败。所以，我们要自我革命！

二、中国共产党为什么能自我革命

党的自我革命，极其伟大，也极具挑战。推进自我革命犹如拿起手术刀给自己动手术，其间的痛苦可想而知。但为什么我们党在推进自我革命上仍然义无反顾？那是因为"我们党除了国家、民族、人民的利益，没有任何自己特殊的利益，这是我们党敢于自我革命的勇气之源、底气所在。"

1944年9月8日，毛泽东同志在纪念张思德追悼会上的一段话至今言犹在耳。毛主席说："因为我们是为人民服务的，所以，我们如果有缺点，就不怕别人批评指出。不管是什么人，谁向我们指出都行。只要你说得对，我们就改正。你说的办法对人民有好处，我们就照你的办。"这段话道出了中国共产党"必须随时准备坚持真理，因为任何真理都是符合于人民利益的；共产党人必须随时准备修正错误，因为任何错误都是不符合于人民利益的"真谛。

党的十八大以来，以习近平同志为核心的党中央以前所未有的勇气和定力，打出了一套自我革命的"组合拳"，赢得了保持同人民群众的血肉联系、人民衷心拥护的历史主动，赢得了全党高度团结统一、走在时代前列、带领人民实现中华民族伟大复兴的历史主动。这也回答了党"为什么能自我革命"的重大问题。

三、中国共产党怎样推进自我革命

如何在执政75年的大党中深入推进自我革命？这道题"老祖宗"没讲过，前人没遇到过，世界上其他马克思主义政党没解决过，只能靠我们自己探索破解。

在二十届中央纪委二次全会上，习近平总书记从我们党所处历史方位、肩负使命任务、面临复杂环境出发，用"六个如何始终"对大党独有难题作出深刻阐释。

在二十届中央纪委三次全会上，习近平总书记又明确提出"九个以"的实践要求，为深入推进党的自我革命提供了强大思想武器和科学行动指南。

胜人者有力，自胜者强。新时代党的自我革命一刻也不会停止，也不能停止。作为党员干部，要正确认识党的自我革命，牢牢把握"九个以"的实践要求，主动践行自我革命精神，以自我净化革除自身毒瘤，以自我完善提升整体形象，以自我革新培育创造活力，以自我提高增强担当本领，走好新的赶考之路，不断书写"百年恰是风华正茂"的政党传奇！

最后我想用习近平总书记的一句话作为宣讲的结束语："越是长期执政，越不能丢掉马克思主义政党的本色，越不能忘记党的初心使命，越不能丧失自我革命精神。"

（理论类优秀奖）

坚持好运用好贯穿于习近平新时代中国特色社会主义思想的立场观点方法

牟海侠/烟台大学马克思主义学院副教授

党的二十届三中全会对进一步全面深化改革、推进中国式现代化作出系统部署，充分体现了以习近平同志为核心的党中央坚定不移高举改革开放旗帜的坚强决心，完善和发展中国特色社会主义制度、推进国家治理体系和治理能力现代化的历史主动，必将为中国式现代化提供强大动力和制度保障。

党的二十大报告指出："不断谱写马克思主义中国化时代化新篇章，是当代中国共产党人的庄严历史责任。继续推进实践基础上的理论创新，首先要把握好习近平新时代中国特色社会主义思想的世界观和方法论，坚持好、运用好贯穿其中的立场观点方法。"习近平新时代中国特色社会主义思想的立场观点方法是什么？怎样坚持好运用好贯穿于其中的立场观点方法？下面我将从科学内涵和坚持运用两方面来阐述。

2024年5月22日下午，习近平总书记来到山东省日照市阳光海岸绿道，实地察看修复治理后的海岸线生态环境，同正在海边休闲锻炼的市民游客亲切交流。5月23日，习近平总书记在济南主持召开企业和专家座谈会，强调："要从人民的整体利益、根本利益、长远利益出发谋划和推进改革，走好新时代党的群众路线，注重从就业、增收、入学、就医、住房、办事、托幼养老以及生命财产安全等老百姓急难愁盼中找准改革的发力点和突破口"，贯穿习近平新时代中国特色社会主义思想的立场，正是人民立场。

马克思主义唯物史观认为人民是历史的创造者，是社会变革的决定力量。马克思主义中国化时代化的生动实践表明坚持人民立场，就是坚持人民至上，以人民为中心，一切为了人民、一切依靠人民，始终同人民站在一起。人民立场是中国共产党的根本政治立场，中国共产党从诞生之日起就始终为人民的美好生活而不懈奋斗。

习近平新时代中国特色社会主义思想蕴含着丰富的观点，其中，坚持党对一切工作的领导、坚持和发展中国特色社会主义、实现社会主义现代化和中华民族伟大复兴，是必须深刻领会的基本观点。在基本观点指导下，运用一系列具体方法推进社会主义各项事业全面发展。

在具体方法中极为重要的是要坚持实事求是、调查研究和问题导向。重视深入调查研究，通过深入调查研究了解问题的真实情况，实事求是的找到解决问题的办法，科学统筹解决事关战略全局、事关长远发展、事关人民福祉的重大理论问题和现实问题。

党的二十届三中全会强调，进一步全面深化改革，要总结和运用改革开放以来特别是新时代全面深化改革的宝贵经验，贯彻坚持党的全面领导、坚持以人民为中心、坚持守正创新、坚持以制度建设为主线、坚持全面依法治国、坚持系统观念。"六个坚持"重大原则集中体现了习近平总书记关于全面深化改革重要论述的核心要义，为进一步全面深化改革、推进中国式现代化提供了根本的立场、观点和方法。

要坚定维护党中央权威和集中统一领导，发挥党总揽全局、协调各方的领导核心作用，把党的领导贯穿改革各方面全过程，确保改革始终沿着正确政治方向前进。

尊重人民主体地位和首创精神，人民有所呼、改革有所应，做到改革为了人民、改革依靠人民、改革成果由人民共享。

坚持中国特色社会主义不动摇，紧跟时代步伐，顺应实践发展，突出问题导向，在新的起点上推进理论创新、实践创新、制度创新、文化创新以及其他各方面创新。日照港的绿色蝶变，正是通过发展新资源、构筑新平台、打造新动能，走上了智慧绿色发展新道路，坚持守正创新、以新质生产力，推进经济社会高质量发展。

加强顶层设计、总体谋划，破立并举、先立后破，筑牢根本制度，完善基本制度，创新重要制度。

在法治轨道上深化改革、推进中国式现代化，做到改革和法治相统一，重大改革于法有据、及时把改革成果上升为法律制度。

处理好经济和社会、政府和市场、效率和公平、活力和秩序、发展和安全等重大关系，增强改革系统性、整体性、协同性。

我们学习全会精神，要深入理解牢牢把握习近平新时代中国特色社会主义思想的立场观点方法，全党全军全国各族人民要更加紧密地团结在以习近平同志为核心的党中央周围，高举改革开放旗帜，以中国式现代化全面推进中华民族伟大复兴！

（理论类优秀奖）

积极培育践行中国特色金融文化

焦润檀/山东省鲁信投资控股集团有限公司职员

2024年1月,习近平总书记在省部级主要领导干部推动金融高质量发展专题研讨班开班式上,鲜明提出积极培育中国特色金融文化,为新时代金融系统进一步做好金融工作提供了根本遵循和科学指南。如何积极培育践行中国特色金融文化呢?

一、诚实守信,是中国特色金融文化的基石

诚,人之本也;信,国之宝也!从商鞅"徙木立信",季布"一诺千金",再到"交子"以信兴商,对诚信的重视与追求,早已深入中华民族的精神血脉。习近平总书记在浙江工作时,曾讲过百年老店胡庆余堂的故事,强调金融要以诚信为本。他说,"大堂内挂着'戒欺'牌匾,是告诫员工要牢记诚信经营;大堂外挂着'真不二价'的招牌,这是要求商家接受客户的评定监督"。正是因为诚信经营,胡庆余堂能够屹立100余年而不倒。总书记到晋中考察日昇昌票号博物馆时又强调,金融要以"诚信"为本,要传承"诚信"这种晋商精神的内涵。时代在变,但诚实守信始终是金融发展不可逾越的安全底线,也是我们的立身之本。金融以信用为基础,小到个人办理信用卡,大到企业融资授信,"诚信金融"一直与我们相伴而生,它不仅是道德规范,更是市场秩序的基石。积极培育践行中国特色金融文化,只有大力弘扬中华优秀传统文化,让"诚实守信"成为我们的思想和行动自觉,以实际行动不负新时代的使命与担当。

二、以义取利，是我们金融人的经营之道

中华优秀传统文化倡导见利思义、重义轻利。在我国传统商帮中，无论是晋商"利以义制"的行商准则，抑或是徽商"以义为利"、浙商"义利双行"的经营理念，无不蕴含着义利兼顾的经济伦理。

在一次全国两会上，谈到乡村金融，习近平总书记关切地询问："钱有没有真正用到农民身上？"把钱真正用到该用的地方去，是金融行业应当追求的目标。回顾百年党史，我们党始终坚持以人民为中心，把人民放在最高位置，镌刻在党的旗帜上。从提供购房信贷支持缓解城市住房压力，到全面加强基础设施建设实现跨越式提升；从帮扶中小微企业纾困激发活力，到全力推进脱贫攻坚、乡村振兴……无论置身何处，总见金融人的使命与担当。坚持"金融为民、以义取利"是金融业的经营之道，更是中国特色金融文化的核心内涵与价值追求。

三、稳健审慎，是我们金融人的行事风格

中华优秀传统文化提倡"居安思危""行稳致远"，强调"未雨绸缪""防患于未然"。在2023年全国两会上，有政协委员提出加大力度，引导更多长期资本入场，打通金融支持科创"最先一公里"和"最后一公里"的建议时，习近平总书记亲切叮嘱道："在决定做一件事情之后，怎么推动起来，

还是要好好研究，做好周全准备，必要时先行试点"。总书记的要求提醒我们，金融机构作为高风险行业，要始终把防控风险放在首位，把"稳健审慎，不急功近利"作为金融人的行业追求，并落实到金融活动全过程、各领域、各环节，只有这样，我们才能为国家经济建设提供强大金融支持，为人民的幸福生活保驾护航。

四、守正创新，是我们金融人的发展动力

守正创新，是具有悠久历史的中国话语，它既是中华优秀传统文化绵延不绝、传承至今的重要动力，也是古代治国理政、发展经济的重要经验。从战国放款取息、南北朝典当行盛行，到唐朝汇兑"飞钱"、宋代纸币"交子"，再到明清钱庄、银号、票号应运而生，一部金融史，可以说是一部中国历史的创新史。培育金融文化要创新，关键是解决好为谁服务、为谁创新的问题。总书记强调，"中国式现代化不能走脱实向虚的路子"。创新是把握时代、引领发展的第一动力，必须坚持"变"与"不变"、继承与发展、原则性与创造性的辩证统一，积极拥抱科技变革，不断提升质效水平，为服务实体经济高质量发展注入强有力的金融动能。

五、依法合规，是我们金融人的行为准则

我国传统法律文化崇尚德法相辅，强调"礼法并用"。先秦法家主张"不别亲疏，不殊贵贱，一断于法"。培育践行中国特色金融文化，实现金融高质量发展，不仅要持续加大"防风险、严监管、高标准、严要求"的工作力度，更要增强金融从业人员的法治意识，牢牢守住"合规经营"底线，让尊崇法律、敬畏规则、健康向上的金融文化在全社会蔚然成风。

金融活，经济活；金融兴，经济兴。推进金融事业发展是一项长期艰巨的历史使命，培育中国特色金融文化更是我们金融人的责任担当。让我们紧密团结在以习近平同志为核心的党中央周围，以诚信为魂、以民生为先、以稳健为基、以创新为核、以合规为本，接续奋斗、久久为功，共同谱写中国特色金融发展道路新篇章！

（理论类优秀奖）

向"新"而行 以"质"致远

高　京/胜利油田党校（培训中心）教师

2023年9月，新质生产力一词伴随总书记的脚步首次走进公众视野，与新产业、新模式、新动能紧密相连的它，注定也将拥有不凡的生命力。

今天，让我们一起向"新"而行，去探寻新质生产力背后的奥秘。它究竟是从何而来？内涵何在？又以何而成呢？

过去我们讲"发展是硬道理"，而在今天，高质量发展才是新时代的硬道理。推进中国式现代化需要通过高质量发展来实现，高质量发展也需要新的生产力理论来指导，而新质生产力就是这个新的理论。

实践已经证明，发展新质生产力是"推动高质量发展的内在要求和重要着力点"，是推动中国经济实现自身转型升级的内生需求。

反观国外，世界百年未有之大变局叠加新一轮科技革命，中国的发展之路究竟应走向何方？来自外部环境的重重压力也迫使我们不得不尝试从发展新质生产力中去探寻中国未来发展的答案。

既然新质生产力如此重要，那它究竟是什么呢？提到这个词的时候，我们首先想到的可能会是"高大上"的人工智能、量子科技、生命科学，这些都属于新质生产力的范畴，但是似乎又离我们比较遥远。

其实，我想告诉大家，新质生产力就在我们每一个人的身边。在我们衣食住行的各个方面，都能够找到新质生产力的影子。无论是得利斯的"预制菜"、还是海尔的"智能家居"，抑或是比亚迪的新能源汽车，这些都是

新质生产力在我们生活中的外在呈现。那么，我们又该如何去理解它的具体内涵呢？

首先它是一种先进生产力质态，这揭示了新质生产力的本质所在。其次，它中间加了很多的修饰语，比如说强调创新的主导作用，强调摆脱两个传统，强调具有高科技、高效能、高质量"三高"的特征，强调它是符合新发展理念的这样一种先进生产力。

我们可以简单把这些总结为一句话来理解，那就是：新质生产力的起点在"新"上，关键在"质"上，本质是一种"先进生产力"。

怎么来理解"新"呢？"新"我们可以理解为是新产品、新技术、新业态、新体系，乃至于新的发展方式等等。比如说我们在路上经常见到的比亚迪、理想、蔚来、小米SU7等新能源汽车，这种新能源汽车的出现改变了我们过去对于传统燃油车的依赖，为我们带来新的消费产品和消费体验。再比如说，已经在武汉投入运营了400多辆的无人驾驶网约车"萝卜快跑"，截至今年上半年，已向公众提供乘车服务累计超600多万次，它的背后也离不开AI和人工智能技术的进步和发展。还比如说，像我们经常用到的天猫、淘宝、支付宝等涵盖电子商务、移动支付等领域的数字经济,以及以无人机、低空飞行器为代表的低空经济新业态等等。这些都是新质生产力的发展给我们带来的新变化、新气象,背后体现了创新的主导作用。

而"质",主要有四层意思。第一是物质的"质",因为新质生产力它本身就是一种物质生产力,是推动社会发展与进步的一种物质力量。第二,就是总书记讲的新质生产力的源头——科技创新,它往往与三个词——原创性、颠覆性、革命性相关联,它是带有"质变"特征的先进生产力。第三个是质量的"质",第四个是品质的"质",因为发展新质生产力是为了推动高质量发展,而高质量发展最终是为了谁?是为了让咱们老百姓都能过上好日子,过上更高品质的生活。这就是"质"的四层意思。

最后我们把落脚点放在新质生产力的本质先进生产力上,在科技创新的主导和驱动下,我们拥有了更高素质的劳动者、更高技术含量的劳动资料和更广范围的劳动对象,在三者的优化组合下,催生新产业、新业态、新模式,实现了生产力的跃升和进步,让我们看到一种新的生产力发展质态。

那么新质生产力到底是如何形成的呢,我们又该如何去做呢?我们也可以来做一个比喻,我们都知道,植物的生长需要有种子,这是源头。种子埋进土壤里,施肥浇水需要有园丁,有劳动者。从幼苗长成小树,小树变成森林,树就是产业。树如果能长出果实,果实变现还需要有市场。除此之外,树的生长还需要阳光雨露等良好的成长环境,才能长得又大又好。因此说,事物的发展是一个系统的工程。

同样,新质生产力的培育和发展,也是一个系统工程,需要我们在科技、产业、发展方式、体制机制、人才工作机制等方面积极做好"创新"这篇大文章,才能推动实现以"新"提"质"、以"质"致远的目标。

党的二十届三中全会明确指出,要健全因地制宜发展新质生产力的体制机制。山东作为制造业强省,如何推动优势传统产业向上突围,打造具有

"山东味"的新质生产力,让我们共同拭目以待!

有一句话叫做:追风赶月莫停留,平芜尽处是春山。四十多年来,改革开放让"春天的故事"在希望的田野里回响。新时代新征程上,加快发展新质生产力,也定能谱写中国式现代化最美的华章!

(理论类优秀奖)

坚持以人民为中心的发展思想

周　佳/国铁济南局党校党史党建教研室副主任

今天的故事，我想从"7053/7054"次这趟慢火车讲起。这趟车往返于淄博到泰山之间，是山东省内唯一的公益性慢火车，也是时速最慢的一趟车，平均时速还不到40公里，与一日千里的高铁相比，慢火车就像一位步履蹒跚的长者。

历经艰辛与坎坷，追寻梦想与荣光。一路走来，整整半个世纪，慢火车正是靠人民而通、为人民而开、因人民而行。早在20世纪70年代，在大型机械设备严重不足的情况下，慢火车正是靠着沿线老乡的肩挑背扛、劈山开路才得以顺利开通；开通后，慢火车始终秉承为人民开车的初心，一路乘着改革开放的东风，引吭高歌，迈进新时代，实现了从过去名副其实的"庄户列车"，到如今广受好评的"旅游列车""研学列车""驴友专列"的华丽转身，助力沿线老乡跑出了幸福路上的"加速度"。50年沧海桑田，50年光阴似箭，变的是车窗外的景色、变的是车内的设备设施，但慢火车的票价却始终没变，全程184公里，票价最高的11块5毛钱，最便宜的才1块钱，甚至比公交车的票价还要低。实事求是地讲，因为票价太低，我们济南局运营这趟车是赔钱的。但为什么赔钱还要开车？还要开好车呢？这正是国铁济南局让人民共享企业发展成果的真实写照，是新时代国铁企业自觉服务党和国家事业发展大局的时代缩影。

火车向着梦想开，复兴号奔驰在齐鲁大地，山东高铁通车里程全国第一，这是振奋人心的一个的数字；

火车向着民心开，从天堑变通途、从走得了到走得好，这是服务升级的一场革命；

　　火车向着世界开，重载货运列车横空出世，中欧班列走向世界，这是从无到有的一次求索。

　　济铁人牢记习近平总书记对山东的殷殷嘱托，把"人民铁路为人民"的诺言镌刻在齐鲁大地，想人民之所想，急人民之所急，办人民之所需，不仅为山东区域经济社会发展源源不断地注入"铁动力"、更以"铁担当"践行以人民为中心的发展思想。

　　党的十八大以来，习近平总书记根植中华优秀传统文化"以民为本"的深厚土壤、根植中国共产党"为人民谋幸福、为民族谋复兴"的价值追求、根植中国特色社会主义的伟大实践，创造性提出以人民为中心的发展思想。以人民为中心的发展思想，不仅坚持了发展观，而且更深刻阐明了新时代推动经济社会发展的根本目的、内在动力、价值目标等问题，是发展的目的论、动力论、价值论的有机统一。

　　从发展目的论来看，这一思想深刻回答了发展"为了谁"的问题，体现了马克思主义的人民立场。《共产党宣言》中指出："无产阶级的运动是绝大多数人的，为绝大多数人谋利益的独立的运动。"指明了无产阶级政党的根本立场就是人民立场。从2012年到2022年，从党的十八大到二十大，从初次当选到再次当选为党的总书记，习近平同志的宣示始终如一："人民对美好生活的向往，就是我们的奋斗目标"，要"不断把人民对美好生活的向往变为现实。"强调的一切发展都要为了人民，把增进人民福祉作为经济发展的出发点和落脚点，阐明了发展的根本目的，体现了马克思主义的人民立场。

从发展的动力论来看，这一思想深刻回答了发展"依靠谁"的问题，体现了人民是推动历史发展根本力量的唯物史观。恩格斯之所以提出"力的平行四边形"理论，也正是因为他深刻认识到了英雄史观的缺陷，少数英雄人物确实能推动历史进步，但从整个人类社会发展来看，人民群众才是社会财富的创造者，是推动社会变革的最终决定力量。人类历史正是在无数不同个体意志的相互冲突、组成力的平行四边形，所汇聚成的强大合力中向前发展的。总书记在多个场合、多次会议上反复强调："江山就是人民、人民就是江山，打江山、守江山，守的是人民的心。"强调的正是要坚定依靠人民，发挥人民的首创精神，汇集全体人民的力量，揭示了发展的内在动力。

从发展的价值论来看，这一思想还深刻回答了发展"由谁享有"的问题，这也是对马克思主义群众史观独具创造性的发展。马恩在《共产党宣言》中虽在一定程度上回答了发展由谁享有的问题，指出："代替那存在着阶级和阶级对立的资产阶级旧社会的，将是这样一个联合体，在那里，每个人的自由发展是一切人的自由发展的条件。"但社会主义现代化，根本不同于资本主义现代化，是以鲜明的人民性推动人的全面发展。总书记强调："要坚持把增进人民福祉、促进人的全面发展、朝着共同富裕方向稳步前进作为经济发展的出发点和落脚点"。坚持促进共同富裕与促进人的全面发展相统一。从打赢人类历史上规模最大、力度最强的脱贫攻坚战，兑现全面建成小康社会"一个都不能少"的庄严承诺，再到今天接力全面推进乡村振兴，坚持做大蛋糕，更要分好蛋糕，为实现全体人民共同富裕接续奋斗。强调的正是让现代化建设的发展成果更多、更公平惠及全体人民，阐明了发展的价值目标，体现了共产党人的价值追求。

概括来讲，发展为了人民、发展依靠人民、发展成果由人民共享这正是以人民为中心发展思想最核心的要义。三者之间之间互相联系，是一个统一整体。发展为了人民，使得发展依靠人民有了依据；发展依靠人民，决定了发展成果由人民共享；而人民共享发展成果，则进一步落实了发展为了人民。

纵观历史与现实，充分证明民心是最大的政治，人民是最大的底气。

谁为了人民，与人民心心相印，谁行！

谁依靠人民，与人民团结奋斗，谁赢！

谁根植人民，与人民共甘共苦，谁胜！

（理论类优秀奖）

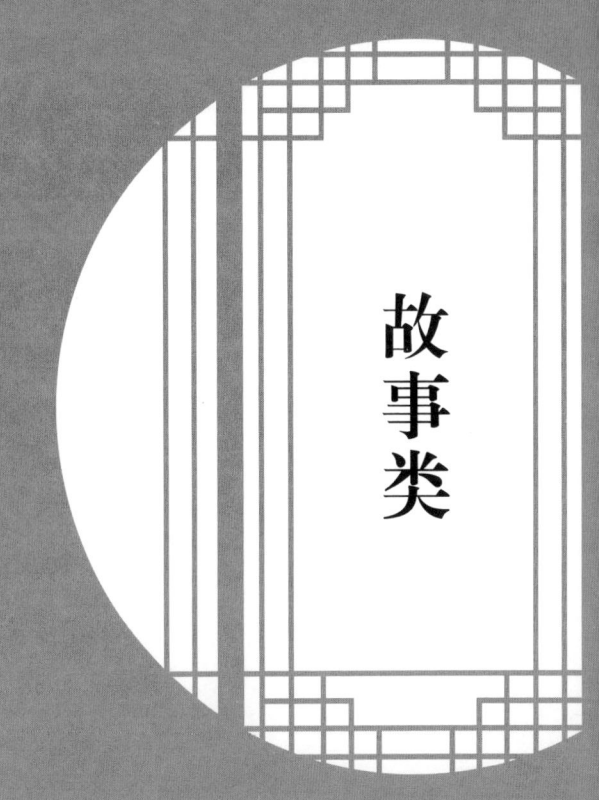

故事类

技校生也能闯出一片天

袁 强/青岛技师学院正高级实习指导教师

"金榜题名"是人生一大喜事，可"榜上无名"也绝不意味人生路的终止。"榜上无名，脚下有路"才是有志青年的正确选择！

12年前的一场中考，平时成绩名列班级前茅的我因为一个小小失误导致一门功课被判0分，与高中失之交臂。是去打工？还是去学技术？在家人的鼓励下，我走进了一所职业院校，成为一名技校生。

入学后，我学习了钳工技能、车床操作、焊接技术、电工知识等，尽管我也在不断学习和努力，但是我脚下的路又在何方？

就在这时我听说，若能在省级技能大赛中荣获一等奖，便有机会留校任教。这不就是摆在我脚下的路吗？我决定尝试一下。

2015年初，学院进行工业控制项目选拔赛，我报名参加了。因为基础比较差，在第一轮40进20的选拔赛中就被淘汰了，但我没有放弃，多次找到教练请求继续参赛，教练最终又给了我一次继续参赛的机会。

我非常珍惜这次机会，每天的训练都在15小时以上，两年时间总共休息不到十天。记得那年的正月初二，我坐上最早班的公交车到学校训练，练到深夜准备回宿舍休息时，才发现整个学院就我一个人。我想到此时别人都在万家灯火团圆时，而我还在训练，年仅15岁的我害怕又无助，走在路上，一边哭，一边给父母和教练打了电话。父母和教练给了我安慰和鼓励，于是我重整旗鼓，继续全身心地投入到训练中，同时，教练也陪我一起在学院训练。

日常训练中我不断加压，比赛要求的设备安装精度误差不超过正负3毫米，而我要求自己误差不能超过正负1毫米。终于在新一轮的比赛中成功复

活,成了学院的种子选手。我乘胜前进,战胜了后面比赛中的所有选手,取得了学院第一名、山东省第一名、山东省集训队第一名、全国第一名、国家集训队第一名,最终拿到了代表中国参加世界技能大赛的入场券。

世界技能大赛也称为"技能界的奥林匹克",是全球范围最高级别的职业技能赛事。2017年10月7日,我踏上了去往阿联酋阿布扎比的第44届世界技能大赛工业控制项目的比赛征程。

工业控制项目是韩国和欧洲国家长期垄断的优势项目,韩国队已经连续好几届蝉联金牌,而我国在该项目所获得的最好成绩就是上一届的第十二名,夺得优胜奖。

比赛第一天,我做得行云流水,超常发挥。第二天上午还是在正常状态,但是到了下午我居然犯困了。后来想想可能是第一天太顺利了,没有压力,有些放松,我又没有倒好时差,睡眠时间不够,脑袋出现了一个小时的记忆空白。我在做特别重要的控制柜接线工作时,发现一根线可能接错了,这会导致上电失败,电路不通,设备不能正常运行,严重的情况下设备就炸了,我就该直接回国了。但是通过再次检查后发现,其实一根线都没有接错,后来我想,这可能是源于我平常高强度训练,使得我在无意识的情况下一根线都没有接错。

按照大赛的规定,提前完成前三天比赛项目的选手可以领到第四天的编程试卷。前三天我成绩遥遥领先，毫无疑问拿到了试卷，是一份5张A4纸的试卷，我一看觉得已是稳操胜券。但正式比赛当天，发下来试卷却是20多张A3纸的卷子，与我前一天拿到的试卷完全不一样。

后来了解到，因为西方国家的故意刁难，只有我提前领到的试卷是错误的。那一刻我几乎要崩溃了。但看到自己桌子上的五星红旗时，我内心一震，我参加比赛代表的是中国，现在在为国家而战！不能失败，只能成功！

根据大赛的规定一名选手无论成绩如何，一生只有一次参赛机会，这次比赛机不可失，失不再来。我努力让自己冷静下来，逐字逐句审题答题。最终，在比赛铃声响起前3分钟，我完成了全部比赛！我想，这是国家给我的力量！是这个时代赋予我的力量！

虽然遭遇不公正的待遇，可最终我还是以0.0014分的优势，战胜了来自21个国家和地区的选手，一举夺得了金牌！实现了山东省在世界技能大赛上金牌零的突破，这也是中国在工业控制项目上第一枚金牌。当我身披五星红旗，站在领奖台上那一刻，我热泪盈眶地大声高喊着："中国！中国！中国！"

回国之后，各种荣誉接踵而来，山东省人民政府授予我个人一等功、全国向上向善好青年、全国技术能手，当选为全国青联常委……与此同时我还收到了许多知名企业抛来的橄榄枝，许以各种高薪厚禄，最终我谢绝了丰厚的报酬，成为一名教师，27岁的我成为我们学院最年轻的正教授。目前，我仍在继续带领选手参加比赛，现已培养出17名全国技术能手和山东省技术能手。

习近平总书记殷切教导我们说："要在全社会弘扬精益求精的工匠精神，激励广大青年走技能成才、技能报国之路。"作为新时代职业教育战线的一员，我始终坚信，脚下有路，行方致远，只要心中有梦想，矢志不渝去奋斗，定能收获精彩人生！

（故事类一等奖）

我在齐国故都办研学

王科学 /淄博市临淄区文化旅游有限公司研学事业部主任

我是一名研学老师，多年来运营着一个自己的研学品牌。在34岁时，我经历了创业失败，当时的我很迷茫、没有前进的方向，直到在一次学习中，我看到习近平总书记说的一段话："旅游是修身养性之道，中华民族自古就把旅游和读书结合在一起，崇尚'读万卷书，行万里路'。"这让我联想到一个新兴行业——研学旅行，一下子，我又重新燃起了创业的想法。

为了尽快融入这个行业，我查阅了大量资料，咨询了一些前辈的经验，然后一头扎进了这个新兴领域。创业初期没有场地，我们团队里7个平均年龄22岁的小伙子就拎着铁锨锄头自己挖，手上磨得全是水泡，身上晒得直脱皮，仅仅一个月就挖出了10亩战壕场地。

场地建好了，给基地取什么名字呢？当时我们想过类似"冠军研学""优品研学"之类的名字，但总觉得没有特色和内涵。有一次，团建时路过我们淄博临淄的稷下小学，"稷下"两个字一下点醒了我——稷下学宫是世界上最早的官办高等学府，以"稷下"为名既有地域特色，又是对本土文化的传承，团队成员一拍即合，"稷下研学"就这么诞生了。之后的两年里，我们的事业越做越大，先后获得了齐文化研学旅行基地、科普教育基地等14项荣誉。

但随着研学需求的旺盛，研学基地如雨后春笋般迅速兴起，我们陷入了同质化的发展瓶颈，而2020年突如其来的新冠疫情更是给研学行业带来了灭顶般的打击。面对家人的不解、合作伙伴的离开，坚持还是放弃？当时的我动摇了。这种摇摆不定的情绪一度让我变得颓废，但创业时的辛苦付出让我不舍得放弃，而"稷下研学"的特殊意义让我决定继续坚持下去。

　　很快，我整理好身心，再次投入研学行业中。我们与齐文化博物院、管仲纪念馆等场馆合作，在靠着齐文化特色吸引客户的同时，也把我们的齐文化故事讲出去，把齐国故都、蹴鞠发源地的故事讲出去。我们淄博人常说要"打响齐文化金字招牌"，我也想出一份力。

　　当时网络直播刚刚兴起，我感觉这是个做宣传的好办法，所以我也开启了抖音直播，在直播间里讲齐文化故事，人气非常高。在一次讲到齐桓公不计前嫌任用管仲为相的故事时，直播间的弹幕上突然蹦出来一句："这个主播长得跟历史不符！我要打市长热线举报你！"大家都被逗笑了，直播间里网友们纷纷刷起"这主播真逗""主播故事讲得太好了"的评论，看到这么多人在听我讲齐国历史故事，我心里非常激动。

　　有一次，我接待外国友人团队，向他们隆重介绍国宝"牺尊"："全国共有4尊牺尊，临淄这尊无论是制作工艺还是成色都是上品。牺尊是'刻为牺牛之形，用以为尊'的酒器，它通体错金银丝，墨晶石镶嵌出眼睛，头顶、鼻梁、眉毛及身上的绿色是用绿松石和孔雀石铺填而成。牺尊背上盖钮的形象是一只长脖子扁嘴巴禽鸟，鸟的脖颈向后反折，嘴巴紧贴在背上，正好形成盖钮，打开盖钮可以向牺尊里面倒酒，牺尊代表了当时青铜器制作工艺的最高水准。"这件精美的器物打破了外国友人认为中国画"只唯点线，不讲体面，缺乏立体感"的传统观念，看到他们惊讶并连连点头的样子，我的心里升腾起一份自豪、一份自信——这是民族自信，更是文化自信！

还有一次，我接待一位来自天津的专家，口误说出了"半圆瓦当只有齐国才有"的言论，说者无意，听者有心，后来，这名专家在全国各地博物馆参观时，只要遇到半圆瓦当就会拍照发给我说："赵国也有半圆瓦当，燕国也有半圆瓦当，不是齐国才有的！"为了表达歉意，我制作了一份半圆瓦当拓印集送给他，他对这本拓印集非常感兴趣。渐渐地，从半圆瓦当到圆瓦当，从齐桓公到齐威王，他对齐文化的研究越来越深入，从普通游客变成了齐文化的爱好者、研究者，他对我说："齐鲁大地'齐'字在前是有道理的，当年稷下学宫给这片土地留下了太多灿烂精神，越研究越有趣。"是啊，齐国是春秋首霸、战国七雄，临淄作为齐国故都正是齐文化的发源地，这里有剑指南山的齐国刀币，有九州穹庐之下第一座冶铁的窑炉，这里有世界上第一本行政管理学巨著《管子》、第一本工业学巨著《考工记》、第一本农业学巨著《齐民要术》、第一本天文学巨著《甘石星经》，光齐都成语故事就有300多个，这些正是我苦苦寻找的文化内核和破题之法。

2023年，我们的研学业务并入了本地的国有企业，新创建了15家研学基地，接待了研学游客30万人次，打造了国内独一无二的齐文化主题研学剧本杀——《探齐之旅》。

把齐文化当作内核，让我们的研学事业在传承弘扬齐文化的过程中愈发生机勃勃。我立志做一名传承弘扬齐文化的"搬运工"，让越来越多人通过研学认识齐国故都——临淄，让越来越多人了解齐文化、爱上齐文化，让齐文化在中华优秀传统文化长河中熠熠生辉！

（故事类一等奖）

从"最初一公里"到"最后一公里"

王芃然 / 中央统战部选调生，公园街道团工委副书记（挂职）

2022年，我从大学毕业，通过考录进入中央统战部，成为一名选调生。2023年9月，根据工作安排，我踏入基层，来到淄博市张店区公园街道。从贯彻落实党中央决策部署的"最初一公里"，到服务群众的"最后一公里"，我经历了"三步走"的转变。

"你为什么从中央来到这里？"这是我刚来时经常听到的问题，还来不及回应，就会听到："人家是来这镀金的，干两年就走了"。其实，对我而言，来基层锻炼一直是我的一个心愿，我始终记得局领导的殷殷嘱托：从校门到机关门，缺少基层磨砺就练不出"真金"，一定要在基层"墩好苗"。

基层是个大熔炉，也是干事创业的大舞台。该如何尽快地实现角色转变，成了我挂职一开始就面临的难题。介绍我时，身边人一开口就是："这是王书记，从中央统战部来挂职的"，带着这样的标签工作，要么一问一个不吱声，要么是客客气气的场面话，这种距离感让我有了挫败感。身边的同事很快发现了我的问题，就建议我先到社区走走，跟着网格员们学习如何做好千头万绪的基层工作，于是我从政策宣讲、隐患排查、纠纷调解等小事做起，边看边学和老百姓打交道的方式方法。慢慢地，一些鸡毛蒜皮的"小事"，家长里短的"闲话"，哪怕是棘手的矛盾纠纷都能处理得得心应手，大家对我的称呼从"王书记"变成了亲切的"小王"，掏心窝子的话更多了，工作也更容易推进了。

很快我就迎来了到基层经历的第一个"重要考验"——公园辖区的市府一宿舍片区棚改项目选房工作。说实话，第一次参与这类工作，心里面还是很忐忑的，总担心自己工作做得不到位，群众也担心我们不能一把尺

子量到底，为了打消他们的顾虑，我们建立了联络群，24小时在线解答居民问题，有空就往居民家里跑，一户一户做工作，一项一项解决个性化需求，仅用了3天，304户居民选房圆满完成。这项工作虽然很辛苦，但看到老城区居民从"蜗居"变"安居"后期待又欣喜的样子，我觉得一切都值得。之后的几个月里，我又聚焦老旧小区供暖、老旧住宅电梯更新等老百姓最关心关注的问题撰写了80余篇问题建议类文章，20余篇被国办、省府办采用。这些基层工作经历，不仅让我接上了地气，更让我明白，工作不能只盯着上面干，要多"向下看看"，把功夫做在群众"身上"，才能把事情办到群众"心坎上"。

随着工作渐入佳境，我开始思考，深处基层一线，怎么用好调查研究这个传家宝，把基层的第一手经验带回去。党的二十大报告指出："加强灵活就业和新就业形态劳动者权益保障"。这是党中央的重要指示，也是统战工作的重要内容，从中央到基层，从政策制定的"最初一公里"到政策落实的"最后一公里"，有没有落实？怎么落实？落实在哪？这需要靠调查研究来解答。

方向有了，问题也来了，人生地不熟的我，怎么找到灵活就业人员？怎么进行访谈？一时间又陷入了迷茫，于是我调整思路，先列出调研方案和访谈提纲，决定从灵活就业人员较多的外卖站点、电商直播基地入手，防止"眉毛胡子一把抓"。淄博是典型的城乡绵延型族群城市，为了方便调研，我自掏腰包买了一辆二手摩托车，挂上了鲁C的牌照，一个礼拜跑了600多公里，访谈了30多位外卖小哥和主播，走访了多家企业，每天随身携带的小本子都会写得密密麻麻。

记得一次在新美食街碰到一群"外卖小哥"坐在树下等单，我凑过去问："这么热，怎么不去服务站休息呢？"小哥说："服务站杠远嘞，不够麻烦的。"我把问题向街道反映，很快，在新美食街，一座新的"小哥驿站"落成了，我们征集小哥们意见，加装了换电柜、饮水机、微波炉，还在辖区开展了外卖小哥"兼职网格员"行动，目前已经登记了上百人。来自党中央的"大政策"在一个个"小驿站"里落了地，我想这就是打通"最后一公里"的意义所在。

来到淄博不到一年，我已经深深爱上了这里。去年的中秋活动中，一位俄罗斯留学生和我说："来到中国我很惊讶，这里和我在网上看到的完全不一样。"的确，"中国"是西方媒体的热词，但往往正面的报道较少，这让我萌生了一个想法：现在淄博是国内的"网红城市""流量密码"，可以通过邀请国际学生来参与社区的活动，亲身感受"人好物美心齐"的淄博故事、源远流长的齐鲁文化，把真实、立体、全面的中国故事讲出去。

我的想法得到了区里相关部门的大力支持，我们组织留学生赶"黄河大集"、逛陶琉馆、品淄博菜，体验烟火淄博的文化底蕴，有次一个烧烤商户找到我说："能不能拍个留学生们吃我家烤串的视频，我想发到抖音上。"我立马答应下来，帮他们拍好了视频，还鼓励留学生把视频发到TikTok和YouTubeShorts上，说："现在全世界范围可能都有你的客户"，给他开心得不行。现在，我们的活动更加丰富，还第一批挂牌了淄博市国际学生实践教育基地，让更多国际友人了解淄博、爱上中国。

回望一年来的挂职生活，从"镀金客"到"王书记"再到"小王"，基层工作越做越有滋有味，越做越难以割舍。我真切感受到"付出才能有回报，真心才能换来民心"，只要真心实意站在群众立场想问题做工作，群众就会支持我们。也只有这样，党中央的各项决策部署才能落地生根，人民对美好生活的向往才能不断实现。

（故事类一等奖）

我，该怎样的活着

冯利江/烟台招远市肢残协会副主席

我叫冯利江，是一名国家队残奥运动员。6岁的时候，妈妈离家出走，我成了没妈的孩子；14岁那年，因为左大腿骨肿瘤做了截肢手术，我又成了一名残疾人。那个时候的我，悲观又消极，特别害怕别人看我的眼神，每天都会躲在家里不敢出门。我曾问过爸爸："我该怎么活啊？"他无奈地看了看我，满脸伤感，没有回答。

直到我18岁那一年，爸爸接到残联通知，让我免费去烟台学习电脑，学习归来以后，我终于可以靠维修电脑养活自己了。也正是这次学习，让我有机会结识了同样残疾的运动员们，他们的坚强意志和拼搏精神深深地触动了我。

2009年，招远市残联为备战烟台市残运会开始选拔运动员，当工作人员联系我时，我问："我一条腿还可以在澡堂子里游泳，可不可以当运动员呢？"他说"行"，我说"好，那我就去试试！"我当时心里想的是，看看能不能拿个奖牌，挣点奖金。

野路子出身的我在专业游泳训练时可是吃了不少苦，喝了不少水，别人吃饭的时候我练习，别人睡觉我还在练习，难得的休息时间，我也用来钻研教练讲解的小技巧，队里给我起了外号"拼命三郎"，也正是靠着这种不服输的精神我学会了所有的泳姿。在烟台市残运会比赛中，我报的五个参赛项目全都夺得冠军，而且在以后的三届比赛中，又连续斩获15枚奖牌。当我站在领奖台上时，深深地感受到："我这个残疾人是有用的，是有价值的啊，只要我不懈地努力，甚至还能站在更高的领奖台上！"这让我找到了努力活下去的意义。

  2015年山东省开始组建残奥冰球队，并在各地市选拔残奥运动员。我在烟台市残联的推荐下，成功入选省残奥冰球队。刚进队里时，教练和我说，你这小子胖墩墩的，当个守门员吧，那可是球场上的总指挥、扛把子，听到教练这么看重我，那咱必须干啊。可谁知道残奥冰球项目的残疾人运动员需要坐在冰橇上滑行，-20℃的低温，让双腿和屁股冻到发痛发麻，而被球杆击飞的冰球，时速可达每小时160千米，这样的球速打在头盔上，脑瓜子真的是嗡嗡响。即使身穿护具，也会摔得鼻青脸肿，我每次训练回来身上都是青一块紫一块的，有时候甚至会疼到整晚睡不着。每当坚持不住时我就告诉自己，我是队里的扛把子，不能放弃！经过3年的艰苦训练和拼搏，我不仅代表山东省先后两届取得了全国冠军，而且在2018年成功入选中国国家残奥冰球队。

  在国家队里，为了适应国际比赛的强度，参考世界顶级的防守方式，我改成了盘腿式守门员，这种防守方式可以更有效地减少低球破门，甚至可以增加自身高度，但想改成盘腿式防守，首先需要在球场上克服5分钟后腿麻，10分钟后腿木，直到没有知觉的困难。我足足用了3个月时间才适应了打整场比赛。

  在我经历的所有比赛中，记忆最深刻的是2020年加拿大魁北克省邀请对抗赛，对手是一支国际老牌劲旅，在距离比赛结束还剩32秒时，比分已是3比3平。我是本场守门员，时刻紧盯着进攻队员的每一个动作和眼神，稳稳地接住了对方的最后一次射门，并迅速把球传给队友，队友接球后趁势给了对方致命一击。我们赢了，中国队赢了！当我再一次站在领奖台上，听着国歌在耳边回响，我们忘记了伤痛，忘记了汗水，相互拥抱、呐喊。在多项国际比赛中，我们填补了中国残奥冰球队的多项空白，创造了历史！这一刻，活着不仅有生存的意义，更有创造价值的自豪。

2021年，因为常年盘腿防守，膝盖已经伤到不能正常弯曲走路的程度，无奈的我只能选择回家养伤，当看到家乡还有一些残疾兄弟姐妹需要帮助时，我主动参加各种助残志愿活动。在这期间我遇到了14岁残疾少年吕虹毅，他自幼身患小儿麻痹，他的父母特别希望他能找到谋生的出路。这让我想起了当年自己所体会过的那种困顿与无助，当得知他特别喜爱篮球运动时，我特别高兴地给他讲了我的故事，推荐他练轮椅篮球。顺利加入北京轮篮的吕虹毅，通过刻苦训练，在今年举办的全国轮椅篮球邀请赛上，拿到了他人生中的第一个冠军。

习近平总书记指出："生活在我们伟大祖国和伟大时代的中国人民，共同享有人生出彩的机会，共同享有梦想成真的机会，共同享有同祖国和时代一起成长与进步的机会。"一路走来，我特别感慨，如果不是生在这个国家，不是赶上这个美好的时代，我可能只会成为一个靠救济生活的废人，如今，我不仅成为一名国家队运动员，获得多项冠军，我还担任了招远市肢残协会副主席。感恩党和国家培养了我，能让我在这个伟大的时代展现一名残奥运动员的新气象，实现新作为。

14岁的时候我问爸爸："我该怎么活？"现在，我找到了人生的方向，我要继续帮助更多的"吕虹毅"找到人生方向，让他们知道，我们也能这样活！

（故事类一等奖）

"钢铁侠"炼成记

梁开宇/梁山县马营镇王楼村自媒体工作者

熟悉我的朋友和网友们送给我"钢铁侠"这个绰号，它铭记着我辛酸的往事，记录着我的奋斗历程。

4年前，我从事工业自动化设备研发制造工作。那时候的我是一名健步如飞的健康小伙，奋斗目标是成为一名优秀的自动化设备工程师。

2020年1月4日，我永远记得那个改变我人生命运的日子。我在测试设备时机器突然发生爆炸，轰的一声，高速旋转的铁制飞轮瞬间把我的左腿炸得血肉模糊、支离破碎。

清醒后的我已经意识到了问题的严重性，在去往医院的路上，我还发了个视频自嘲道：以后我可能要独腿神行了。

在医院里的那些日子，我总是笑呵呵的。只是多少次夜深人静的时候，躲在被子里偷偷抹眼泪，只有我自己知道。看着空荡荡的左腿，年仅28岁、热爱生活、马上就要当爸爸的我无法接受自己被截肢的事实，我害怕别人投来的目光，担心残疾后无法正常地工作和生活。那段时间，我的身心备受煎熬，我无法想象未来，因为我不知道还有没有未来……

与此同时，同一个医院里，妻子也从产房中推了出来，看着憔悴的妻子和襁褓中的儿子，一种奇异的力量让我突然明白了自己身上的责任，我有可爱的孩子、挚爱我的妻子、心疼我的父母，我下定决心：生活以痛吻我，我要报之以歌，我不能就此沉沦，我不仅要站起来，还要活得精彩。

住院期间，我开始走进互联网社交平台，结识了很多同样遭遇截肢的朋友，他们的故事就像黑暗中的一缕阳光，照亮了我对未来生活的希望。

出院后我装配了假肢，但是这个冰冷的工具让我难受。当时安装的义肢功能单一且笨重，就连简单的穿裤子穿鞋都变得非常不方便。

　　一个偶然的机会，我看到一个残疾人装上特制的碳纤维义肢后能跑能跳，我忽然想道：自己懂技术，也有设备，我为什么不能自己改造升级自己的假肢呢？

　　说干就干，我买来了国内外的各种假肢来拆解、研究他们的工作原理，然后自学了三维建模、3D打印、软件编程，同时还加入全国各地技术交流群，遇到不懂的地方就在群里请教。

　　经历了无数日夜的钻研，经历了无数失败的磨砺，从第一款带避震功能的假肢到安装LED灯光的刀锋脚板，再到可以游泳的水下假肢推进器，不知不觉中，我已经拥有了十几条功能各异的"腿"。

　　2022年4月，我在社交平台上传了我自制义肢的短视频，云淡风轻地讲述了自己的经历，播放量短短几个小时突破百万。很多网友感叹：若假肢不外露，你基本与常人无异。更让我自豪的是，我还受邀参加了杭州第4届亚残运会宣传片的拍摄，网友们更是送我一个"钢铁侠"的绰号："超级英雄登场，你就是现实版的钢铁侠""即使哪天看见你在天上飞，我们都不惊讶！"

　　为了鼓励更多残疾朋友勇敢地走出家门，积极地参与到生活当中来，我经常通过网络分享一些我的日常生活和假肢使用技巧，帮助他们更好地了解和使用假肢。同时我还设计制作一些假肢实用小工具免费送给那些有需要的朋友们。

今年初，我接到一位年轻妈妈的求助，她两岁的女儿杋禾因为羊膜束带综合征，出生后就做了截肢手术，她想要为两岁的女儿改造一条会发光的假肢。我参照"美少女战士"中的造型，专门设计了一个带着翅膀的"宇宙之心"，看到小杋禾穿上闪亮的义肢，高兴得又蹦又跳时，我内心的成就感也是瞬间拉满。在我看来，我送给小杋禾的不仅仅是一条义肢，更是一双会发光的"翅膀"，温暖着女孩，也治愈着她的整个家庭。

创造只是我技术的成果，奉献才是我最终的目标。不等、不靠、不气馁，为了自己、也为带给他人温暖，我要把毕生的精力投入义肢领域。假肢不是枷锁，而是一枚独特的勋章。我坚信，我命由我不由天！有了乐观不屈的精神，有了温柔共情的感动，我们残疾人同样可以活出精彩人生！

（故事类一等奖）

海贝姑娘

刘晓丽 / 日照市俪华海韵工艺品有限公司法人代表

现在在我手上的是一枚贝壳，但就是这其貌不扬的小家伙，经过打磨、加工制作，也会蝶变成精美的艺术品。而我就开了一家让贝壳蝶变的小店，像贝壳一样，我的人生也经历了一场华丽的蝶变。

初夏的日照海滨，浪花涌动，草木丰盈，我带领着11位残疾朋友，不向命运低头，用双手编织我们的"海贝梦"。今天很荣幸跟大家讲讲我的故事。

大家一定注意到了，我是一名残疾人。在我不满一周岁的时候，不幸患上了小儿麻痹症，我整个童年乃至少年时代，都是在爸妈瘦弱的背上和他们日夜奔波操劳中度过的。长年累月地求医、治病、失望，再重拾希望，再一次希望破灭！在这一次次的轮回中，我总共做了三次大手术，却每次都以失败而告终。

而在这之前的整整六年，不管是刮风还是下雨，严寒还是酷暑，总是妈妈背着我上学。虽然我每次都能考取第一名，但是看着父母日渐消瘦和衰老的面容，想想我一个人"自私"地分走了本应属于哥哥的那份母爱，我非常地难过。13岁那年，当我进行第三次手术时，手术彻底失败，令我不得不休学。

瘫痪在家的日子痛苦且煎熬，我只能靠着书本来转移注意力，好让父母尽量地少为我操心。我还清晰地记得有位同学为了鼓励我，送给了我一本书——《永远的小公主婷婷》。文章中，婷婷从小双耳失聪，但她8岁就能背出圆周率小数点后一千位数字，打破了吉尼斯世界纪录。婷婷的事迹在我心里像投进了一束希望之光，我只是下肢残疾，她能做到的我也能够做到。

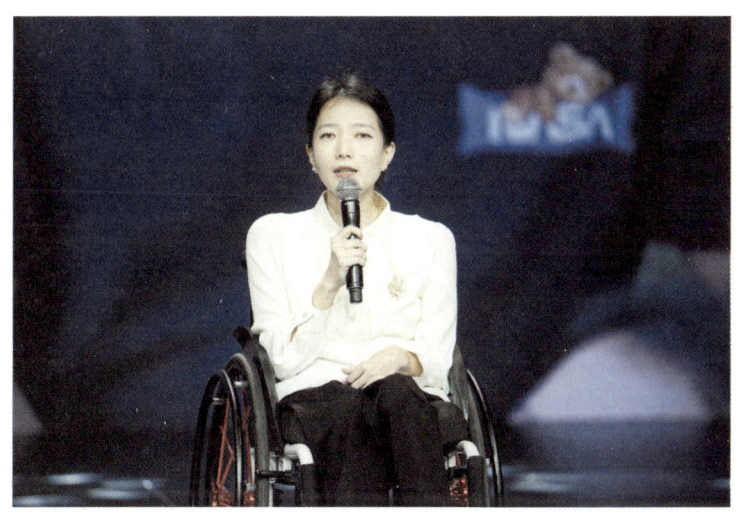

　　为了帮我重拾信心,爸妈还带我去了海边,看着一望无际的大海,我的烦恼和忧虑也被海风吹到了远方。然而我却被一颗小小的海贝吸引了,我抚摸着这颗光滑的贝壳,就像看到了海洋时空的另一个我,历经风吹浪打而自强不息,历经砂石磨炼而光彩夺目。

　　不能上学,我就自学。凭着这股韧劲,很快我学会了五笔打字、PS等办公软件,还取得了大学文凭,找到了医学媒体编辑的工作。收到人生中第一份工资时,我与妈妈相拥而泣,虽然只有860元,但我也能帮家里挣钱了,也能自食其力了!

　　2018年,残联邀请我参加省残运会游泳项目,我心里直发愁:走路都不会能游泳吗?被人笑话咋办?怀着忐忑的心情,我还是来到了泳池。果不其然,肌肉萎缩和身体畸形让我经历了一次又一次的呛水和挣扎,好在慢慢地,我克服了越来越多的障碍,泳技越来越好,第一次参赛,我就取得了四银一铜的好成绩。

　　有了经验,2022年,我主动报名省残运会游泳项目,可这次需要2小时内游完2000多米,对于下肢无力,只能靠双手划水的我,训练过程简直堪称魔鬼式训练。为了克服疼痛和过敏,每次下水前我都要先吃一大把止疼药。雪上加霜的是，长时间的训练又让我患上了中耳炎，医生让我尽早手术。可比赛在即，训练进度哪能耽误？我偷偷隐瞒病情，加紧训练。赌上右耳失聪的可能，我终于拿下了这块金牌！

自己淋过雨，所以我也想给别人撑把伞，我想通过自己的努力宣传推介家乡，让这些富有海洋元素的手工艺品成为日照的城市名片，通过制作售卖贝类手工艺品来鼓舞身处逆境的人！

说干就干，原料和工具准备就绪，可上手才知道，原创作品哪有那么简单！清洗、分类耗时耗力，打孔、作画更是难上加难。好不容易，我的第一个成品——贝壳钥匙扣终于在网店上线。那一刻，我好像看见了它们走出小城、走向全国，甚至远销海外的盛况，我激动得都要"蹦"起来了！

可理想很丰满，现实很骨感。产品卖不出去，谈何实现初心！家人趁机劝我放弃：现在的工作那么好，干啥非要创业！但我不信邪，创业之路哪能半途而废？好在黎明的曙光很快来临，党和政府帮助我在东夷小镇开设了实体店，南来北往的游客为我打开了销路，"海贝姑娘"的故事也渐渐在金沙滩上传开了。

"独乐乐不如众乐乐"，平时我也与其他残疾朋友交流经验，互相鼓励。我的朋友中有一位甘肃残疾女孩，因为身体原因从未上过学，更别说谋生了。我通过网络教她用讯飞语音识别练习打字，让原本大字不识的她每月有了3000多元的收入。

我的朋友中有人患脑瘫，有人肢体残疾，有人聋哑，有人甚至都无法自理，成了家庭的负担。那么我就取之所长，双手不太灵活的那就培训做客服，语言交流有障碍的就做手工活，生活不能自理但逻辑能力比较强的，就在家做网络培训……在我工作的13年里，我先后帮助50多位残疾人找到了满意的工作并获得收入。

2023年我遇到了我的丈夫，收获了"稳稳的幸福"，他说，是我不向命运屈服的个性打动了他，我走不了路，他就做我的双腿，带我看世界。现在，宝宝的降生让我再次被生命的坚韧震撼！从此我的奋斗路上既添了动力，也多了牵挂。我决心要做她身边第一个榜样，用双手护佑她成长。

这就是海贝姑娘的故事。当你竭尽全力时,你无法想象在自己或别人的生命中能创造怎样的奇迹。身体残疾从不意味着生命的残缺,只有内心强大才能成为掌握命运的王者。

化茧成蝶,飞翔继续。今后我将以我之烛光照亮更多的人,同他们一起以奋斗之姿创造无愧于生命、无愧于时代的精彩人生!

(故事类一等奖)

当好沂蒙精神宣讲员

于爱梅/沂蒙精神传承促进会会长

我叫于爱梅，是来自临沂市沂南县的一名退休教师，现任沂蒙精神传承促进会会长、临沂市"七讲七进"宣讲团成员。

大家是否听过革命战争年代"沂蒙红嫂"的故事？乳汁救伤员、飞架火线桥、摊煎饼做军鞋拥军支前……在这些故事里，那个带领全家创办战时托儿所，抚养革命后代和烈士遗孤的"沂蒙母亲"王换于，就是我的奶奶；用乳汁喂养革命后代而让自家孩子喝米糊的张淑贞，就是我的母亲。

生长在这样的家庭，从小我听奶奶和母亲最常说的话就是"没有共产党就没有今天的好日子""我们要感党恩、听党话、跟党走"。如果有人问我奶奶和母亲的故事，我会很自豪地讲给他们听。

2013年11月25日，习近平总书记来临沂考察，参观了沂蒙精神展并会见支前模范后代代表和先进模范，我就是其中一位。总书记亲切握着我的手，问我"战时托儿所"的历史，问我家庭和工作情况……

我永远也忘不了总书记的话语。他说，我一来到这里就想起了革命战争年代可歌可泣的峥嵘岁月。在沂蒙这片红色土地上，诞生了无数可歌可泣的英雄儿女，沂蒙六姐妹、沂蒙母亲、沂蒙红嫂的事迹十分感人。总书记强调，沂蒙精神与延安精神、井冈山精神、西柏坡精神一样，是党和国家的宝贵精神财富，要不断结合新的时代条件发扬光大。总书记的话，鼓舞着我，也激励了我，更加坚定了我当好沂蒙精神宣讲员的信心和决心。

如何弘扬沂蒙精神，如何把沂蒙六姐妹、沂蒙母亲、沂蒙红嫂的故事讲给更多的人听，让红色基因薪火相传？2004年，我从教师岗位离岗后，就一直努力做好这件事。那时，我宣讲的对象还都是学生。为了备好课，

我需要更加深入了解那个战火硝烟的年代，了解奶奶和母亲，了解沂蒙红嫂这一群体，了解她们在沂蒙精神的引领下做出的这些"看似微小却很伟大"的事迹。

白天，我到档案馆查阅党史资料，走访老红嫂、老八路，晚上整理稿子。那时候，我不会用电脑打字，就用两根手指一个字母一个字母地敲，别人几分钟完成的稿子，我需要几个小时，每天晚上都整理到12点多。历史就这样在我面前一页页翻开。

那是抗日战争时期，共产党、八路军来到沂蒙山区，创建了抗日根据地。在政治上民主选举，在经济上减租减息，在文化上还开展了扫盲运动、思想启蒙，让沂蒙山区的妇女从家里走出来，去识字、去工作、去当家做主，这是一次真正意义上的"妇女解放"行动。也正是这个原因，沂蒙山的女性群体成为跟着共产党走最坚决、最革命也是最讲奉献的一支队伍。

第一批沂蒙红嫂的事迹整理完成后，我就骑车到处义务宣讲，把故事讲给学生听、讲给部队官兵听、讲给机关干部听。每一场宣讲完毕，都有听众抹着眼泪来跟我握手，有的孩子拉着我的衣服不想松手。2011年，我又主动到党性教育基地担任义务宣讲员。为达到最佳宣讲效果，我反复听自己宣讲的录音，斟酌每句话怎样说，每天都要练习20多遍，喉咙哑了，小腿也站肿了。我的宣讲报告《沂蒙母亲和她的儿女们》，成为基地教学的亮点，每一次都能赢得大家热烈的掌声。

为让沂蒙精神更好发扬光大，我发起成立沂蒙精神传承促进会，每年组织宣讲员外出宣讲1200余场次，累计捐赠物品折合300余万元。2016年12月，我家被评选为第一届全国文明家庭。习近平总书记会见代表时，又一次握住我的手。我很激动，心里默默说："总书记，这些年，我一直在宣讲弘扬沂蒙精神。"

10多年来，我走遍了大半个中国，累计行程20多万公里，开展沂蒙精神主题宣讲4600场次，受教育群众达100万人次。沂蒙精神传承促进会已成为山东省弘扬沂蒙精神最有影响力、号召力的团队之一，并在北京、海南等10多个省市设立了分支机构。

如今的临沂不仅是红色的，更是多姿多彩、时尚繁荣的。在我们家乡，有更多人加入沂蒙精神传承弘扬队伍中，全市成立沂蒙精神宣讲队伍30余支，"时代楷模王传喜"等50多名市级先进模人物、鲁南制药等200余家企业的5000余名党员干部和青年群众成为沂蒙精神在新时代的传承者。

这几年每到开学季，我都会到沂南县换于红军小学开展"开学思政第一课"，"弘扬沂蒙精神 砥砺强国之志"是永远的主题，鼓励孩子们吹响新号角、开启新征程。看到他们饱含热泪的眼睛，听着他们发自肺腑的感言，我知道沂蒙精神这颗红色的种子在孩子们心中开始生根发芽。

今年初夏时节，总书记视察山东时再次指出，要保护和运用好红色资源，大力弘扬沂蒙精神，推动红色基因代代相传。现在，我的女儿也走上了宣讲沂蒙精神之路。我已经70多岁了，在今后的日子里，我将牢记总书记嘱托，把宣讲沂蒙精神作为光荣使命，为推动沂蒙精神发扬光大贡献自己的力量。

（故事类一等奖）

让"山钢红"在"一带一路"上绽放

刘文凭/山东钢铁股份有限公司炼钢厂主任师

在我的办公室有一张世界地图，上面贴着一面面小红旗，那是我们山钢融入共建"一带一路"的鲜明标记，也是我们山钢走出国门、走向世界，贡献中国钢铁力量的赤诚之心，我们叫它"山钢红"。

自2013年秋，习近平总书记提出共建"一带一路"重大倡议以来，作为山钢一名技术人员，我有幸参与并见证了山钢在共建"一带一路"上的发展变化。

这面小红旗是在北极圈俄罗斯境内，是中国提出"一带一路"倡议后在俄罗斯实施的首个特大型能源合作项目，也是全球在北极地区开展的最大型液化天然气工程。2022年3月，该项目的二期工程启动，计划2025年投产。为拿到这期工程的北极钢订单，同年7月初，我们去上海找到国内代理商说明来意，没想到，这位代理商冷冰冰地告诉我们，采购名单上没有一家中国钢厂，然后毫不客气地下了"逐客令"。

事后我们得知，原来该项目对钢材性能要求极高。由于是在北极圈使用，需要承受-60℃的超低温，而当时我们的钢材只能承受-40℃。这就是差距。为了攻克这20℃的差距，同年8月，单位成立了以我名字命名的劳模创新工作室和山钢首个智慧炼钢创新联盟，从此开始了研发"北极钢"的生产试验。

没想到，一次次的试验，一次次的失败，不知经过多少次研讨，多少个方案，生产的"北极钢"始终不合格。后来得知是钢水质量波动大造成的。

为了更精准地掌控炉内反应情况，我们在转炉上安装了上千个探头，每炼一炉钢水，我都亲自盯着。钢水温度高达1600℃，热浪烤得人双颊通红，强光刺得泪流不止，我滴上点眼药水接着干。经过90多天不舍昼夜的奋战，当最后一炉钢水检测达标时，我们终于松了一口气，20℃的差距解决了。有了这个底气，山钢历尽万难不懈沟通，国外总采购方终于同意来我厂实地考察。

那是12月寒冷的一天，趾高气扬的外方专家看了我们的新技术，傲慢的表情消失了，自言自语地说："Good，very good…"在现场陪同的我，听到这个词，感觉黑暗即将过去，黎明就要到来。

就在我暗暗高兴时，外方专家看到现场工人正在凭经验检查钢材表面质量，一个劲儿地摇头，摆着手说："No，No，No…"，我心里咯噔一下。原来，国外早已实现了钢材质量的智能检测，而我们还是人工检测。效率低，准确率也不高。"没有过硬的智能检测技术我们是信不过的。"外方专家边走边说，这时我想20℃的差距都解决了，难道要失败在检测上，不行！"国外有的技术，我们也可以有。"这位专家不屑地把手一挥："时间不允许了。""能给我们多少时间？"对方竖起了两个手指。两个月？这分明是在故意刁难。这样的智能检测按常规没有半年是干不成的，除非采购现成的。但那一刻我不知哪来的勇气，竟脱口而出："行！两个月就两个月！"看着我坚定的表情，外方专家停下脚步说："两个月后我们再来哦。"

为了啃下这块硬骨头，也为了自己夸下的海口，我把创新工作室当成了临时宿舍，24小时靠在现场，饿了方便面充饥，累了打个盹接着干。累不可怕，可怕的是从取样到检测全程智能的技术没有先例。该项技术在行业内是空白。高度的紧张、极度的焦虑，每天穿梭在攻关现场近3万步，那段时间，我瘦了整整15斤。

2023年2月，外方专家终于来了，看到我们自主研发的钢材智能检测系统，当场表态："中国人真厉害。订单交给你们，我们放心。"这项国内首创、国际领先的技术最终得到外方专家的肯定！当千回百转的订单终于拿到手时，现场一片欢呼，而我却哭了。那天回到家，多日不见的孩子扑到我怀里委屈地说："妈妈，我不喜欢你炼品种钢，它把妈妈抢走了。我要妈妈！"那一刻，我紧紧地抱住孩子，一句话也说不出来，眼泪在眼眶里直打转。

从解决20℃的差距，到攻克核心技术，再到拿下"世纪大单"。山钢成功吹响了北极钢生产的冲锋号。接下来，我们就开始马不停蹄批量生产，到今年7月份，我们已经成功供应北极钢20余万吨。前段时间，外方代表专门打来致谢电话，盛赞山钢生产的"北极钢"质量过硬，是信得过的产品。

"北极钢"是镶嵌在北极圈的一颗明珠，不仅诠释了山钢人永不言败的执着，知难而进的勇气和齐心协力的担当，也向世界亮出了中国钢铁的国际名片。

一面红旗，一颗红心。一朵钢花，一个见证。到今天，"山钢红"已在世界五大洲60多个国家多彩绽放。

曾有人问我，作为攻关团队里唯一的女同志，又是山东省劳模，为什么这么拼？我想，钢铁是怎样炼成的？除了知识和汗水的付出，还要有顽强的毅力和执着的追求。因为百炼才能成钢，这，就是我的回答！

（故事类一等奖）

一臂之力

刘 旭/济南市残疾人体育协会会员

巴黎奥运会刚刚落幕，在赛场上顽强拼搏、锐意进取、不屈不挠的陈梦、樊振东等乒乓球运动员，给我们留下了深刻的印象。今天，站在大家面前的我，也是一名曾经驰骋国内、国际赛场的乒乓球运动员。现在，我怀着激动的心情，向大家讲述我的故事。

我出生在江苏省连云港一个普通的农家，五岁那年，家里农忙打稻子，一场机器意外事故，让我失去了右臂。从小到大，我看着别人都有两只胳膊，我却有点另类，偶尔遭受小朋友的嘲笑时，我就幻想从衣袖里重新长出胳膊来，就和墙上的小壁虎那样，尾巴断了，还能长出新的！

母亲是爱我的，她能读懂我内心的苦闷和伤痛，她不仅耐心地教会我如何用左手吃饭、写作业，更是一次次地鼓励我说："女儿，一只手也可以拥抱世界！"八岁那年，母亲决定让我学习乒乓球。但这个决定，遭到了全家人的反对，他们说，孩子只有一只手，安安静静上学得了，打乒乓球有什么前途？母亲说，体育也能成就一个人的精彩人生，在全世界，残疾人拿全国、国际赛事冠军的比比皆是，咱家刘旭为什么不能？残疾人也能拿世界冠军！母亲的激励，成了我一生孜孜不倦的追求。

有梦想，很简单，但实现梦想，征途漫漫。我生在农村，长在农村，但学乒乓球，需要到离家十几公里的城里俱乐部训练。那时候，我每天放学后都要坐一个多小时的公交车去俱乐部训练，训练结束后，再坐一个多小时的车回家。苦点累点不怕，但让我最难过的就是别人的嘲笑和质疑。他们说，一只手打乒乓球，恐怕连发球都发不上。这些话像针一样刺痛了我的心。在基本功练习左推右攻的时候，我经常摔跤，摔得膝盖皮破血

流,伤口还没有愈合,又摔破了,但是想到母亲对我的鼓励和付出,我就告诉自己,决不能放弃!于是,我天天独自练习跑步,找平衡感,练核心力量,功夫不负有心人,我的刻苦训练终于换来了丰硕的成果。

11岁那年,我参加了江苏省运会比赛,一路过关斩将,最终夺得金牌;

13岁,获得全国比赛金牌,进入国家队;

15岁,获得全国残疾人锦标赛单打冠军;

19岁,代表中国队出战亚运会,现场上万名观众为我助威加油,那些祝福给了我无尽的力量,让我以顽强的精神击败外国对手,终于站在了最高领奖台上。

从省队一路打到国家队,我不断超越,共揽获50余枚奖牌。每当国歌奏起、五星红旗缓缓升起时,我都泪如雨下!

2015年,24岁,正值青春年华的我决定退役,自主创业,以我的"一臂之力",把运动精神传递给更多人,把国球更好地普及到全民运动中。在过去的比赛中,我来过山东济南多次,我觉得济南人特别好,淳朴、实在、接地气,所以经过深思熟虑,我选择了来济南创业,在济南开启了我的第二人生。

创业,就从我熟悉的乒乓球开始,就从对运动需要启蒙的娃娃开始!球馆刚起步的时候,我既是教练又是老板,还是前台和保洁。没人知道我的新球馆怎么办？我就自己站在马路边发传单。渐渐地，球馆发展起来了，学员越来越多，每天训练课更是排得满满的，有时候我带训练课要从早上七点带到晚上八九点。看着排不上训练课的孩子那失望的表情，我突然明白，一个人的力量是有限的，为什么不组成团队呢？说干就干！很快，聚集起一群有体育情怀的小伙伴，形成一支有梦想、能奋斗的团队。就这样，我们从一个馆，逐渐发展到今天的8家运动场馆，营运面积达到3万平方米，工作人员上百人，教练团队有40余人，其中包括国家健将、国家级运动员12人，为上万人提供了运动训练服务。更让我欣慰和骄傲的是，我们培养的20多个孩子已经拿到了国家级运动员证。

  运动，是关于竞技的事业，更是关于协作、分享和传递爱的事业。从培训乒乓少年发端，我慢慢开始涉及运动社区的搭建，向公益运动迈进。10年时间，我先后走进100余所学校，公益开展了3000多节乒乓球课及数百场励志演讲，向社会捐赠体育器材三十余万元。用我"一臂之力"弘扬运动精神，帮助更多的人自强不息，勇敢追逐梦想。

  回顾以往，通过乒乓球，我走过了冠军之路、创业之路和公益之路，我也从一个乡下的懵懂小女孩，实现了一次次人生逆袭，在竞技场上勇夺冠军，在市场大潮中创业当老板，在社会公益道路上奉献爱心。今年3月，我被表彰为山东省三八红旗手。我是一名90后，也是一个五岁孩子的母亲，来到济南生活整整10年了，未来的人生路还很漫长。在这个伟大的时代，我想用一首诗以明我志：

独臂无碍凌云志，苦难磨砺更显真。

风霜雨雪何所惧，奋斗之心永向前。

（故事类二等奖）

致敬英雄

刘　艺/济南市退役军人事务局工作人员

"天地英雄气，千秋尚凛然。"济南市以国宾护卫队的至高礼仪，护送济南战役牺牲烈士魂归英雄山，以城之名致敬英雄。

济南是一座英雄的城市，76年前的济南战役，26000多位将士血洒沙场，但有名烈士仅5000多位。为让无名烈士魂归有名，2021年，济南市退役军人事务局开始探索运用DNA新型技术为无名烈士寻亲。

在前往烟台海阳寻亲的路上，我见到了张淑卿老人，老人手捧一张合照，向我讲起了她和丈夫孙学通的故事。1947年，刚刚新婚9个月的孙学通毅然报名参军，妻子张淑卿纵有万般不舍，但也懂得没有国家，哪有小家的道理。直到济南战役前夕，孙学通寄来了一封信，信上说在华野9纵当兵，一切都好，请家里放心。张淑卿立刻写了回信，并将家中仅有的7角钱寄了出去。然而几个月后，信被退了回来。再次收到丈夫的消息是1958年，这一次她见到的是一张烈士证，安葬地一栏写着"失踪"。张淑卿反复地看，她执拗地认为，失踪不代表牺牲，丈夫一定还活着。她找啊等啊盼啊，常常站在家门口望着丈夫离开的方向念叨："学通，回家吧，俺在等你。"就这样，无儿无女的她苦苦等待了74年，74年啊，2万多个日日夜夜，她从19岁一直等到了94岁。我们通过DNA技术找到了孙学通的家，张淑卿也知道了丈夫的安葬地。

让无名烈士重回有名英雄，抚慰家属告慰英灵，我们一直在路上。

2023年，寻亲小组启动跨省寻亲，在河北隆尧我记录下王三海烈士的故事。1947年，王三海报名参军。一年后，家人得知他在济南战役中壮烈

牺牲，年仅26岁。儿子安葬在哪里？老父亲三次奔赴济南，大王山、四里山、郎茂山，他几乎跑遍了所有可能安葬的地方。1990年，已经87岁的老父亲在当年白马山战地医院附近找到了一座插着"王之海"木牌的坟墓。王之海，王三海，一字之差，谬以千里，这是儿子的坟墓吗？他也不敢确认。就这样，老父亲抱憾而归，从此再也没能踏上济南这片土地。2023年，一条DNA比对信息指向了河北省隆尧县，我们经过和亲属的不断对比、排查、鉴定，终于确认当年刻着"王之海"名字的墓碑下，埋葬的就是王三海烈士。一字之差让一家人守望了75年。

从2021年1月到2024年8月，我们走遍了河北、山东两省15市100多个村镇，行程60000多公里，为214位无名烈士找回名字、找到亲人。

东营市利津县74岁的遗腹子李庆英终于找到了从未谋面的烈士父亲，烟台海阳的李文福盼来了失散75年大哥的消息，78岁的于凤鸣终于有机会在父亲墓前磕几个头……深埋地下76年的烈士忠骨，在DNA技术的帮助下由无名烈士变有名英雄。

济南市为无名烈士寻亲在社会引发热烈反响，中央、省、市媒体全程跟踪报道。2024年4月6日，央视《焦点访谈》用15分钟的篇幅对济南市为无名烈士寻亲、为无名烈士画像、AI复原烈士容貌进行了专题报道。

今日山河无恙，国泰民安，我们携手助力，忠魂归根！

习近平总书记强调，一个有希望的民族不能没有英雄，一个有前途的国家不能没有先锋。为烈士寻亲，既是告慰和缅怀，更是致敬和传承。

让烈士英名长留天地间，以英雄为榜样汲取前行力量，在这个伟大的新时代，是我们对他们最好的致敬。

（故事类二等奖）

盾构机 山东造

孟晓宁/济南重工集团盾构机研究工程师

很多人可能在想，盾构机是什么？大家看这张图片，这就是一台盾构机。它是挖掘隧道的专用设备，就像一条钢铁长龙，在地下"嚼石啃土"，既能穿山越岭，也能穿江越海，是名副其实的"大国重器"。

但是前些年，生产盾构机，我国是想都不敢想，技术全部被国外所垄断。那时候德国卖给我们一台旧的盾构机也需要3亿人民币，采购配件要加价，维修还要支付高额的出场费。

2015年7月，济南地铁1号线开工建设，之后2号线、3号线相继动工，济南迎来了地铁时代。当时据统计，仅济南施工就需要至少70台盾构机，如果按旧的每台3亿的价格，70台至少210亿，这可是一个天文数字。为了降低建设成本，更为了盾构技术不再受制于人，攻克核心技术、自主研发盾构机势在必行。

2016年7月，我从山东大学研究生毕业，来到济南重工。2017年，公司组建团队开始盾构机的自主研发，作为当时团队里唯一的一名女同志，我坚信"谁说女子不如男，要啃就啃硬骨头"，主动请缨负责盾构机"心脏"——主驱动的研发。

被称为"心脏"，不难理解，主驱动就是盾构机最核心的部件，没有它，盾构机的"牙齿"就没有动力，也就无法进行隧道的开挖。自主研发，这事说起来容易做起来难。一台盾构机，有近三万个零部件，涵盖十余门学科技术，零件之间的配合尺寸是以"丝"级来衡量的。什么是丝级？一丝仅相当于我们头发丝直径的六分之一。而主驱动又是盾构制造企业的关键核心技术，自主研发没有任何资料可以参考。怎么办？我只能是边摸索边设计，爬到两层楼高的设备里量尺寸看结构更是家常便饭。刚开始，同事们也对我有所怀疑：你一个初出茅庐的小姑娘想设计出大国重器的"心脏"，简直是异想天开。我真的是又气又急，可越急，工作头绪越乱，进展也越慢。一天，车间的周师傅对我说："小孟啊，你是我见过第一个爬到盾构机里面的女生，真是好样的。"一瞬间，我鼻头一酸，就像所有的努力和能力得到了认可一样，自主研发的信念更坚定了。

盾构机的每一项技术，对我们来说，都像是一座大山，而这些技术全部为西方国家所垄断。那段时间，我和我的研发团队不断学习、探索，研究盾构机掘进时的环境、模拟施工中各种复杂的力。一次次的失败让我接近崩溃，可想到当初的雄心壮志，还是得咬牙坚持！终于，经过四个多月的日夜攻关，在写满了数百张草稿纸、演算了近百个复杂的公式、优化了数十版设计方案后，我们最终完成了主驱动的研发。

六个月后，济南重工首台自主研发的盾构机成功下线。看着自己研发的盾构机在首都北京顺利始发，研发时的努力和辛苦涌上心头，我顿时热泪盈眶，自豪地对同事们说，我们终于攻破西方国家卡脖子的技术，能够自主研制盾构机啦！

习近平总书记曾多次强调："关键核心技术是要不来、买不来、讨不来的！""国之重器一定要牢牢掌握在自己手里！"这也一直激励着我在逐梦盾构的道路上勇毅前行。

2022年9月，山东省首台高端智能盾构机在济南6号线始发，拉开了盾构隧道智能建造的序幕；

2023年11月，山东省首台9米级大直径盾构机下线，成功应用于深圳粤港澳大湾区城际轨道项目；

2024年5月，全球在建工程最大直径的盾构机"山河号"下线，它的直径相当于6层楼高，总长近160米。

一台台盾构机，一项项新突破，让我从一窍不通的小女生成长为盾构机研发带头人。近年来，"山东造"盾构机已累计生产140余台，在全国14个城市的轨道交通项目中大显身手；产品多项成果荣获省级金奖、一等奖，处于国内领先水平；价格也由进口的3亿多元降低至现在的5000万元，大大降低了隧道建设的成本。我们可以自豪地说，盾构技术已不再是国外品牌的专利，这项"卡脖子"技术终于掌握在我们自己手里啦！

作为年轻的"90后"，我荣获"齐鲁巾帼工匠"等荣誉称号。今后，我会继续埋头苦干、攻坚克难，加快推进轨道交通装备"山东造、山东用""山东造、中国用""山东造、世界用"，在科技强国的道路上，像盾构掘进一样，奋勇向前，永不回头！

（故事类二等奖）

天下谁人不识"军"

王南心/东营市第一中学教师

那是一个宁静的小山村，村口有棵大树，树下坐着一位老人，正抱着孩子，唱着歌谣：

"游击队，打鬼子，专打日本的狗腿子……"

那个孩子就是我，那位老人是我的老姥爷，一位参加过抗日战争的老兵。

我的童年有很长一段时间是跟老姥爷度过的，他总是一遍遍跟我讲抗战的故事，让我看到了战火与苦难："那些日本鬼子太坏了！到处烧杀强夺，那时候俺就豁了命和他们干！"当时的我，并不知道为什么每次说起这些事老姥爷都会哭。

后来，老姥爷变得有点儿糊涂，有时他会突然拉着我大喊："嫚儿啊，你快跑，日本鬼子来了！弟兄们，冲啊！"

"冲啊"这简简单单的两个字，是老姥爷不曾忘记的信仰，也是无数革命英烈坚定的信仰。老人家总说："这场仗我们打了，下一辈儿啊就不用再打仗了。"

"冲啊"也成了我的人生信仰，带着对军人的崇敬，我加入了中国人民解放军海军，成为驱逐舰上的一名操舵兵。我的军旅时光大多是在海上度过的，参加了"中俄海上联合演习"和为期210天的"海军索马里护航"等重大任务。

在一次远海任务中，外国军舰无底线挑衅试探，企图穿越我军编队，我舰拉响一级战斗警报。军舰是流动的国土，绝不能给他们任何的可乘之机。驾驶室的氛围非常紧张，所有人的弦儿都紧绷起来。舰长频繁地下舵令，我迅速回令："左舵15，航向170到。"我的任务就是把好舵、听令更换航向，阻止它的穿越。如果它硬闯，我们就堵截，即使发生碰撞也决不退让一寸！对方看无机可乘，便转向离开。那一刻我才真正明白"召之即来、来之能战、战之必胜"的分量！

我曾随舰艇出访过5个国家，最北进入北极圈训练，最南绕过非洲的好望角，途中有许多让我印象深刻的事情。记得在非洲吉布提外出时，车子在破旧逼仄的街区开得很慢，突然窜出一群孩子边跑边用力地拍打车体，所有人都很紧张，因为那里是世界上最不发达的国家之一，时常会发生难民抢砸事件。我们的车被逼停，就在大家不知如何应对时，迎来的不是暴力，而是一个大大的赞！他们兴奋地说："Chinese！ Chinese！ Thank you！Good！"看着这样的场面，每个人都红了眼眶。我知道，获得这些尊重不是因为我们个人有多么成功，只因为我们是中国人！我们的背后站着一个强大的国家——中国！

如今，我是东营市第一中学的一名舞蹈教师，也是学校融媒体中心的一员。舞台虽不同，本色永不变。传承红色精神，带领学生汲取新时代的奋进力量是我的责任和使命。

2023年我排演了红色舞蹈《八女投江》，为了让学生们能更深切地感受到英雄们炽热的家国情怀，我带着演出的八个女孩子参观了学校的军事学馆、党史学馆，给她们讲述了老姥爷的抗战故事，也分享了我的参军经历。学生们非常重视这次演出，连演出服装上的炮灰、泥土和鲜血都是她们一点一点地染上去的。每染一处，我就会让她们想这个伤是为何而受？这场仗是为谁而打？孩子们经常问："冲上去，她们不怕吗？"我没有回答。演出非常成功，现场观众都被学生们深深地打动，而她们却在后台沉默了许久。她们说："老师，心里好难受啊，那不是舞台，是真正的战场！我们就是那八位女战士啊！"说着眼泪啪嗒啪嗒地直往下掉。看着孩子们微微颤抖的手，我知道，她们找到了答案。这，不正是传承红色教育的意义吗？

　　天下谁人不识"军"。"军"是老姥爷，是我，是每一位中国军人；天下谁人不是"军"，"军"是你，是他，是每一位赓续红色血脉，胸怀家国天下的中华儿女！在这里向你们献上我最崇高的敬意。

（故事类二等奖）

我在砣矶岛的28年

刘小彩/烟台长岛综试区砣矶中心卫生院副护士长

说起砣矶岛,可能很多人都不知道,它是烟台长岛区下属的一个小岛,位于渤海中央,距离我的家乡湖北黄冈1300多公里,距离最近的陆地也需要乘坐3个小时的船。

1996年,护校毕业之际,一位在蓬莱工作的学姐对我说:"彩,来山东吧!这里的大海特别美,这里的人也特别好!"就是这么一句话,让19岁叛逆且向往自由、向往大海的我,毅然奔赴千里之外的山东。

从火车到汽车,从汽车到轮船,从一班船又到另外一班船,辗转颠簸了4天,我终于来到了工作的地方——砣矶岛中心卫生院。看着一望无际的大海,吹着清凉的海风,我兴奋极了,但是很快,我的心情就跌落到了谷底,因为水土不服,我一次次恶心、呕吐,浑身还起满大包;因为听不懂当地方言,我与患者沟通困难,有时候还需要通过纸笔进行交流;单位没有食堂,没有淡水,我只能就着咸水吃饼干和方便面;住的宿舍也是门窗破旧,晚上成宿不敢合眼。那些日子,我格外想家,好几次差点当了逃兵。

一天晚上,卫生院里送来了一个昏迷的潜水员,需要做高压氧舱治疗,当时海岛没有这个条件,在院长的安排下,由我乘坐小渔船负责转送烟台。漆黑的海面,风高浪急,小船剧烈摇晃艰难前行。我趴在船舷边不停地呕吐,心里祈求着风再小一些,船再快一点!突然,病人心搏骤停,小船也漏水了,风浪中,我强撑着一次一次给病人做心脏按压,一下、两下、三下……一百下、二百下,但就算我拼尽全力,他还是没能抢救过来,浑身被汗水海水湿透的我,抱着渐渐失去温度的病人,泪水倾泻而下,自责、内疚、无助一并袭来,我瘫倒在甲板上,什么也不知道了……后来听说一个大浪打来,我差点被卷进海里,是船长一把拽住了我。

回到岛上，我大病了一场，这件事深深触动了我，它让我看到海岛群众的不容易和对医疗的渴求，也让我陷入了深深的思考：我来山东到底是为了什么？我学习护理是为了什么？不就是治病救人吗？现在海岛这么需要医护人员，我不能因为条件艰苦就一走了之，我要继续留在这里，我要守护海岛百姓的健康。

之后，我把自己全部的精力都用在工作和学习上，不断精进业务。2008年，我还进修了为期一年的B超，回到砣矶岛后，我成了卫生院唯一的B超大夫。2012年12月6日深夜，一阵急促的电话铃声把我从梦中惊醒："小彩快来，有重病号。"寒冷的冬夜，我飞奔到医院，加入抢救直到早晨。当我正准备下班时，来了一个骑自行车摔伤的大哥，他除了一点皮外伤感到疼痛外，没有其他不适。但职业的敏感让我没有急着离开，我仔细检查了大哥受伤的部位，发现距离脾脏位置很近，于是给他做了一个B超，果然，在简单的皮外伤掩盖下，大哥存在脾破裂，那天大风暴雪，不能通航，为了确保大哥生命安全，我一天没有回家，时刻守在他的身边，直到傍晚把他安全转送到上级医院，这时我已经连续工作将近20个小时，双腿双脚肿到不敢站立。后来，大哥康复了，听到他充满感激地说："刘大夫，您真是我的救命恩人啊！"那一刻，我特别开心，特别有成就感。

在海岛工作的28年，我记不清看过多少病人，挽救过多少生命，我只知道，在日复一日的朝夕相处中，我已经融入海岛，海岛群众也把我当成了自己的亲人。

怀孕期间，我去了长岛最偏远的北隍城岛卫生院支医。一位大爷见我每天天刚亮就挺着大肚子给他家大娘出诊，非常过意不去，就隔三岔五给我送饺子、包子和花生米；有些大姐见我蹲着给孩子们打针，就从家里拿来小马扎、找来舒服的孕妇服；院长和同事对我更是照顾有加，她们担心我营养不够，经常给我送小米粥、鸡蛋和各种可口的饭菜；怀孕晚期我弯不下腰，我的衣服也是大家伙帮我洗……学姐说的没错，山东的大海真美，山东人也真的好。

如今，在党和政府的关怀和扶持下，长岛成为全国首个海洋经济开发区。现在，我们砣矶岛的交通方便多了，天好的时候，每天有四班船；我们的医疗设备和医疗资源也越来越好，遇到处理不了的急重病人，我们还有北海救助飞行队及时转送；岛上的生活条件也有了极大改善，我们不仅喝上了淡化水，我们还打造了鲜花海岛，吸引了大批游客前来观光旅游。现如今，岛上老百姓的笑容越来越灿烂，我自己在岛上也有了一个幸福温暖的家，真正成为海岛人。这些年，在齐鲁大地的包容和滋养下，我也不断地成长，2023年10月，我还代表山东妇女参加了中国妇女第十三次全国代表大会，走进了人民大会堂，当看到习近平总书记等党和国家领导人走进会场那一刻，我激动得流下了热泪，心里无比自豪。

28年前，怀着梦想和激情，我来到山东；28年里，我扎根山东，用心守护海岛百姓健康，收获满满幸福；28年后，站在这里，我想说的是：我骄傲，我是山东人！

（故事类二等奖）

小金娃上春晚

赵翠霞/烟台招远市实验幼儿园教师

我叫赵翠霞，是招远市实验幼儿园的一名教师，也是儿童民俗舞蹈《我和爷爷踩高跷》节目的指导老师。

这段视频，就是我们实验幼儿园的小金娃们在2023年参加央视春晚的表演。这也是咱们山东第一个独立的儿童节目进入央视春晚。

今天，我和大家分享一下小金娃的故事。

三十年前，我刚到幼儿园工作，一次偶然的机会接触到民间踩高跷，就深深地被传统民间文化所吸引，想让孩子们也学习体验。于是，我请幼儿园的老师傅制作了缩小版的高跷投入活动区，没想到孩子们特别感兴趣，争着抢着都想试试。

这就是小金娃们踩的高跷，踩上它离地30厘米，首先就是要克服恐惧心理，有的孩子根本不敢走，我先把孩子一个个扶起来，贴墙站立一步一步练习，孩子的潜力是无限的，有一个会走，带动其他孩子很快就模仿会走了。

为了安全，学会踩高跷的第一件事是练习摔倒起来这个动作。印象最深的是一个叫乐乐的小朋友。由于个子小，他摔倒后怎么都起不来。爷爷奶奶心疼坏了，坚决不让他再练了，孩子却不想放弃，别人休息时，我就鼓励他、陪着他再多练会儿。整整一个月，在经过无数次的尝试后，一天，他终于站起来了，当时他都蒙了，一脸的不相信，又摔倒起来几次后，他开心地说"老师我起来了"，我激动得抱起他，大家都使劲给他鼓掌。那一刻，我相信这段经历会深深印在他心中，帮助他在以后的人生道路上迎难而上、战胜困难。

经过几个月的练习,孩子们高跷踩得有模有样了。看着孩子们舞台上惟妙惟肖的表演,家长们纷纷报名,越来越多的小金娃参与进来,我们扩大队伍,成立了金娃艺术团。

1999年12月20日,澳门回归,我们首次向世界亮相,我带着6名小金娃随中央代表团赴澳门参加回归庆典演出,孩子们踩着小高跷、骑着小毛驴,为澳门同胞送上美好的祝福,我和孩子们亲眼见证了主权回归、国旗升起,亲身感受到了国家富强、民族复兴的自豪。

随着金娃艺术团的名气越来越大,2022年8月,中央电视台请我们以娃娃高跷为主体,打造一个具有儿童民俗特色的节目参加春晚。我想,这是一次难得的机会,不但能给全国人民送去"步步高升""攀登高峰"的美好祝福,更能够通过这个节目向世界传播中国文化。我们商量,在节目中加入舞龙元素,让孩子们踩着高跷舞龙。

这对四五岁的孩子来说,难度就大了。舞龙讲究的龙头、龙身、龙尾协调配合,要通过倒把舞动展示出龙的精气神。舞龙本身就很难,再让9个孩子踩着高跷串起来配合舞龙,更是难上加难!

刚开始的时候,孩子们注意了手就忘记了脚,注意了脚,又忘了手上的动作,要不就是龙身缠在头上,或者挂在高跷上,状况百出,一人失误,就拽倒一片。特别是龙头,道具又大又重,举龙头的小男孩戴着手套,手心还是磨得通红。一天早上,家长送他来的时候给了我两包药,嘱咐我孩子有点感冒按时给他吃药,我赶紧劝说要不今天别练了回家好好休息，小男孩嘟着小嘴说："赵老师，我是龙头，要是我不练的话其他小朋友也没法练了，没事，我能练！"孩子们的精神和意志深深地感染着我，三个月时间我们打造出了《我和爷爷踩高跷》这个节目。

12月初，我带着47名小金娃，进入中央电视台，进行为期52天的集训，为春晚演出做最后冲刺。尽管在幼儿园已经练习得很充分了，但陌生的演播大厅还是打了我们一个措手不及。春晚舞台是由一块块一米见方的地屏拼接而成，每块屏幕之间有约1厘米的升降缝隙，稍不小心，高跷就会重心不稳而摔倒。果然，第一次联排，举龙头的孩子就恰好踩到了缝隙上，瞬间失去了平衡，龙头一倒，整个队伍也就散了……

总导演于蕾既心疼又着急，跟我们商量，这个节目风险太大，改成录播吧。我们一听就急了，孩子们经过三个多月的艰苦训练，磨破了手、摔青了腿，就是为了能在大年三十晚上，给全国观众献上一场热热闹闹的节目。我和导演承诺，一个星期，我们一定能克服这个困难！

我们重点练习如何避开缝隙，只要演播大厅没节目，孩子们就上去熟悉舞台；我们还想了个办法，踩着高跷专门在宾馆的台阶练习迈门槛，最后所有孩子都做到完全控制自如。

大年三十晚上，我们作为全场唯一独立少儿节目参加了春晚的直播演出。小金娃们踩着高跷，捧着花饽饽，手拿花扇舞动中国龙在央视春晚舞台上大放异彩。节目零失误，收视率迅速攀升至春晚第二。

短短3分多钟的表演时间里，娃娃高跷融合了海阳大秧歌以及剪窗花、挂红灯等许多文化元素。孩子们手中的瑜伽球代表的是胶东花饽饽，服装寓意一串串小红灯笼，小花扇是民间剪纸技艺。小演员把扇子托至眉边喜气洋洋地朝观众走来，这是"举案齐眉"，"插扇"是在作揖，都是在展示我们中华传统文化中的礼节与诚意。

少年强则国强。今年是我们金娃艺术团成立30年，我教孩子们踩高跷也整整30年。小小的高跷，体现了我们对"立德树人、普惠于民"教育理念的践行与创新，孩子们在无数次跌倒又爬起中，塑造了勇往直前、坚韧不拔的精神意志。未来我们将继续培养一代又一代的小金娃，"扭"出传统文化的精气神，"踩"出成长的光明路，"舞"出中华民族的骄傲与自信。

（故事类二等奖）

传承

王露颐/潍坊市王尽美革命事迹教学基地服务中心教师

我是一名军嫂。

我的丈夫是一名现役军人。扛起枪，他走过很多地方。走过历史悠久的咸阳古城，走过辽阔富饶的玉门关隘，也戍卫过祖国的西北边陲。

同很多军人一样，他寡言，胸中却有万千丘壑。2017年军校毕业后他回到了家乡，可心中却始终澎湃着一股力量。他说：如果还能再选一次，我还想回到新疆，我这个人不喜欢享受，我觉得在越艰苦的地方越能够展现我的价值，越吃苦，我就觉得越踏实。

我当时不能理解。真憨！怎么会有人喜欢享受苦痛呢？

当我走进他的家庭，认识了另一位军嫂，我仿佛开始明白他身上这股"憨"劲儿从何处传承而来。

我的婆婆妈，是那个时代最平凡最普通不过的女人。

同很多家庭一样，作为大姐，她把读书识字的机会让给了两个弟弟妹妹，这也成为她一生的遗憾。她心灵手巧，除了给家里干农活，还能做手工贴补家用。1986年春天，18岁的妈妈，经人介绍，认识了21岁的爸爸。也是这一年深秋，她依依不舍地把新婚的丈夫送到镇上，目送着那辆载满新兵的大卡车慢慢远去。临行前，爸爸将自己的大红花摘下，亲手戴在了妈妈的胸前，这一抹红色，支撑着她度过了此后数年的艰辛岁月。

我的婆婆妈，是那个时代顶勇敢的女人。

我的宝宝出生后，妈妈从郯城老家赶来照顾我和宝宝。来到这儿一年了，妈妈的活动范围仅限于小区附近方圆一公里以内。妈妈说："我不敢走远呢，万一找不回来了咋办？"可就是这样害怕出门的妈妈，曾经勇敢地独自一人踏上了探亲之路。

  爸爸当兵走后的第二年,妈妈打起沉甸甸的背包,跟着爷爷坐上了前往安阳探亲的火车。她不认识卫生间的标志,为了不上厕所,从第一天早上出发到第二天晚上到达这两天一夜的时间里,她一滴水都没有喝。从郯城坐车到徐州,再坐火车到郑州,再转车前往安阳,1000多里的路途,她硬是靠着记标志性建筑物和路标上的图样,神奇地记住了这条能找到丈夫的路。此后数年,她再也没让爷爷带过路,不仅如此,她还带着同村的伙伴一起去探亲。每次讲起来,妈妈的得意之情溢于言表。

  我的婆婆妈,是那个时代人民军队的坚定拥护者。

  爸爸复员回家后,干过打铁匠,也走南闯北做过小生意。多年过去,家门口"光荣之家"的牌子已经锈迹斑斑,但身为军人的铁血与豪情却从未减过一分。作为妻子,妈妈无条件地支持着爸爸的一切决定。

  2012年秋天,妈妈再次站到了26年前送别丈夫的那个路口,目送着儿子离开家乡,胸前,仍然是那朵明亮绚丽的大红花。从那天起,他们的儿子,继承了他们的意志与期望,带着山区孩子特有的淳朴与坚韧,去往辽阔的戈壁,去往高寒的边疆,去往一切能实现理想与抱负的艰苦奋斗之地。"光荣之家",再度熠熠生辉。

  "妈妈,广森当时去当兵的时候,您有没有不想让他去呀?就这么一个儿子,还要去那么远、那么苦、那么累的地方,不会舍不得吗?"

妈妈的眼角湿润了："唉！男孩子怕什么苦？就跟着共产党走，国家让去哪咱就去哪！"

后来我跟孩儿她爸聊天时，聊起他的从军历程，他一本正经地说："我沐浴在习近平主席改革强军的成果中，由一个准汽车流水线上的工人，通过学习考上军校、成为军人，未来希望能够继续秉持初心，干好工作，问心无愧。"他望着我，目光炙热而纯粹。我仿佛在里面看到了他离开家乡时坚毅的背影，看到了他的身后，妈妈不舍而又坚定的目光。

2021年，是我人生中充满转折的一年。

这一年，我成为一名红色讲解员。在这个光荣的岗位上，革命先烈不再只是书本上的一个个名字，他们活生生地走到了我的面前，深深扎进了我的心里。我在他们的身上看到了中国共产党人为民族为国家舍生取义的无畏，我也开始理解我的丈夫，在军人铮铮铁骨的外表下，隐藏着忠军爱党的赤子之心和重若千钧的人生信仰。

这一年，我成为一名中国共产党党员。在这个光荣的名字下，共产党员不再只是一个简单的名称，无数优秀共产党人的精神化作最闪耀的力量，激励着我在平凡的岗位上坚守初心、砥砺奋进，一步一步成长为红色基因和社会正能量的传承者和坚定践行者。

这一年，我成为一名中国人民解放军的妻子。在这个光荣的身份里，拥军爱党早已不需要用语言来说明，这信念，已刻入骨髓，像我的婆婆妈妈一样，像数百万伟大的军嫂们一样，我们在平凡的生活里为丈夫、为孩子筑起最坚强的后盾，用尽全力承托着那份光荣，然后，继续传承下去。

非常欣慰，我的女儿，如今虽然刚刚一岁半，但爸爸俨然已经成为她最崇拜的对象。当有人喊她的名字时，她会立刻学着爸爸敬礼的样子立正站好，然后特别大声喊："到！"

我想，这就是传承！

（故事类二等奖）

带着龙虾下"疆南"

臧运东 / 日照市岚山区岚山头街道人大工委主任

2020年3月至2023年3月，我作为山东省第十批、中央组织部第一批下沉到乡镇的援疆干部，来到新疆喀什麦盖提县吐曼塔勒乡，担任党委委员、副乡长。今年2月，由于我在新疆开展"东虾西移"的这段特殊经历，我被中央组织部、中央宣传部评选为"最美公务员"。

提起麦盖提大家应该都不熟悉，这是一个位于塔克拉玛干沙漠边缘的县，也是我国唯一嵌入沙漠的县城。来到这里，我问了自己两个问题，在疆能干什么？离疆能留下什么？

带着这两个问题我对挂职地15个村进行了几个月的调研走访，我发现，吐曼塔勒乡紧靠昆仑山下的叶尔羌河，有很多的水库和塘坝，但常年闲置没有任何经济效益。这让从小生活在海边，对渔业生产非常熟悉的我感到既可惜又振奋。

"如果能在这片水域搞养殖，给当地留下一个产业，那我这趟就来的值了！"

最开始提出这个想法以后，当地的干部群众说什么的都有，大部分人觉得是援疆干部搞噱头、骗政绩，上级领导也觉得是不是有点天方夜谭。说实话我自己心里也没有底，所以我对当地的水质进行了近半年时间的监测。结果超出我的预料，水质适合大部分水产品的养殖。有了这份水质检测报告，援疆指挥部对我的想法表示非常支持。

年底回山东休假期间我专门找到日照职业技术学院水产系付宁教授，他看了我的水质报告后和我进行了深入的交流，建议我养殖澳洲淡水龙虾，这种虾肉量大、味道好、市场价值高。

2021年春节之后，返疆工作的第一天，我就开始对接虾塘选址，同时办理相关手续。当年的4月份，虾塘终于开工。根据援疆干部十条禁令的要求，我们在疆期间严禁驾驶机动车辆，我就每天骑着自行车，从宿舍到虾塘来回跑20多公里，一天十几个小时扑在现场。

因为从来没有人在沙漠里搞过养殖，我只能摸着石头过河，困难自然也是一个接着一个，光池塘建设就经历了两次返工。最开始挖好池塘以后开始引水蓄池，但新疆化冰期的地下水位不稳定，结果一池子水一夜间漏掉一半。后来我们联系专家请教，用铺设防渗布的办法重新施工做防水。水是不漏了，但水草也钻不上来，没法形成有益生物群落。于是我们在防渗布上再垫上一层土，补种水草，敷设虾窝。没想到歪打正着，正好还解决了新疆水产养殖土壤返碱难题。

池塘挖好了，虾苗又成了问题。当时正是疫情防控最紧张的时候，活体水产品必须静置消杀15个小时后才能放行。娇贵的虾苗等不了这15个小时，空运的第一批一到麦盖提，就被扣住了，我急得像热锅上的蚂蚁。最后我提交了自己的工作证，签了保证书，用我的政治承诺做担保，这样才争取到了提前放行，虾苗终于保住了！

现在回想一下，人想干成一件事情，真的需要一股韧劲。虾塘建设中大小活我都领着老乡干，因此手也磨出了水泡，右手上尤其严重，那段时间，跟人握手我就伸左手，把人弄得都不知所措。虾苗入池后，为了防治野鸭水蛇偷食虾苗，我每天晚上要巡查两三遍，等龙虾晚间进食完成，再骑自行车回宿舍。

在新疆养龙虾期间，同事们给我算了一笔账，每天一趟，一趟20公里，每年跑8个月，三年大概跑了9600公里，相当于从麦盖提到日照又走了一个来回。我脚上的军用布鞋，以前在家三年穿一双，在麦盖提二年穿破了三双。长期不规律的生活、高强度的工作压力，让我患上了慢性萎缩性胃炎，体重陆续下降了26斤。当时正是试验养殖的关键期，家人给我寄来了中药，每天晚上回去，我就开始熬中药，整栋宿舍楼都飘着中药味，楼下的援友说闻着中药味就放心了，知道我回来了。

历经近一年的艰辛探索，2021年的10月份，我们收获了第一批澳洲龙虾。昆仑雪山养育的龙虾，毫无土腥味，最大能到200克，最高卖到260元/公斤！

良好的市场反应，也进一步坚定了我们扩大养殖推广的信心。为了真正把这项技术留在麦盖提，两年期间，我们编写了双语版的《养殖技术手册》，开展了12期水产养殖培训。我的大徒弟翁纯玉，去年承包的虾塘收获龙虾2000公斤，纯收入30万元。今年他的养殖面积又扩大了一倍。截至去年年底，全县已形成5处规模化养殖基地、8处养殖点、500亩养殖面积、50万尾的养殖规模，真正成为当地群众一个全新的致富产业。

习近平总书记指出，东西部协作和对口支援充分体现了中华民族大家庭的温暖。三年来，帕米尔高原强烈的紫外线晒黑了脸晒爆了皮，大沙漠的风沙沾满了双脚，但是看到新疆人民的生活在慢慢地变好，我是发自内心地感到欣慰。三年9600公里的援疆路没有虚度，党组织的重托没有辜负，在援疆岗位上，能够为中华民族大家庭奉献一点光和热，我感到无比的自豪。

如今我已经回到了原来的工作地，负责沿海大项目建设和人大工作，在现在的岗位上我也经常问自己，当干部要干什么？在岗位上能留下什么？总书记说："政声人去后，民意闲谈中。"我当干部就是要为老百姓办实事！我在岗位上就要富一方百姓！

（故事类二等奖）

做一名助力乡村振兴的新农人

魏德东/临邑县富民小麦种植专业合作社理事长

我从小在农村长大，在记忆里，父辈们种地就是面朝黄土背朝天，非常辛苦，一牛一犁一扁担，一颗汗珠子摔八瓣，累弯了腰，累驼了背。一家人全靠一亩三分地养活，所以"地就是命"。如果麦收赶上了连阴天，麦子就会发芽变黑，不光累，那种心疼就别提了，我曾经说："以后就是要饭也不种地了"。

后来我在镇上开了一家农资门市，干起了小生意。打那以后，我也陆续发现，跟我一样不愿种地的人越来越多，他们要么外出务工要么经商。眼瞅着村里的土地减产的减产、撂荒的撂荒，我心里不是个滋味！

"不行，我还得种地！"

媳妇第一个反对："你不是说以后要饭也不种地了吗？"

"土地真是命根子，如果大家都不种地，十几亿中国人吃啥、喝啥，到时候要饭都没有地方要去。这回我不仅要种地，还要种好地、多打粮。"

2008年正赶上国家大力发展农业生产的好政策，在镇党委、政府的支持下，我成立临邑县富民小麦种植专业合作社，流转了300亩土地，当年就见到了好收成。到2012年，合作社土地达到了1000多亩。这让我信心倍增，准备大干一场，然而天有不测风云，这一年麦收，1000多亩小麦全部倒伏。秋季，又赶上50年难遇的洪灾，玉米也几乎绝了产。这下可把我给急坏了，吃不下饭，睡不着觉，人都快要疯了。

辛辛苦苦好几年，一夜回到解放前。"种地真没出路吗？"

媳妇宽慰我，咱祖祖辈辈种地就是靠天吃饭，哪有一帆风顺的，实在不行咱干别的。"不行，决不能打退堂鼓！我就不信种不好地！"让我没想到

的是，农业保险理赔资金下来了，国家不会让种地的人吃亏，这让我又重新打起了精神。更让我没想到的是，不光好政策来了，农业专家也来了，现在种地不光靠天了，还能靠科技！

我们总结经验，调整思路，重新出发，积极和科研院校合作，和涉农企业合作，小麦玉米实现了订单种植，种植效益提高了。几年的时间，我们建起了晾晒场、农机库房、配肥站。还上了烘干机，虽然没挣到多少钱，但固定资产有了，技术有了，经验更有了。

2018年，政府工作报告鼓励"培育新型农业经营主体，面向小农户搞好农业社会化服务"，我觉得这又为咱合作社发展带来了新机遇。并且我也真想把自己这十来年的种地经验教给大家，希望我走过的弯路他们不用再走，我踩过的坑他们不用再踩。

这些年农业发展的红利越来越多，政策的、党委政府的、专家的、科技的……近两年，我们又借上了"吨半粮"创建的东风。

从2021年开始，德州市大力推进"吨半粮"产能创建，幸运的是我们合作社的土地全被划进核心示范区。有了政策的指引，搭上了高产的快车，一切都变得顺理成章。我们积极开展粮食生产托管服务，帮助不愿种地的村民流转土地，愿意种地却种不了的我们托管。我们紧跟党的好政策，"推技术，提单产"拿清单种地、按流程种地，完善了产前、产中、产后农业社会化服务链条，让种粮大户享受到现代农业新质生产力的红利。如今，合作社托管土地面积达到了35000多亩，让更多的乡亲享受到"吨半粮"创建带来的好处，更为国家粮食安全作出了贡献。

多年耕耘，让我对土地有了深厚的感情，作为一名扎根农村的新农人，我时刻牢记自己的使命。在自己种好地的同时，我也时刻不忘身边的普通农户，为了提高他们的种植水平，我开办了"农民夜校"和"田间课堂"，根据农时，走遍了200多个村庄为大家讲解种植技术。同时，我还想着为教育做点事、为孩子们做点事。我成立了研学教育基地，在基地上不种花，不种草，就种适合我们当地种植的各种农作物，让孩子们走进基地，认识庄稼，体验农事，最终达到让他们了解农业，热爱农业，珍惜粮食的目的，刷新了孩子们对新农业的认识，让他们知道未来种地不再是面朝黄土背朝天，让他们意识到未来农村也是他们施展才华的广阔天地。

种地挺好，种地让我成了"山东粮王"；种地真好，种地让我走进人民大会堂，连续两届当选全国人大代表；还被评选为全国劳模和全国十佳农民。

方向对了，不怕路远。我觉得选择了种粮就是选对了方向，选择了当农民就是选对了职业。

嘛也不说了，为了中国人的饭碗端得更稳，端得更牢，加油干！

（故事类二等奖）

特战救援　蛟龙出海

秦一杰/聊城市特战救援志愿者协会会长

我叫秦一杰，中共党员，聊城市党代表。曾服役于中国人民解放军海军特种部队蛟龙突击队；也曾先后两次赴索马里执行护航任务，完成40余次驱离海盗行动，并获得"护航精英"称号。

记得一次任务时，我国商船遭遇海盗，时间紧、任务重，出发前，领导让我们给家里写一封信，其实我们知道这是一封"遗书"。警报声再次响起，一级反海盗部署，这次护送的商船共有31条，每条都有二三百米长，船与船之间间隔10海里。我乘坐直升机起飞，飞临海盗小艇上空，看到一艘艘小艇像蚂蚁一样乱跑，数量达到了惊人的120余艘。这次，我们遇到了有史以来最大规模的海盗集群。整个海面上密密麻麻全是船。我心中既惊又怕，但也充满了亢奋与激动，当他们慢慢靠近我国商船的时候，我收到上级"对海盗进行驱离"的指示，于是对着海盗船队的中心点发射信号弹、爆震弹，再用舱门机枪进行警戒扫射，迫使海盗散开。当我在空中看到我军浩浩荡荡的护航编队时，心中油然而生的荣誉感和责任感让我无所畏惧，再看海盗，他们无非就是一帮蝼蚁，而在我身后的是我们强大的祖国。

退役后，我始终放不下在部队的那段峥嵘岁月，于是在2011年正式成立了民间公益应急救援组织——特战救援队。不管是从军报国还是公益为民，为国尽忠的使命和为民解忧的职责，始终初心不改。

还记得有一次，山东黄河段发生一起汽车落水事故，情况紧急。接到求助电话，我立即调动十几支队伍、100多人前往事故发生地进行救援。黄河是众多河流中水文最为复杂的水域，流速大、吸力强，落水点又是回流区，危险重重。通过声呐定位和分析研判，我们第一时间确定遇难者的位置，在接下来的六天里更改了数十次营救技术方案，如浮船挖掘机打捞法、脚手架篱笆桩平台固定法，抽调数台大吸力抽沙船抽走预埋车辆上的沉沙，120吨起重机先后两次试探性拖拽，一次后保险杠脱离，一次后桥及轮胎脱离。巨大的拉力把保险杠及后桥像弹弓一样射向天空，水下的车体已面目全非。第七天，我再次潜入水中进行捆绑。春寒料峭，在零下两三度的冰水中，体能、热能消耗非常快，我双手双腿严重痉挛，头脑反应逐渐麻木。夜晚的黄河中看不到一丝光亮，水中沙石打在脸上如刀割，打在耳中如响雷，但想到岸上家属和百姓期盼的眼神，我又一次次咬牙潜入水中。当第四次下潜时，我终于摸到了遇难者的身体，用尽全身力气和助手用钢丝绳绕车一周，完成绑定。

上岸后，我已是冻得嘴唇发紫，面色苍白，遇难者家属几十口人跪地感谢，现场队员也已泪流不止，我颤抖着将家属扶起。这件事，更加坚定了我在应急救援的道路上走下去的决心。

2013年，雅安地震，我们用一双双手以接力的形式徒步30余公里，把伤员抬去医院；

2014年，鲁甸地震求救结束。被救群众跟着我们的车辆一路相送，送行队伍将近数十里长；

2017年，九寨沟地震，我们翻越一座座山，跨过一道道断崖，成功营救被困群众20多人；

还有积石山地震、岳阳山洪、青州塌方、寿光水灾、广东广西江西安徽水灾、2021年震惊中外的河南郑州大水灾、河北涿州水灾……

2020年，武汉发生新冠肺炎疫情，我们18名勇士以血为书，逆行而上，进入方舱。队员母亲离世，都无法亲自抬棺送行，隔家千里下跪，化悲痛为力量，坚持到最后；

2021年，我队参与西安防疫消杀，消杀面积达到5640万平方米；

2022年，我队参与西藏防疫消杀，80人日夜兼程3500公里，是全国唯一一支进入高原的民间队伍。

类似这样危险的救援场面数不胜数。特战救援队组建14年来，在全国成立正式队伍260余支，正式注册的队员3万余人，我个人出资1300余万元购置大量装备，特战救援队共出动大中小微型任务1.2万余次，救援中救活40人，帮助群众20万余人。

秉承不图回报、无私奉献、报效国家、服务人民的理念，延续老兵"军魂"，特战救援队的身影已经覆盖了一座又一座城市，走到一个又一个需要帮助的人那里。新时代，新气象，新作为。无论过去和现在，只要祖国一声召唤，我们随时奔赴前线！

（故事类二等奖）

四代人的坚守

王家琪/博兴县陈户镇团委书记

在董永湖畔，伫立着这样一座英雄的烈士纪念塔。王侦祥一家四代人，默默守护了它78年。他们用坚定的信仰和无悔的付出，践行着对英烈的庄严承诺。在传承红色基因的征途上，点燃了那永不熄灭的英雄之火，照亮着后来人无畏前行的路。

今天，就来说说"四代守塔人"的故事。

1945年5月21日，一场激战在博兴县陈户店打响，面对数倍于我的敌人，博兴独立营官兵英勇奋战，终因敌我力量悬殊，包括三连长王新华、指导员孟庆龙在内的180余名指战员壮烈牺牲。

次年，当地修建纪念塔缅怀牺牲的烈士，群众闻讯自发捐款捐物，有的甚至拆了房屋，把砖瓦、木料捐出来建塔。

塔建好了，谁来看守维护呢？时任西河西村党支部书记的王侦祥主动向组织请缨说："这个塔不能没人管。我是党员，又是村书记，守塔的任务就交给我吧。"

为了守好这座塔，王侦祥一家在塔旁搭了一座仅能放下一床、一桌和两把椅子的小土屋。用煤油灯照明，到2里地外的小河边挑水做饭，守塔岁月艰难而漫长。这中间发生过无数意外，一天晚上，煤油灯不慎歪倒，点燃了被褥，火苗迅速蔓延到屋里屋外。王侦祥抓起木桶去挑水，他的老伴铲起沙土扬向火苗。周边村民看到后，纷纷赶来帮忙。水，一桶桶、一盆盆泼向滚滚烈焰，忙活了两个多小时，终于将火扑灭。看着烧得焦黑的屋子和熏得满脸漆黑的王侦祥夫妇，村民们焦急地问："快看看有没有烧伤，"王侦祥看了看塔："没事儿、没事儿，烈士塔没事儿。"

就这样日复一日、年复一年，王侦祥和老伴风雨无阻，拔草、除尘、填土、垒砖，一守就是20多年。晚年的王侦祥生病住进了儿子王玉顺家里，守塔的任务也交给了王玉顺。病重期间，王侦祥多次颤巍巍地来到塔下，嘴里念叨着："回家了、回家了。你也是党员，我走了，你不能不管这个家。"

老父亲念念不忘的"家"就是这座塔。"爹，您放心吧，咱家有我！"王玉顺攥着父亲的手许下了庄严承诺。

一诺重千钧，父亲去世后，王玉顺和媳妇高俊兰搬进了塔旁的小屋。除了日常维护，王玉顺还承担起了讲解员的角色，不厌其烦地拜访史志人员、文化站站长，寻访当年战斗和建塔的亲历者。

"营协理员王竹川掩护四名战士携带宝贵的机枪冲出重围、自己击毙9名敌人后壮烈牺牲；九区妇救会副主任尹洪英冒着生命危险率领妇女救出4名负伤战士……"一个个英雄事迹在寻访中渐渐清晰。

王玉顺这一守又是20年，这一时期经济社会快速变化发展，周围许多人通过经商办企业发家致富了。王玉顺却不为所动，他常说："答应俺爹的俺做到了，俺会一直守下去，把烈士塔的故事讲给更多的人听。"

2014年，当地党委、政府拨专款对"陈户烈士纪念塔"进行修缮，扩建起了陈户烈士纪念园、纪念馆。守塔的接力棒也传到了孙子王建亮和孙媳尹佐兰手里。2015年，王建亮夫妇搬进了纪念园，每天按时开门，打扫纪念馆，搜集馆藏文物。尹佐兰患有腿疾，起蹲困难，擦拭烈士碑时都是跪着。他们说，与其说我们守塔，不如说我们守的是老百姓的一片心。

现在，王侦祥的重孙王宏成也参与到守塔工作中，运用自己的电工知识，定期维修保养烈士塔电路。他从小跟着爷爷奶奶长大，耳濡目染，守好烈士灵魂安息之地、接续弘扬红色基因的种子已经在心里生根发芽："我一定将这份责任和烈士们的精神传承下去。"

习近平总书记指出，切实把革命文物保护好、管理好、运用好，发挥好革命文物在党史学习教育、革命传统教育、爱国主义教育等方面的重要作用。目前，陈户烈士纪念塔已被公布为省级文物保护单位、党史教育基地，每年来祭奠英烈的党员群众、接受革命教育的机关干部、参加红色研学的青年学生络绎不绝，烈士事迹得到广泛传播。历史不能被遗忘，英雄不能被忽视。让我们牢记总书记嘱托，像四代守塔人那样，坚守信念之塔，振奋精神力量，为全面建设社会主义现代化强国，以中国式现代化全面推进中华民族伟大复兴而努力奋斗。

（故事类二等奖）

甘做降服炸弹的孤勇者

胡清溪/山东省济宁市公安局特警支队四大队副大队长

2006年12月，我踏上北上的列车加入一支反恐精锐之师——中国武警雪豹突击队。军旅生涯，是我人生历程中不可磨灭的记忆，有令行禁止的命令抉择，有残酷无情的实战对抗，更有战火纷飞的驻阿富汗使馆警卫，8年的部队历练，奠定了我顽强的底蕴。2014年底，我被特招进入济宁市公安局特警支队，成为一名排爆警察。

提到爆炸，很多人会联想到大火，浓烟、巨响，甚至血肉横飞、满目疮痍，作为一名排爆警察，"以生命赴使命，用挚爱护苍生"是我的职业信条。

120米有多远？有人说也就走一两分钟吧。而在我眼里，像离开了地球，走到了另一个星球那么久。因为，这是我在排爆过程中经历的生死距离。

2017年6月21日18时许，我接到市局指挥中心命令，在我市某小区发现爆炸装置，要求迅速前往处置。我经过现场初步观察，断定该爆炸物是由钢管、微动开关、电源、黑火药组成，正是所谓的钢管炸弹。由于当时防爆安检大队刚刚组建，装备配备比较单一，刻不容缓，分秒必争，我作出了令当时在场所有人都想不到的决定，用自己的双手进行爆炸物转移。

在漆黑的田地里，在警戒区外所有人的屏息凝视中，我冒着随时可能发生爆炸的危险，小心翼翼地取出爆炸物，用双手平稳地托举着，一步一步转移到销毁坑内。当时外部的环境异常宁静，带给了自己前所未有的孤独感和责任感。120米，平常人三步并两步几分钟走完的距离，我足足用了半个小时才完成。虽说穿着排爆服，但实际上一旦爆炸，排爆服的作用就两个：一个是"心里安慰"，一个是"保留全尸"。最终我们经过四个小时的努力成功将爆炸物销毁。

2018年8月19日，一居民区6楼惊现爆炸装置。这是一种"拉法式"爆炸装置，制作与安装非常专业，没有留下丝毫破绽。经过反复研究、制定方案，我最终决定用人工拆除的方法，目的是留下足够的破案证据。当时，领导用担心的语气问我："有信心吗，一个人？"我给出了最简洁有力的回答："有！"说完就穿上厚重的排爆服，孤身一人走进昏暗的楼梯间。爆炸装置位于楼梯和用户大门的连接处，不在一个平面，观察和拆除的难度都很大。拆除时需要整个人趴在楼梯上，身体被台阶顶得发麻，期间不能有任何大动作，否则随时都会有爆炸的危险。时间一秒秒过去，外面的同事都在焦急地等待着。经过两个小时的处置，我才将危险解除。当时，我的妻子正好给我打电话，却一直无人接听。最后给我同事打电话询问才得知情况，妻子担心得当场大哭起来，那时我的妻子才知道自己的老公是一名排爆警察。

对于排爆警察来说，永远不知道明天和意外哪一个会先到。这样一份高危职业，就连保险公司都不愿意承保。每次执行排爆任务前，只要时间允许，我都悄悄写下遗书。

2020年1月24日除夕夜，在阖家团圆的氛围中我接到市局通知，某地发生涉枪涉爆案件。我亲吻了出生仅仅9天的儿子，携带装备迅速驱车前往事发地点。经过现场勘察，发现居然有9枚爆炸装置，远远超出了先期估计的数量，这些爆炸物的起爆方式各不相同，这在全国都是极为罕见的。考虑到要保证排爆过程的绝对安全，我决定以"转移一枚，处理一枚"的方式进行拆除。经过8个小时连续奋战，才成功处置这除夕夜特殊的"九盘菜"。任务结束已是大年初一，我如愿以偿地吃上了过年的水饺。

  2023年春节，我回潍坊老家过年，接到支队领导通知，在我市某地发现爆炸装置，要求我迅速归队，考虑到路程较远，我的妻子一路陪同。为维护和谐的节日氛围，我选择将爆炸物转移到郊区进行人工拆除。这是唯一一次妻子在现场看我拆炸弹，她在封控区外紧握双拳，连呼吸都不敢发出声响，直到我打出安全的手势，她才深深地舒了一口气，眼里含了不知多久的泪珠才接二连三掉下来。

  排爆，每一秒都是在与死神相伴，每一步都是行走在刀尖上。这些年，执行任务时，妻子最希望接到的是我报平安的电话；最怕接到的是我同事打去的电话。排爆工作除了需要排爆手的忠诚奉献，也离不开排爆手家人的理解支持，在这里我要感谢我的父母，我的妻子，是他们由担心到理解、到鼓励，给了我工作的信心和动力。

  只有心怀大者，才能担当大任；只有敢闯敢试，才能先驱先行；唯有奋斗不殆，才能说不负青春韶华。习近平总书记曾鼓励我们青年一代：要让青春在祖国和人民最需要的地方绽放绚丽之花！无论何时何处，我永远都是一名战士，只要祖国和人民需要，我将义无反顾、勇往直前，用忠诚和热血捍卫警魂、守卫一方平安。

（故事类二等奖）

我在你身边

薛　飞/青岛西海岸新区中心医院护士

我是一名网约护士。患者和家属只需手指轻轻一点，在线上平台"下单"，优质专业的护理人员就能和快递小哥一样"上门"服务。从2020年12月14日接第一单以来，我共上门服务600余人次，行程近30万公里。作为网约护士，我们的战场不仅在医院病房，还分布在交通闭塞的偏远乡村，我们的出现，让距离不再是问题。

三年前，40多岁的薛大哥因脑出血手术治疗后回家疗养，他身上所带的胃管、气管切开管、尿管需定时更换，我成为指定网约护士上门服务。

薛大哥家在离医院60多公里外的泊里镇，每次前往，单程就得一个多小时，一来一回，加上更换管路、康复指导，需要一天时间，薛大哥的房间里，只能放下一张病床，狭窄的地面四周散落着护理垫等生活用品，再加上室内环境昏暗，即便是进行最基础的操作，也不得不借助手电筒的光来辅助。每一次插胃管时，喷溅的痰液、刺鼻的呕吐物气味隔着口罩直冲我喉咙；更换尿管时，患者的极力抗争都让我费尽心力；而家属那殷切的目光，无形中让我背负着沉重的压力……就这样日复一日，寒暑交织，多少次护理操作后，我的工作服都会被汗水浸透。

每14天一次肺部排痰，每28天一次尿管更换，这一坚持就是3年。

在一次护理之后，我尝试着引导长期卧床的薛大哥缓缓坐起来。他坐起来后，我惊喜地发现，他腿部有力量了，这激发了我更大的信心，向他提出一个大胆建议——尝试下床站立。在一次次的鼓励与搀扶下，薛大哥逐渐摆脱躺了两年多的病床，勇敢地站了起来。当看到薛大哥能拄拐了，能走路了，能放下拐了，他康复的进程比预期还要好，我决定每周都去，

不出一年，薛大哥又踏上风雨无阻的快递小哥旅程，重新挑起家庭的重任。"嫚儿，谢谢你，没有你，我死都闭不上眼啊！"薛大娘伸出满是老茧的双手，颤抖着拉着我，说了这句朴素却饱含感激的话。网约护士不仅是一份工作，更是一份信任。

2021年9月，家住王台的76岁的薛奶奶，患有肝癌、腹水，身带的腹腔引流管周围皮肤溃烂不愈合，由于患者年纪大、病情重又晕车，去医院也不方便。在薛奶奶儿子一筹莫展时，无意间看到医院微信公众号上推广的"互联网+护理服务"信息，即刻进行了预约。

第一次见到薛奶奶，她不耐烦地对我说，"别给我弄了，没有用，我活一天算一天。"我转身看到桌子上碗里的剩饭，通过聊天才知道薛奶奶的孩子都在外地，身边没有亲人照顾。护理服务结束后，我专门为薛奶奶煮了碗面，又帮她简单收拾了一下家务。以后每次到薛奶奶家，我总要挤出时间，提前去一会儿，和她聊聊天，帮她收拾收拾，就像走亲戚一样。我不仅为她提供专业的护理服务，也在生活的点滴中给予她关心和陪伴。看到薛奶奶看我就像看亲孙女那样，自己能给她带来活下去的希望，这份动力使我一次次陪伴着她，直到奶奶生命的最后。

四年来，看着一张张对我信任的笑脸，回想"闺女""小薛""小姐姐"，一声声亲切的称呼，从来没感到自己这么被需要，这让心中的南丁格尔誓言更加激励着我在护理路上前行。作为全省最早探索"互联网+护理服务"模式的团队，我们95名网约护士努力践行"我在你身边"让病有所医更有成效、让群众幸福感更可持续！

　　好啦，今天我们的故事就讲到这，我要接单上门啦！

（故事类优秀奖）

无名卫士

贾　帆/青岛市公安局城阳分局政工室副主任

有一部电影的名字叫作《天下无毒》，这四个字，是每一名禁毒警察的理想和奋斗目标。

曾经，我也是一名一线禁毒警察。在这个不见硝烟的战场上，每一次任务，都时刻面临着危险，每一次出镜，都需要面部的遮掩。虽然，人们不知道我们的名字，但我们时时刻刻在用鲜血乃至生命守护着这座城市的安宁。

现在，我已经离开了一线，但那段惊心动魄的经历却历历在目。

记得刚参加工作的那一年，师傅带领我办理一起制毒案件。为了摸清窝点情况，我们开始了彻夜的蹲守，师傅再三地叮嘱我："一会儿我先上，我撂倒，你上铐。"终于，远处出现了一个形迹可疑的身影，我一眼便认出了那张研判了千百次的脸，我们立刻下车准备抓捕。就在嫌疑人与我们目光交锋的那一刻，他明白了，转身撒腿就跑，我急起直追跑了100多米，就在他准备翻越铁门时，我猛地把他扑倒在地。这个200多斤的嫌疑人一个翻身跃起，手持一把锋利的刀子向我刺来。我躲开刀子和他扭打在一起，在石子路上来回翻滚，衣服磨破了，身上多处擦伤，鲜血直流。就在我拼尽最后一丝力气的时候，只听嫌疑人哀嚎一声，恍惚间我看到师傅死死锁住了嫌疑人。

那一刻，我突然明白了师傅为什么要抢在我前面。这些老辣的毒贩，往往携带刀子、针头哪怕是碎玻璃防身，没有经验的年轻民警很容易中招。师傅是在保护我啊！

回到办公室，师傅朝我怒吼："你是新人，就应该站在我的身后，冲锋陷阵的事，还轮不到你！你是我的兵，我带多少兄弟出去，就要带多少人回来，一个都不能少，你知不知道！"

而走出办公室，他逢人就说："这小子能豁出去，是块干禁毒的料！"那一天，我深深体会到禁毒队伍中特有的"师徒制"，那不仅是业务的传承，更是背靠背的信任。

有的时候，我们会面临瞬间抛来的生死抉择，在这些瞬间，我们的果断永远抢在害怕的前头。2021年12月的一个晚上，我们在高速公路出口堵截一名运输毒品回青岛的毒贩。我和指挥员坐在车上，密切地关注着远处的动向。当嫌疑人察觉到有警察时，竟孤注一掷地驾驶车辆向我们冲来。那真的是像一阵风呀，原本还是远处的一点微弱车灯，眼睛一眨车子已经到我们面前，坐在副驾驶上的指挥员果断地一声令下："撞上去，堵住他！"

"什么？撞上去？""对，撞上去，快撞啊！"我猛地把油门踩到底，只听砰的一声巨响，对方的车直接撞向指挥员。

我跳下车，一把捣碎车窗，把毒贩揪了出来控制住。回头再看指挥员时，他已经被变形的车门紧紧地卡住，伤口鲜血直流。他艰难地从车里爬出来，顾不上身体的伤痛继续研判毒品上线，最终成功破获了一起公安部毒品目标案件，捣毁了多处毒品加工厂，打掉了一个重大制贩毒团伙。

禁毒警察被称做"行走在刀尖上的人",一些涉毒人员不仅是瘾君子,还是恶性传染病的携带者,每一次交锋,都是你死我活的战斗。

记得有一次执行任务,一个毒贩拼命反抗,在搏斗中,我的指甲被掀掉一块。后来我才知道,他是艾滋病毒携带者,而且也受伤流血了。当看到不知是谁的鲜血随着手指流下来的那一刻,我害怕了。想到年迈的父母和家中的妻儿,我怕万一……在不能确定是否感染的情况下,为了不祸及家人,那段日子我一直把这件事藏在心里,更不敢和家人过于亲密,这种心理上的折磨远比身体的伤痛更加难以忍受。但怕归怕,再来一次,我还是会毫不犹豫地与他搏斗到底!因为,这是我的职责。

作为一线禁毒警察,几乎每个人的身上,都带着一些特殊的"印记"。每逢阴雨天,身上大小伤疤隐隐作痛,而这些,恰恰是我们为之自豪、刻在血肉上的"荣耀勋章"!我们早已做好了向死而生的准备,既然选择了这条路,流血牺牲在所难免。而这是我们的使命,也是我们的光荣。

毒品在哪里,战场就在哪里,一次次的身处险境,一次次的绝处逢生,没有吓退我们前进的步伐,反而让我们变得更加勇敢、更加坚定。毒品一日不除,禁毒斗争就一日不能松懈。一代代禁毒人将以热血履行使命,以赤诚擦亮警徽,甘做负重前行的无名卫士!

(故事类优秀奖)

我和一群特殊孩子的故事

吴　曼 / 枣庄市山亭区西集镇团委书记

少年儿童是祖国的花朵，作为他们当中的特殊群体——困境儿童，尤其需要我们给予特殊的关心帮助，解决学习生活中的困难，让他们同样健康快乐地成长。今天我要讲述的就是我和这样一群特殊孩子的故事。

张熙正，父亲早逝，母亲改嫁，和80多岁的爷爷奶奶相依为命，智力残疾的他有时会突然抱住他人，咿咿呀呀地讲述着。记得第一次走访时，虽然设想过无数次见面的场景，但是，院门打开的那一瞬间，我还是大吃一惊，一个瘦小的孩子猛地扑了过来，两只小手紧紧地抱住我。我稍稍定定神，看着充满渴望的眼神，听着含混不清的言语，强烈母爱涌了上来，我轻轻抚摸着他的小脑袋："别着急，慢慢说，阿姨听着呢！"随着我温柔的话语，小熙正渐渐平静下来。那天坐在小院里和奶奶聊了很多很多。我记得天气很好，但老人却不停地流泪，而小熙正就一直在旁边偷偷地看着我，手中紧握着一个破旧的布娃娃，仿佛是他与这个世界沟通的桥梁。老人说："这是他妈妈买给他的，天天对着布娃娃说个不停呢！"告别时，小熙正拉着我的手，嘴里咿咿呀呀地说个不停，满眼的不舍。第二天，当我再次出现时，他惊喜地跳了起来，我把一个崭新的小布娃娃送给他。接过娃娃的一瞬间，他愣了愣，眼睛流露出惊讶和欣喜，嘴里反复念叨着"娃娃，妈妈"，那份小心翼翼的模样，仿佛手中捧着的是世界上最珍贵的宝物。那一幕直到今天，都使我内心震颤。我蹲下来，一把把可怜的孩子搂进怀里，流着泪说："我当你妈妈好吗？"抽搐不已的小熙正使劲地点着头。小小的院落里，爷爷奶奶、我和小熙正都哭了。从那以后，我就多了一个儿子。他也从最初的陌生与防备，到后来眼睛里满是快乐和幸福。

　　一天清晨，我正要带生病的儿子去医院，忽然接到小熙正奶奶打来的电话，老人急切告诉我：小熙正发烧呕吐，起不来了。放下电话，我赶紧把儿子交给丈夫，在儿子失望的哭声中，冲出门去。那一刻，我想回头，但却不敢回头。因为一回头，就真的走不开了。在医院里，我背着小熙正楼上楼下做检查，直到他打上点滴，安静地睡着后，我才给丈夫打了电话。话筒里儿子不满的声音传来时，我泪流满面。儿子还小啊，也需要妈妈陪伴。孩子啊！妈妈没有陪你，但是有爸爸。而没有爸爸妈妈的小熙正更需要我的陪伴。

　　为了让小熙正接受到专业的教育指导，经过多方协调，特教学校教师送教上门，使他在家也学上了文化知识。今年六一儿童节，我和儿子，带着学习生活用品来到小院。很快，两个孩子就成了好朋友，儿子也多了一个好弟弟。

　　我还有一个"女儿"，她叫王香雨。初三的关键时刻，她却决定辍学外出打工。只因为这个家中唯一的亲人奶奶瘫痪在床，她要独自承担起家庭重担。得到消息后，我与王香雨进行了深入的交流。没有说教，只有真诚的分享与倾听。我以自己为例，慢慢道出教育是如何改变我自己的人生，她才渐渐卸下了抗拒的神态。我把她接到家里，几次长谈既是对她内心深处那份渴望与恐惧的抚慰，也是对她勇气与决心的唤醒。最终，是爱与希望的光芒穿透了迷雾。她重返校园，继续追寻那份被搁置的学业梦想，而我从此又多了一个女儿。

除了这"一儿一女"外，我还是双亲离世的孤独症患儿山山、爸爸卧床妈妈去世的困境儿童阳阳、父母残疾生活困难的蒙蒙等孩子们的"代理妈妈"。今年国庆节这群可爱的孩子们为庆祝新中国成立七十五周年，给我这个"妈妈"发来自己制作的小贺卡，尤其是小熙正歪歪斜斜的"我爱你新中国"几个字，特别让我高兴。

共青团就是少年儿童的家，作为团干部，尽我所能扶危济困，帮助他们健康快乐地成长是我的责任。新时代我将继续以无尽的爱，照亮这群特殊孩子们的星辰大海，而我和特殊孩子的故事还将继续。

（故事类优秀奖）

把微笑带给学生

张丽翠/枣庄市薛城区周营镇六联小学教师

作为一个远嫁山东的河北人，从没有想过走上讲台的我，现在却成了一名普通的乡村教师。虽然一边要照料高位截瘫的丈夫，一边要忍受亲人先后离世的痛苦和悲伤，但只要看到天真烂漫的学生们，我就想把微笑带给他们。为了那一双双清澈纯净的眼睛，为了新时代的乡村教育，我愿意承受艰难的一切！

托尔斯泰说：幸福的家庭都是相似的，不幸的家庭各有各的不幸。从前我丈夫是一个高大帅气、阳光开朗的大男孩。大学期间我们相识、相知、相恋。为了爱情，我跟他来到他的家乡——一个偏远的小乡村。随着儿子的出生，我们成为幸福的三口之家。

但是一场突如其来的灾难无情地打破了这一切。2010年元旦，突然摔倒在地无法动弹的丈夫，被紧急送往医院，检查显示脊髓血管瘤破裂，脊柱内大量出血。当丈夫终于脱险，医生沉重地告诉我：你老公高位截瘫，恢复的希望非常渺茫，我一下子瘫在地上，看着哇哇大哭的儿子和悲痛欲绝的家人，我回过神来，暗下决心，无论再难也绝不放弃！

前期的治疗不但花光了家中所有的积蓄，还欠下了巨额债务。为了让丈夫重新站起来，我们走上了艰难的康复之路，我也成了一个不能停歇的妻子。辞去工作，自学专业护理技巧，从穴位按摩到插管导尿，再到擦洗排汗，我在家摸索着对丈夫进行康复训练，还要洗衣做饭照顾一家老小，手指都累出了肌腱炎。

最苦最难的时候，党和政府送来了温暖，为丈夫办理了残疾证，给家里修建了残疾人通道，为了减轻我们的经济负担，镇党委政府聘请我到镇六联小学作乡村教师，他们就像黑暗中的一束光照亮了我的生活。当我第一次踏上讲台，听到孩子们一声声清脆的"老师好"，这一刻我突然觉得我的人生又有了盼头。

从此我的生活更忙碌了，每天忙完学校，忙家里，一刻也不停歇。但只要看到孩子们纯真的笑脸，我又充满了力量，强烈的责任感油然而生。我常常把学校里发生的趣事讲给爱人听，遇到困难也让他出谋划策，丈夫的笑容渐渐多了起来。

或许是我特殊的经历吧，我对特殊家庭的孩子总是给予更多的关注。班上有个孩子叫成成，性格腼腆而木讷，成绩总是垫底儿。经了解他父母离异，前年父亲又因病去世，只能跟着年迈的爷爷奶奶生活。看到他与我儿子年龄相仿，我就特别心疼。一次亲子运动会，我发现他躲在教室的角落里偷偷抹眼泪，原来只有他一个人没有家长陪同，我走过去轻轻把他揽在怀中："孩子，别难过，我当你的妈妈，好吗？"随着一声"好"，他抽噎得更加厉害。运动会上我们配合默契就像一对真正的母子，他也露出了久违的笑脸。从那以后，他总是甜甜地叫我"张妈妈"。更让我高兴的是，他的成绩也一点点好了起来。期末考试后，他拿着"A"等的成绩单，跑到我跟前："张妈妈，我也能考出好成绩了！"我一把抱住了他，笑着，笑着，又哭了。除了成成，我也是嘉嘉、文文等特殊孩子们的"代理妈妈"。看到需要帮助的学生，我就用微薄的收入购买一些学习用品，来激励他们学习。

寒来暑往，每天与可爱的孩子们在一起，与和谐融洽的老师们在一起，我就特别有劲头、特别幸福！这么多年来，虽然很苦、很难，但是丈夫也一直在背后默默给予支持和鼓励，我成了全家人的骄傲，还获得了"突出贡献教育工作者"的光荣称号。

　　但是这么多年，我一直愧对的有两个人，一个是我的父亲，一个是我的婆婆。2016年婆婆积劳成疾患癌症离世，2020年最疼爱我的父亲也因病去世，我忙于工作都没能见到他最后一面。当我跪在父亲遗像前，姐姐说："咱爹这辈子最后悔的事，就是同意你远嫁，他最放心不下的人就是你呀！"那一刻我眼泪决了堤，号啕大哭！

　　常常有人问我：苦吗？累吗？不苦不累，那是假的！但是当我看到丈夫渐渐好转，当我看到孩子们纯真可爱的笑脸，听到他们一声声"张妈妈好"，我真的很幸福！为了这群可爱的孩子们，为了新时代的乡村教育，我愿尽我所能，发光发热！

（故事类优秀奖）

焊花飞舞的"工匠路"

尚荣武/万达控股集团、宝通轮胎有限公司全钢模具车间主任

1998年，我进入东营本地企业万达集团成为一名电焊学徒工。初次接触焊接内心忐忑、又跃跃欲试，但真正轮到自己操作时才发现，焊接并没有想象中的那么简单。狭小闷热的操作台，刺鼻的烟雾，厚重的工服，封闭的焊帽，日复一日的烟熏火燎，让我的脸脱皮，严重时要一层一层地扯下来。同一批进厂的年轻焊工跳槽的跳槽，调岗的调岗，当时我也动摇了，"干电焊没啥大出息。"

直到有一天，睡梦中的我被手机铃声惊醒，"班长快到医院来，有人受伤了！"我吓出了一身冷汗。原来，夜班的同事工作时，被空中掉落的侧板切掉了左脚大拇指，望着同事满是鲜血的左脚，我心疼啊！第二天，我早早地来到现场查看装置，发现轮胎模具侧板更换字块信息时，需要用行吊吊起侧板，在空中翻转多次才能完成，不仅增加了安装字块的难度，在空中晃动的侧板，更像是在工人头上悬挂了一把随时掉落的"大刀"。昨天同事要是再往前挪几厘米，那切掉的可不仅仅是脚指头！我暗下决心："一定要找到解决方案。"我吃住在工厂，反复推敲反复演练，一试就是1个多月，期间也想过放弃，但脑海里总会浮现同事那满是鲜血的左脚。在经过近百次的实验后，我终于设计出一款可以360度旋转的更换字块装置，不仅工人的安全得到了保障，工作效率也提升了1倍多。后来，我将这项创新装置申请了国家专利，并向全市的轮胎企业进行了推广，我意识到，小焊工也可以有大作为。

自那以后我便沉下心来，踏踏实实地钻研焊接技术。焊接讲究眼明、心静、手把稳，为了练习技术，最多的时候我一天曾用掉600多根焊条，手

上也结了一层厚厚的茧子。白天钻研技艺，晚上学习专业知识，只有中专学历的我，愣是自学了近百本的专业书籍，以全优的成绩考取了电焊、气焊、氩弧焊等作业资格和技能证书。女儿见人就说："我有一个爱学习的爸爸。"家人的认可让我干劲十足，"我一定要成为集团里的行家里手！"但在外人眼里却是，"那小子，真不知道自己有几斤几两。"冷嘲热讽没有让我改变目标，我改造钢丝帘布存放装置，实现了先进先出的功能，使每组造价由28万降至7万，仅此一项就为公司节约成本150万元；将轮胎硫化机中心机构卡扣改造提升，成本由每个500元降至80元；不断改良更换字块装置，再也没有出现过安全事故……那位因事故被切掉脚趾的同事至今都感慨："班长，用我的脚趾换来大家伙的安全，值了！"

一路走来，我先后申请国家专利46项、发表技术论文15篇、攻克技术难题45个、改进工艺60项，专利推广后提高生产效率达30%以上，为公司节约成本5100多万元。我用实际行动，把冷嘲热讽变成不断竖起的大拇指："小尚，真有两下子！"

俗话说得好：一枝独秀不是春，百花齐放春满园。一个人单打独斗走得快，但是一个团队的合作会走得更高、更远。我秉承这种理念，在工作中注重培养有发展潜力、喜欢钻研、吃苦耐劳的员工。2017年集团以我的名字命名金牌工匠创新工作室，我利用万达商学院和我的创新工作室对公司焊工、钳工、维修工、生产一线技术工人2500多人次进行了专业授课。经职业资格技能鉴定，有25人获得高级技师证书、96人获得技师证书、100多人获得高级工证书，持证率达92.4%，为企业建设高素质技能人才队伍奠定了坚实的基础。我也荣获"全国五一劳动奖章"等50多项荣誉称号，我的团队有十几人获得省、市首席技师、金牌工匠等称号。现在很多人喜欢叫我尚大师，但我更喜欢大家叫我班长，我就是一名技术工人，干电焊发挥我的技术特长，就是我的职责和使命。

目前，中国万达集团已连续14年入选中国企业500强，万达宝通轮胎连续14年入围全球轮胎75强，公司培养了一批又一批像我这样的技术工人。我们将继续弘扬习近平总书记提出的新时期工匠精神，不辱使命、担当作为，在平凡的岗位上展现新作为、逐梦工匠路！

（故事类优秀奖）

逆行之旅

赵仁齐/高密市畜牧业发展中心醴泉畜牧兽医站党支部书记

我有两个身份,一个是曾戍边卫国的退役军人,一个是扎根基层的官方兽医。作为一个吃百家饭长大的孩子,跟大家分享我守护万家的三次逆行之旅。

第一次逆行,用生命守护百姓的生命安全

16年前,一场8级特大地震袭击了四川汶川,地震撼动半个亚洲,地震波环绕地球6圈。一块纪念碑《汶川时刻》将时间定格在2008年5月12日14时28分。一阵急促的哨声划破营区的上空:"汶川地震,紧急救援!"我们火速准备物资,奔赴汶川。灾重!路阻!风大!雨疾!山路泥泞湿滑,汽车无法前行,只能徒步前进。长途奔袭的疲倦渗透到每个人心窝,但大家只有一个信念——尽快赶到汶川。谁也不敢浪费一秒钟,队伍中不时传来"小心""抓紧""跟上"的呼喊,风声、雨声、山石滚落的轰响声,布满了前进的道路,我踏出的每一步都面临着死神的威胁。(视频:"就是爬也要爬到汶川,就是倒下头也要朝着汶川的方向。")那年,我才21岁,已经做好了最坏的打算。

历经32个小时、255公里的生死竞速,我们成为第一支进入汶川的救援队伍。地震中幸存的百姓看到我们颤抖着呼喊:"解放军到咯!兵娃子来救我们咯……"每次讲起这段经历,很多人会问我"你怕吗?"我怕,确实怕,怕受伤、怕牺牲、怕见不到生我养我的亲人。但我还有一个信念,救出废墟中的父老乡亲、兄弟姊妹。只要还有一丝力量,就决不后退、决不放弃,这是一名军人的天职!

第二次逆行，用执着守护百姓的绿水青山

2018年我服役期满，转业回到潍坊高密，成为一名基层畜牧人，这是我人生的第二战场。虽说自己是农村孩子，但当我走进养殖户家中，还是不由得用手捏住鼻子，驱赶到处乱飞的苍蝇。污水横流、臭气熏天，我瞬间明白了那句顺口溜："粪水靠雨刷、臭味靠风刮"。粪污堆在村里，更堵在我心里。这哪是宜居宜业的美丽乡村？咱军人敢打硬仗、能打胜仗，我要向粪污宣战，建设和美乡村！

说干就干，我跟同事撸起袖子、穿上水鞋、扛起铁锨，变身"掏粪工"。为了摸清地下是否有暗管，跳进粪池用手掏是常有的事，满身的臭气，儿子见了我都躲得远远的。储粪池建起来了，治标不治本，得有配套体系才行。我们走出去、请进来，争取到了全国第一批粪污资源化整县推进项目落地高密。一场粪污综治攻坚战开始了。那段时间，我成了"三无"人员，在哪吃饭、何时回家、几点休息都无法保证，家里大小事抛给妻子，一直以来都觉得愧对她。

就在项目建设最吃紧的时候，我患上了"蛇缠腰"。成簇的水疱密密麻麻，好似一排火焰在灼烧，医生要求必须住院治疗。可项目犹如高速运转的机器，我还分担了关键的环节，哪能因为我耽误了整个工期？我到护士站写下申请："个人原因离院，出了问题自己承担。"在护士不解的眼神中我又回到工作岗位。历经700多天的奋战，1个有机肥场、1个大型沼气工程、4个处理中心以及3477个养殖户完成配建，每年200万吨粪污有了归属。农业农村部发信表扬，中央电视台宣传报道。看着青山绿水，闻着清爽空气，感受着老百姓打心底里的幸福，我觉得所有吃过的苦、受过的累，都是值得的。

第三次逆行，用智慧守护百姓的健康防线

新时代激荡着万千新气象，我当以新作为奋进新征程！

2022年有个转岗机会可以回到城里，可我再次义无反顾选择到无害化处理中心担任"官方兽医"。

高密，连续17年都是全国生猪调出大县，生猪饲养量百万头以上、禽类超2亿只，病死数量不是个小数目，如果扔了、埋了，会污染环境，如果被不法商贩收走，情况就复杂了，最好的办法是集中无害化处理。但原先收集过程就像"打游击"，田间、地头、岔路口都是"根据地"。每天接到的养殖户电话都没有好语气："再等5分钟，不来的话，以后就别来了！"天长日久的牢骚抱怨，我也心生烦躁。但换位思考一下，老百姓养殖不容易，畜禽病死了搁谁身上都心疼，甚至我晚上做梦，都是养殖户拉着死猪，让我给猪找个家。

那段时间，我整天琢磨如何解决这个问题。一天下班路上，我被大雨困在公交站牌下，看着张贴在指示牌上的站点、路线、时间，差点蹦起来——这不正是解锁的钥匙吗？回到家中，急不可待地打开孩子的文具盒，把脑海中盘旋许久的想法画出来：用圆规定下一个点，转一圈划定一个收集范围；用直尺画出一条条收集线路；根据收集数量调配车辆，提前通知养殖户几点几分到达，同时领着保险公司理赔员，当收集完成，现场就能获得保险理赔。经过多次修改实践，病死畜禽收集"城市公交"模式应运而生，并在全国推广。这一创新做法，不仅让群众满意点赞，更重要的是从源头上杜绝病害肉流向餐桌。我也收获了山东省"最美畜安卫士"称号。

"人生如逆旅，我亦是行人。"脱下橄榄绿，再穿动监蓝。从戍边卫士到环保卫士，再到畜安卫士，在新的征程上，我将继续做好百姓身边的卫士，逆行而上、勇毅前行！

（故事类优秀奖）

90后女村支书乡间逐梦

侯　萍/临朐县蒋峪镇南蒲沟村村委会主任

首先我想请问大家：青年应该是什么样子？是路漫漫其修远兮，吾将上下而求索？是天生我材必有用，千金散尽还复来？还是……我叫侯萍，1990年出生在农村一个普普通通的家庭，2021年通过村两委换届选举当选为南蒲沟村村委会主任、村妇联主席、侯家砚峪村首席代表。

刚回村那会儿，一些老党员老干部对我很是质疑，心想：这么点个小孩能干了什么？还有人说："你看着点吧，干不了一年就不干了，有本事把咱那路给修了。"于是我经常问自己，怎样做才能得到他们的认可呢？老子在道德经中写道："天下难事，必作于易；天下大事，必作于细"，所以对于刚任职的我来说只能从扑下身子，弯下腰，踏踏实实为老百姓做好每一件小事做起，处理事情要从实际出发，做到想群众之所想，急群众之所急，争做老百姓的贴心人、知心人。我入户走访，倾听群众呼声，走进田间，共同劳动耕作，深入百姓，解决矛盾纠纷，挨家挨户，做好手机注册、医保卡激活、报警器安装等等工作。还有那和群众携手战"疫"的日日夜夜，一下子拉近了我们的距离。

我们村位于潍坊的最南边，村庄基础条件差，公共服务设施落后，村集体经济薄弱。作为土生土长的侯家砚峪村的闺女，我深知他们最头疼的就是村里的三条大街五千余平方米的道路，晴天一身土，雨天一身泥。我想"要致富，要改变村庄落后的现状，必须得先修路"。为改善村民出行和生产条件，我们多次与社区镇上汇报对接，同时也跑遍了全县能够招商引资的各方资源，多方争取，最终争取资金30万元，村两委筹借4.5万元，完成了道路硬化，解决了困扰乡亲们多年来的难题。

除了保质保量按时完成上级交付的各项工作以外，我还要继续争取项目全面完善村内设施，比如排水沟的修建，家家户户自来水管网的改造，生活污水的集中处理，河坝的翻修，路灯的焕然一新等等……看到生活污水、垃圾能够集中处理，村民的生活得到极大的改善；看到翻修后坚固的河坝，再也不用担心洪涝灾害的侵袭；看到硬化后平整的街道、焕然一新的路灯……想到乡亲们再也不会晴天一身土，雨天一身泥，雪天一身湿。看到乡亲们黝黑脸上露出的朴素笑容，看到孩子们在广场上幸福快乐地奔跑，我感觉心里特别地欣慰。

作为一个农村孩子，我深知让农民过上好日子是关键，村里保稳定谋发展必须得琢磨经济路子，但对于一个偏远的山区小村来说，可利用的资源实在是太有限了。看到乡亲们在地里种的农产品，都是非常好的产品，但是由于季节性强，如果不及时销售出去，很快就会烂掉，那么老百姓一年的辛苦可就白忙活了。于是我想利用网络平台，利用新媒体把家乡的好山好水宣传出去，好品好物推荐出去。说干就干，于是我联系镇上的新媒体协会，联合县里的自媒体大咖农村网红，开展"我的家乡我代言"活动，通过直播带货，吸引近10万人在线观看，其中我们的地瓜、芋头、栗子等农产品成为热销品。今年我们又抓住了"六园"共建的有利时机，建设高效农产品生产的田园项目，丰富产业发展业态，做强第一产业，现在每亩地能增收250元呢！

　　有人说我黑了、瘦了、丑了，但我觉得，俺应该还算是俺那田间地头上最俊的那个妹。如今村里没有了质疑声而是多了另外一种声音。"大娘啊，你上哪？""我去找侯萍。""大婶子你上哪？""我去找侯萍……"有人问，事情多了你会心烦吗？我不会，因为，在其位就要谋其政。

　　习近平总书记说："人的一生只有一次青春。现在，青春是用来奋斗的；将来，青春是用来回忆的。"在我的乡村逐梦路上，我依旧坚定自己的选择，坚定不移听党话、跟党走，在乡村全面振兴的大舞台上展现青春作为、彰显青春风采、贡献青春力量。因为人生最浪漫的事莫过于祖国需要时我们正青春，我们青年干部应该在大有可为的时代里展现有所作为的担当，因为我们青年的样子就是中国的样子。

（故事类优秀奖）

党员之家的故事

孙崇宇 / 嘉祥县万张街道马海村党支部书记助理

很荣幸能够借今天这个舞台和大家分享，我们一家三代共产党员的故事。

第一个故事来自我的爷爷，他曾是一名参加过抗美援朝战争的军人，退役后回到家乡做了一名普通的基层民警。爷爷是从刀枪炮火中拼了命才走出来的，对于来之不易的和平他视若生命。1980年的某一天，值完夜班的爷爷正要回家，突然看见街边的墙角有个人在鬼鬼祟祟地给一辆自行车撬锁，爷爷当即上去呵斥住了他，反身抓住那如惊弓之鸟一般要逃的男人，把他扭送回了派出所。回到所里，本以为这只是个普通的小偷，按程序处理了就完事，刚刚想坐下来询问那人几句，爷爷却突然眼神一变，拿出腰间的手铐啪一下摔在桌子上说："你以为我不知道你干了什么吗？我告诉你，这儿是派出所，你坦白从宽，抗拒从严！"话音刚落，对面五大三粗的男人霎时泄了气，哐当一声，一个东西掉落在了桌下——那是一把刀，一把刀刃闪着寒光，刀柄上还残留着血迹的尖刀。事后我们才知道，那是一个全国通缉的在逃杀人犯，而爷爷则是在坐下一瞬间，瞥到了男人手中握着的刀，那刀就抵在桌下，离爷爷的腹部只有几厘米的距离，若是当时犯人发了狠把刀往前一送……家里人后来问爷爷怕不怕，爷爷却笑着说："怕？要是连警察都怕了，你让老百姓怎么办呐？"爷爷因为那次的立功表现被当时的济宁地委给予了嘉奖，奖品是一台收音机，放在家里用了好多年。但比收音机更珍贵的，是他教会我们的那种恪尽职守、不畏强暴，关键时刻站得出来、豁得出去的精神，永远坚信邪不压正，永远敢于担当作为，这才是共产党的兵。

　　我的父亲是一名曾经的解放军战士，也是一名一线的公安干警。父亲似乎完全继承了爷爷身上的一切，嗓门大、性子急，更重要的是心中怀揣着那份对职业的敬畏感和责任感。还记得2018年的春晚吗？那一年，春晚首次将分会场设在了济宁曲阜，这可是咱们家门口的春晚啊！父亲接到任务，他需要带队负责整个曲阜分会场的治安管理工作，这意味着包括除夕在内的整整十天，父亲都要驻扎在曲阜直到晚会结束。那年的除夕夜，家里的年夜饭桌显得有一点冷清；也是那年的除夕夜，卧床多年的外公病情急转直下，毫无征兆地离开了人间。我记得母亲在电话里的哭喊："你什么时候回来？你到底什么时候能回来啊？"而电话那头，只有父亲哽咽了一句："该集合了，我先挂。"后来父亲告诉我，当时他多想插上翅膀立刻飞回家，但是从穿上那身军装开始，他就不只是爸妈的儿子，更是国家的儿子。三十年前他的父亲曾教会他只要党需要，咱就不能退、不能躲。三十年后他也用自己的实际行动教会我，共产党员这四个字，是荣耀、是激励，更是应铭记于心的，沉甸甸的责任。

　　最后就是我了。2022年6月，我临近毕业，那时亲戚朋友们总是问我："想做什么工作啊？做老师？进外企？"我笑着摇摇头，转身在自己的就业规划书上写下了"选调生"三个字。后来我来到嘉祥县万张街道马海村成为党支部书记助理。从此，1184亩土地，437户、1154位村民，不再是停留在纸面上的简单数字，而是刻在我脑海里的一张张笑脸，一处处耕地与池塘。我感受到自己的筋骨血脉和脚下的这方土地愈发深深连接，当我回顾这两年的驻村生活时，脑海中浮现的，是疫情防控期间纵然大雪封路也坚持值班值守的夜晚，是麦收时节与农机队在田间收割庄稼时的烈日炎炎，是村民们对我从"那个女大学生"到"小孙闺女"的称呼转换，我更感恩入户宣讲惠民政策时村民递来的一条条毛巾，一杯杯热水，拭去了疲倦，温暖了心田。这里是家乡，是爷爷和父亲一同守护的热土，而我是扎根这片热土中结出的芽，也终将以理想和拼搏为滋养，开出一朵绚丽夺目的花。

这就是我们一家三代人的故事了。时间的脚步永不停歇，如今，父辈的接力棒交到了我的手中，我也有我自己的使命和梦想，我要立足本职工作，做一名让党放心、让人民满意的公务员，我要让我的青春在新时代的火热实践中绽放绚丽之花，党员之家的故事将继续书写，我们更加光明灿烂的下一页，就在前方！

（故事类优秀奖）

绣针上的非遗——兖绣技艺传承之路

张　娟/济宁市兖绣工作室兖绣传承人

大家请看我手里拿的这幅漂亮的作品，您知道这是如何做成的吗？这是手工绣制而成，也就是我们平时说的"刺绣"。提到刺绣，大家首先想到的是中国的四大名绣，即苏蜀湘粤绣，其实，文献记载最早的一个绣种是咱们山东的鲁绣，史称"齐纨""鲁缟"，而济宁兖州的兖绣则是鲁绣中的佼佼者。世界上第一部关于养蚕的专著《蚕书》，介绍的就是宋代以前兖州地区养蚕和缫丝的经验。

我出生在桑蚕之乡兖州新驿镇西顿村，从小我就跟着母亲栽桑养蚕，跟着奶奶学绣花，小时候绣花用的都是棉线，奶奶说我们养的蚕吐的丝绣出来的花更漂亮，以后你要是能接触学习就好了。因为从未见过，脑海中也无从想象，但我在心中种下了用丝线绣花的梦想！长大后的我参加了工作，成为商业战线上的一名职工，绣花这个活计也慢慢地放下了。

2000年左右，一个偶然的机会，我在济南刺绣厂见到了用桑蚕丝绣制的一幅幅精美绝伦的画面，这些作品让我震撼、令我着迷，儿时的梦想又重新燃起。从此我经常往返兖州与济南之间，希望深造学习，渴望能天天和刺绣在一起。几年后终于等来了鲁绣研究所招收新学员的消息。可当这一天到来时，我却陷入了深深纠结中，一边是良好的工作、幼小的孩子、稳定的生活，一边是儿时的梦想、难舍的喜爱、美好的期待，在艰难痛苦的选择中，我争取到家人的理解和支持，辞掉了工作，卖掉了房子，带上幼小的孩子，奔向了美好而又艰辛的刺绣学习之路。

我拜山东工艺美术大师崔丽娟和戎玉蕊为师，开始了枯燥而又漫长的刺绣学习。学习刺绣，需要细心、耐心、巧心，更要有恒心。记得我在学

习绣制水墨画的时候，一幅郑板桥的石竹图，在绣架旁绣了拆，拆了绣，反反复复，不知多少遍，几乎几个昼夜没有合眼，还是把握不到要领，掌握不到精髓，非常焦虑痛苦。老师说，别急，静下心来，板桥先生写给自己的一首诗，你读读，想想，看看能感受到什么。"四十年来画青竹，日间挥写夜间思。冗繁削尽留清瘦，画到生时是熟时。"这首诗深深触动了我，让我带着好奇和崇敬，去深入了解板桥先生，学习他的艺术创作，我终于茅塞顿开，等我再把这幅石竹图绣制完成，老师看后非常满意。从此以后，我注重理论学习，不断提升文学素养和审美水平，每仿制一幅名家作品，我都会先认真学习，了解，全身心融入作品中，一针一线都呈现出他独特的技巧、意境和情感，也使自己的技艺水平有了质的飞跃，形成了自己独有的刺绣风格。

2010年山东博物馆新馆开馆时，专门举行了鲁绣展示活动。游客问："这是苏绣吗？你们是南方人吧？""我们是山东人，这是咱们的鲁绣！"游客的惊叹和赞美让我们感到骄傲自豪，同时又感到失落和痛心。看着快要失传的技艺，老师说我们年龄大了以后的传承就靠你们了，我意识到了作为鲁绣人的责任和使命。"鲁绣，我要用我微弱的力量延续你脆弱的生命。"

经过十几年淬炼，我带着对鲁绣新的认知和精湛技艺，回到了家乡兖州。在区文化馆帮助下，成立了兖绣工作室，遍访民间艺人，在鲁绣的基础上，结合兖州刺绣历史文化，与兖州非遗文化专家，共同挖掘打造出了富有我们济宁地域文化的品牌——兖绣。

兖绣是刺绣的传承创新，是在艺术家原始创作基础上的再创作。主要仿绣各时期名家的传世名画，最擅长的是国画、水墨画和名人书法，作品均用桑蚕丝手工绣制，每一幅作品都是独一无二的，具有较高的欣赏和收藏价值。精心刺绣的《孔子》《孟子》《兖州八景》《双耀相会》等作品，充分展示了济宁和兖州深厚的历史文化。

传承是我的初心和责任。回到兖州，我就专注于培养兖绣传承人，积极参加非遗进校园进社区的活动，在传习基地常年开展兖绣爱好者培训班，面对面、手把手、耐心地传授，使他们的技艺都有了很好的提高。曾经一个时期，上海、深圳的两家文化公司多次联系，为我提供良好的工作条件、丰厚的报酬，希望到他们公司。我不为所动，婉言谢绝了。我舍不得兖绣、舍不得我的学员、舍不得生我养我的家乡！我要为兖绣尽我的一份力、一份情、一份心！为了兖绣，我无怨无悔！

十多年来，兖绣在各级党委政府、社会各界的关心支持下，有了长足发展，作品多次在国家、省、市博览会上获得金、银、铜奖，我个人也荣获了济宁市五一劳动奖章。刺绣《孔子》被孔子第七十九代嫡长孙、孔子协会会长孔垂长先生收藏。许多作品还走出了国门，深受国际友人的喜爱和好评！

习近平总书记说："要加强非物质文化遗产保护和传承，积极培养传承人，让非物质文化遗产绽放出更加迷人的光彩。"几十年来，我从一个乡村小姑娘，转变为工坊绣娘，再成长为兖绣传承人，实现了儿时的梦想，完成了奶奶的遗愿！我由衷地感恩这个时代，感恩党的非遗文化好政策，感恩我的老师，感恩所有关心关爱我的人。

作为兖绣传承人，我将不忘初心、不辱使命，不论以后传承之路多么艰难，我这份素心已镶嵌指尖，任时光流转，信念不变，以针为笔刺出最美天地，以线为墨绣出最美文章。"兖绣"必将会在大家共同保护与传承中，绽放出新的时代光彩、展现出新的生机活力，为文化建设增添一抹亮丽的色彩！

（故事类优秀奖）

最后的托举

张凯睿/宁阳县磁窑镇宣传研究室科员

今天的故事要从我身后的这一封信说起，这是一封来自被救母亲的感谢信，信中记载着一个年仅36岁的青年，用他年轻而宝贵的生命，换来了一对母子的平安，在生命的最后一刻，他依然保持着托举的姿态，他用实际行动传递出新时代青年充满正能量的价值导向，铸就了一座人间大爱的时代丰碑！

时针拨回到5月3日下午2点30分，在淄博市博山区池上镇的一处小河边。一名小男孩和他的母亲在河边玩耍，一不小心，小男孩滑落到了深水区，他的母亲赶紧下去营救，因为不会游泳，两人的身体在河水中沉沉浮浮，随时都有生命危险。

就在此时，王龙和他4岁的儿子恰巧在附近游玩。发现险情后，王龙顾不得自己不会游泳，也忘记了自己怕水，来不及脱掉身上的衣服，当即下水救人。他先是抓住落水的母亲，拼尽全力将人往岸边拖拽，母亲成功获救。王龙顾不得喘口气，再一次返回河中，经过艰难的摸索，王龙终于找到小男孩，用尽全身的力气完成了人生的最后一次托举，小男孩获救了，而王龙却因体力透支，一下子跌入了深水区……

儿子焦急地朝远处的妈妈大喊："妈妈快来！爸爸掉水里了！你快过来！"王龙的妻子赶紧跑过来，紧张地看着施救的人群，和儿子一起大声地呼喊着："王龙你快上来！""爸爸快上来呀！""你快上来……"可惜，妻儿的声声呼唤，王龙却再也听不到了。年仅36岁的他，永远沉睡在了这片异乡的土地上。

王龙的妻子抱着年幼的儿子，瘫软在地上，一遍遍喃喃自语："他怕水啊……他不会游泳啊……他才36岁啊。"

王龙走后，儿子总是问妈妈，爸爸去哪儿了？爸爸怎么还没回来？妈妈只能哽咽着回答："爸爸变成了天上的星星，你瞧，他在天上守护你呢……"

回顾王龙短暂的人生历程，他身上总是迸发着乐观向上、真诚善良的光芒。王龙的家乡在磁窑镇彩山村。作为这里的包村干部，在村中我时常听到王龙的父母和周围的村民说，王龙是家里的顶梁柱，平时与人为善、乐于助人。但是就是这样一位充满正能量的年轻人永远地离开了我们。

事情发生后，作为英雄的故乡，我们要做好他们的坚强后盾，绝不让英雄的血白流、命白丢。他的事迹先后被人民日报客户端、央视新闻、光明网等国家、省市级媒体广泛报道。县委县政府追授王龙为"新时代宁阳模范"的荣誉称号，向其亲属发放慰问金，妥善安置他的父母以及妻儿。2024年5月22日经山东省人民政府批复，特评定王龙为烈士。2024年7月26日，中央政法委在京发布见义勇为勇士，王龙光荣上榜。

"天地英雄气，千秋尚凛然。"习近平总书记指出："一个有希望的民族不能没有英雄，一个有前途的国家不能没有先锋"，王龙舍生取义的英雄壮举，奏响了生命的最强音。但在这个世界上，从来不是只有一个人在战斗。在不同的时间、不同的地点，泰安宁阳人栾留伟也做出了令人肃然起敬的选择。他们或许拥有不同的背景与故事，但却共同传递出新时代青年的正能量。体现了有情怀、有担当、有血性新时代泰安宁阳人的英雄本色，点亮了这座城市的温暖底色。

"真英雄何惧渡沧海，凡人身无愧立天地"，致敬王龙，致敬每一位见义勇为的英雄！

（故事类优秀奖）

心中的那一粒粮

薛丽娜/泰安市岳洋农作物专业合作社理事长

自古文明膏腴地，齐鲁必争汶阳田。我的家乡马庄镇地处"汶阳田"腹地，父亲是镇上的"老农技"。他说："咱们守着这么好的汶阳田，就要种出最好的粮食。"为此，父亲在汶阳田摸爬滚打了一辈子，也为我心中最初的"种粮梦"撒下启蒙的种子。

怀揣着"乡土中国梦"，2008年大学毕业后，我和男友在别人不解的目光中，逆行回乡，回到这片希望的田野，开启了我的种粮之路。16年来，我坚守"中国粮、青年种"的使命，带领周边农民走出了一条高质高效的粮食产业发展之路。

小时候，我像个小尾巴，常常跟父亲下地，土地的记忆构成了我对世界最初的印象，每当看到嫩绿的麦苗长成金黄饱满的麦穗，我总是喜悦并感动。后来去北京上大学，我学会了很多的农业知识，更让我意识到先进的技术对当代农民的重要作用。

土壤肥沃，地势平坦是汶阳田得天独厚的种粮条件，但我发现家乡种地的农民不少，可农田零零散散效益偏低，完全没有发挥出应有的优势。于是，深入调研后，我们决定成立合作社，走规模化种植的路子。谁想到，真正做起来却如此艰难。

成立合作社，老百姓不认可，流转土地，大家都反对，推广农业技术，长辈们不认同。面对大家的质疑，我没有气馁，挨家挨户登门做工作，跟老百姓讲：加入合作社不但能提高粮食产量还能领取合作社分红，土地流转给我们，你们可以来基地打工，增加收益。最终流转了13.4亩地。

从这十多亩地开始，我一头扎在田间地头，边干边学，购良种、置农机、学技术……经过几年的发展，合作社得到越来越多的村民认可，渐成规模，但没想到的是，真正的考验才刚刚开始。

2013年6月8日，这是一个难忘的日子。

那夜，电闪雷鸣，狂风裹着暴雨，下起来没头。想到马上就要开镰的麦子，我一夜未眠。天刚蒙蒙亮，我就赶往试验田查看。担心的事果然发生了，麦子全都扑倒在地上，就像用碌碡轧了一样。这意味着不仅减产，还增加了收割难度。

春种一粒粟，秋收万颗子。一粒种子从种到收，就像养育自己的孩子一样，呕心沥血，倾注了所有，也寄托了希望，现在看到它们如此模样，我的心在流血。

然而，想起父亲"颗粒归仓"的嘱托，面对这场景，再大的困难也得收。于是我马上联系农机厂家购进了能割倒伏小麦的收割机，机器收割不到的地方我们就用人工收，我带头干，光着脚挽起裤腿、双脚插在泥水里，把落在地里的麦穗全部都捡拾起来。双脚被泡得又肿又涨，钻心疼痛。也就是这次的自然灾害，让我意识到种子是农业的"芯片"，抗倒、丰产性好是小麦培育的重要方向。

于是，我们加大了科研投入。借助山东农业大学的科研支撑，建立300

亩小麦品比试验基地，针对抗逆性较好的品系进行筛选，该基地被评为国家农作物品种展示评价基地；积极打造"泰山种 放心种"种业品牌，成功培育出自主知识产权"禾元系列"小麦高产新品种；反复开展小麦玉米高产攻关试验，总结经验，大面积推广，促进全社会粮食增收……

与此同时，我们审时度势，对岳洋农作物专业合作社进行了重新定位，那就是：以粮食种植和小麦良种育繁推为主业，积极开展农业社会化服务，加快农业规模化、集约化、现代化进程。如今，合作社流转土地1300余亩，带动农户增收130万元。

曾经，很多人问我有没有后悔过？这时候，我总会想到乡亲们跟我说过的话："每次只要在地里看到你，俺们就觉得心里有谱儿，踏实！"这朴实的话语、沉甸甸的信任，让我觉得，一切都值了！

工作再苦再累，我不怕，但对孩子的成长，我始终心有愧疚。仿佛是天意，两个孩子都是在芒种出生，他们的童年都是在田野里度过的，自小他们也是对土地有着天然的亲近。

意想不到的是，有一天上小学的女儿放学回来，哭着问我，妈妈，你和爸爸是不是没有出息才种地的？我同学说，你是农民，是种地的，他们都是城里人。听到这里我愣住了，我一直觉得自己干的是一项无比光荣的事业，没想到孩子会有这样的误解。我镇定了一下对她说：乖女儿，爸爸妈妈可厉害了，我们种的粮食产量高、品质好，可以够你们学校所有师生吃一年的，你说爸爸妈妈厉害不？那一刻，闺女睁大了惊奇的眼睛，绽开了灿烂的笑容。

是啊。农村需要认可，农业需要认可，农民更需要认可，现在我有了新型职业农民这个新身份，也收获了很多认可和荣誉，"全国三八红旗手""全国粮食生产先进个人""农业农村部劳动模范"，这些荣誉的取得对我而言，是鼓励，更是鞭策。

如果来到我们管理的田地，你就会发现，今天的农业已然变了样：从"看天吃饭"渐渐转为"知天而作"。现在我们培育出了两个自主知识产权的抗冻、抗倒的小麦高产新品种，建立了18000亩繁育基地；今年我们与山东农业大学建立了岱岳小麦科技小院，应用智能化现代农业技术，种地打药用上了农用无人机，播种用上了北斗导航定位仪，粮食一年一亩地能收2500多斤粮食，2019年我们还打破了全国冬小麦高产纪录，亩产达到了828.7公斤；通过党支部领办合作社为镇上农户开展农业社会化服务45000亩，每亩增收200元，涉及1.2万户农民，我们让父老乡亲都过上了好日子。

做本分的农民，种好地、多打粮，是父辈传递给我的信念；做新农人，靠科学种田，凭技术增收，推进汶阳田"泰山粮仓"建设，是时代赋予我的光辉使命。

习近平总书记指出：全方位夯实粮食安全根基，牢牢守住十八亿亩耕地红线，确保中国人民的饭碗牢牢端在自己的手中。

如今我国粮食生产取得"二十连丰"的骄人成绩，但供需紧平衡的局面没有改变。未来的日子里，我会谨记习近平总书记的嘱托，运用现代农业科技，用心守护每一粒粮。领着农民干，带着农民赚，在农村这个广阔的大舞台上，展现新农人的新作为，为保障国家粮食安全贡献力量，让中国梦像中国种子一样洒满沃土，结出更多丰硕的果实！

（故事类优秀奖）

成为那道光

刘 惠/国网威海市文登区供电公司办公室行政助理

我是一名来自基层一线的供电员工。说起供电员工,大家脑海里也许会闪现这样一幅画面:头戴安全帽,身穿工作服,背着工具包,风里雨里雪里架铁塔、巡线路、修设备,如一道光点亮着城市与乡村。其实啊,这道光不仅在工作中绚丽灿烂,在小路上同样光芒万丈。

"确诊再障三年来,我们无助过、消极过,您的善举就像黑暗中的一道亮光,为我的女儿带来了生的希望。"

2023年9月22日,我的同事王振兴接到了这样一封饱含深情的来信。此时,他刚刚在济南千佛山医院进行了造血干细胞捐献采集。尽管身体很虚弱,但王振兴却很激动,他说:"真好,我也成为那道光,等这一天有九年了。"

王振兴的漫漫等待路,还要从2011年说起,那一年,37岁的同事吕明玉在短短的半年时间内,先后两次捐献造血干细胞和淋巴细胞,挽救了一位白血病患者的生命,成为山东省首位、全国第26位两次捐献志愿者。中央电视台《新闻联播》播出她的感人事迹,赞誉她为"最美的中国人"。如她名字一样,明玉如光,燃亮了大江南北。吕明玉说:"用我的付出换回她的生命,值了。"这让刚参加工作的王振兴触动很深。他在大学里就是一名热心的志愿者,无偿献血达15000多毫升。"吕姐了不起,我也要像吕姐那样。"

很快在2014年5月,他和180多位同事加入了中华骨髓库,时刻准备着。

2018年初,我们的同事丛波抢先一步,成功捐献304毫升造血干细胞混悬液,成为文登供电第二位捐献者。

  王振兴对丛波是既敬佩又羡慕。5年后的9月，前后历经3360多天的等待，36岁的王振兴终于等来了那通电话："您的各项指标与湖南一位患者配型成功，是否愿意捐献造血干细胞？"

  接到通知的王振兴愣住了：自己真的配型成功了？这概率可是几万甚至几十万分之一啊！他毫不犹豫地回答说："我愿意！"

  王振兴马上把此事告知妻子和在农村的父母。尽管亲人们有顾虑，但在大义面前，家人还是选择了全力支持。因为他们知道，振兴可能是世界上唯一能救对方的人。

  9月，正是农家最忙时节，往年这个时候他总要回家帮父母收花生。可这次父母却说："救人是大事，赶紧去，收花生俺们能行！"妻子也站出来："放心，家里有我！我也会多干点的！"

  9月17日，王振兴要动身前往济南千佛山医院了，回家辞行时，母亲特意煮了满满一盆自家地里的花生，让他带在路上吃。她紧紧握住王振兴的手，千叮咛万嘱咐："咱一定好好配合医生，救人一命，可是天大的好事。"母亲的这双手传递给王振兴的，是母爱的力量和亲人的期盼。

  到达医院后，为了保障体内造血干细胞浓度符合采集标准，王振兴每天要注射两针动员剂。4天8针的过程，对于捐献者来说并不容易，有时会出现肌肉酸痛、乏力等症状，需要用上止疼药。打第二针时，王振兴腰部酸疼肿胀，但他强忍着，他不想因为吃止疼药影响了干细胞质量。

正式采集开始了，鲜红的血液通过采集机不停地采集、分离、回输、循环。4个小时后，252毫升造血干细胞混悬液由医护人员紧急送往千里之外的湖南长沙。两个素不相识的人，从此血脉相连。

受捐赠小姑娘的家人委托医护人员转来了感谢信，他们说，王振兴是他们全家的救命恩人，他们感恩感激感谢，祝王振兴好人一生平安。

单位同事也带着公司领导的关切特意赶到了济南，陪在他身边，这些都让王振兴的心暖暖的。他说："实现梦想的感觉很棒！"

王振兴的捐献，让他成为文登供电继吕明玉、丛波之后的第3位、第4次捐献志愿者。山东省红十字会的负责人感慨地说："同一家单位，十年时间里出现三位志愿者，不常见、不常见！"

这不常见的背后，是文登供电人多年来厚植企业文化底蕴，将"个人梦""企业梦"融入中国梦的积极实践。这些年，他们建起7间"希望小屋"，创建威海第一家彩虹书屋，圆梦483名孩子微心愿；他们开展"社区点灯行""彩虹银丝剪"活动。他们说，只要是向善，再小的事都要努力去做。

向光而行，是一个人最美的模样。于是，就有了善聚大爱的全国最美志愿者；就有了驻村帮扶的中国青年优秀志愿者；就有了勇擒持刀贼的省道德模范提名奖获得者；还有好事做了一箩筐的山东好人……

总有一种精神，让我们昂扬向上；总有一种光亮，照亮前行路。万家灯火中，供电人就是那一道温暖的光、很燃的光、有吸引力的光，散发着人性温暖，折射着责任担当。

我们一路追光，奋力成长！我们把爱传递，追逐梦想，创造着更加灿烂的辉煌！

（故事类优秀奖）

我在基层写青春

王苏钰／威海临港区汪疃镇人民政府热线办科员

古语讲：立志要早，存高远；踏地应实，行千里。年轻人要有远大的理想，但从来都不是天马行空的空想，必须有扎实的基石。我常常在想，爱党、爱国、爱人民，是不是一定要做一些惊天动地的大事。我镇长期坚持推行的"周三议事日"让我找到了答案：通过建立推行"固定联系人"机制，发放"居民联系卡"，第一时间可以为群众排忧解难，一步到位对接群众需求，减轻了因路途遥远、行动不便等原因产生的问题处理延迟，一个电话就可以反映问题、得到回应、迅速解决。我们工作在乡镇，可以直观地看出农村问题其实就是最基本的民生问题，那么如何成长为一名优秀的乡镇青年干部，我认为应该"向下扎根"。

上个月某个周一的早晨，一通没有备注的电话打到了我的手机上。还没等我说出"喂您好"三个字时，对方抢占了话语权。"王儿你在哪儿，怎么司法所换人了吗？"我听出来了，这是2022年来镇上司法所寻求帮助的孔爷爷，他年近九十，当时是因为和同村几个年纪相仿的老人一起收蒿草，再以7角钱的价格卖给威海羊亭镇一位李老板，因碰上疫情与李老板失去联系，没有办法要到自己及同行6人大约两千元的工钱，我当时还在汪疃镇的司法所任职，便接待了这七位从村里来的老人，经过一系列的调查和相关社区的沟通，我联系到了这位住在羊亭镇的李老板，经过核实后，以现金的方式拿到了几位老人的工钱。历时25天将这两千元转交到他们手中，当时孔爷爷拉着我的手哭了好久。

已经过去了两年，如果不是这通电话，这件事我已经淡忘，孔爷爷说和门卫打听后才知道我现在的办公室在哪，他现在就在我办公室的楼下，他们几个腿脚便利的为了表达对我的感谢，从村里特意坐公交来，给我带了一筐自己家种的甜瓜和一筐土鸡蛋，让我拿回家尝尝。透过窗户我看到了几个熟悉的面庞，匆匆下楼，和爷爷们讲了东西不能收，但是心意我领了。

　　交谈间，我才知道他们是特意等了半个小时的公交车才到，并准备走着回去，于是我决定开车将大家送回村，在和领导打了申请后，将几位老人请上了我的车，后备厢里装着他们沉甸甸的谢意，一同送回村。令我印象最深的还是孔爷爷，他家院落里堆满了柴火和还没有收拾的蒿草，他从柜子里翻了好久，拿出一袋没有开封的牛奶递给我，让我别客气，但我瞟了一眼发现早就过期了。闲聊中我才得知孔爷爷是这几位老人中家庭条件最不好的，孩子长期在外务工，平常独自生活，于是回单位前我到村内商店买了一箱牛奶、一桶油，给孔爷爷送到家中，除了连连拒绝、连连感谢的话外，我在他的眼神中看到了"希望"。那天沿途回镇上的路出奇得平坦，天空格外晴朗，如果不是来到了基层工作，不是在乡镇面对各种类型的诉求和困难，我一定无法理解"解群众之所忧"的特殊情感，我似乎理解了"一枝一叶总关情"的为民情怀，似乎理解了基层青年干部要接地气，永带"眼睛向下看的姿态"，扎牢"为民"之情。

"从群众中来,到群众中去"是我听过最多的话语。用心去办好每一件"小事",真正去叩开百姓的"家门",打开群众的"心门",当群众的"暖心人",永葆"身体向下弯"的姿态,扎深"奋斗"之根。如果你和我说你要写基层,就不能只写基层,你要写一斤麦子换不来一瓶矿泉水,你要写农民无数个夜晚浇地的场景,你要写父辈们面朝黄土背朝天通宵和老天抢时间收小麦的场景,你要写一年到头除去种子化肥农药他们寥寥无几的收入,你要写他们明明知道种地辛苦不挣钱却还要死死地守住那一亩三分地,你问我为什么,因为他们挨过饿,知道粮食的珍贵。

根深才能叶茂,本固方可枝荣,距离成为一名优秀的乡镇青年干部,我还有很长的路要走。任何巍峨高山之下都有不可撼动的坚固基石,任何光彩成功背后都有不计其数的艰苦付出,扎根祖国大地,扎根人民群众,我们的力量便是无穷的!

(故事类优秀奖)

做"老区花园"的红色园丁

张淑琴/临沂北城小学校长

我的父亲是一名乡村教师,小时候经常看着他被学生围着,觉得当老师真好。中考填报志愿时,我就报了师范学校。

1987年,我以讲课比赛第一名的成绩进入临沂第一实验小学;此后,多次拿过市内、省内讲课比赛的奖项,并在2004年获得全国优秀教师的荣誉。教好课,拿好成绩,做一名好老师,我认为自己还是很有优势的。

但对于孩子的教育,我也经历了很明显的转变过程。

2013年,按照临沂市委、市政府均衡教育发展的要求,位于北城新区的村办小学——岔河小学成为一小的分校,学校位置偏、经费少、招生难,我主动请缨到这所校区工作。

岔河小学坐落在新区空旷的工地上,教学楼是新的,但里面除了课桌椅,其他什么都没有;5个年级只有98名学生。我觉得很吃惊,这里离一小不过20里的路程,但教育资源的差别太大了。

那一年,我第一次想尽办法招生却只招到78个孩子,连两个班都凑不齐。开学典礼上,很多孩子连国歌都不会唱,因为这里没有音乐、体育老师。

面对差距和困难,改变是最紧要的。我跟老师们开会,共同研究如何在岗位上传承、弘扬沂蒙精神,克服困难将学校办好、将孩子教育好。因为我们给孩子怎样的教育,就是给孩子怎样的未来。

每天早上6点,我带着饭菜,从老城区出发,骑车1个多小时赶往学校,半道上累了,就推着车走走,再继续骑。学校没有电话,我的手机是办公电话、招生电话,每天24小时开机,随时解答家长的各类问题;请不起保洁,我就带着老师和孩子们干活,教他们怎么使用扫把,怎么打扫厕所,怎么在校园的菜地里种菜,种出的辣椒、韭菜有时就成了我的午餐配菜。

为了省钱，我们搬桌椅、运垃圾、铲冰雪，汗水、雪水浸透了衣服，没有人叫苦叫累。

有人也许会问，现在还有这么艰难的学校吗？

当然，现在的岔河小学已经完全变了。但那时，我一趟趟跑教育、财政部门，争取专项经费，修建了操场，引进了自来水，购置了图书、仪器、班级多媒体；对老师，从备课、听课、评课等环节一步步培训，有时亲自上示范课。我借助社会力量开设了乒乓球、体育舞蹈等特色课程，组织了足球、拉丁舞等兴趣社团，还为孩子们募捐了4000多本课外书。

5年间，我每天早晨站在学校门口，从迎接200名孩子来上课，到迎接2000名孩子。他们那朝气蓬勃的笑脸，是对我辛苦付出的最大回报。

2018年1月，我再一次光荣地当选为全国人大代表。3月8日，习近平总书记到山东代表团参加审议，我以《将沂蒙精神红色基因注入血脉代代相传》为题，向总书记做了汇报。总书记边听边记，不时与我互动交流，并强调说，"红色基因就是要传承……要让后代牢记！"

2018年7月，我调任临沂北城小学校长。按照总书记"红色基因就是要传承"的要求，我将红色教育融入学校课程，给孩子们讲解沂蒙的革命历史和沂蒙精神，培养他们爱家乡、爱祖国的情感，让一颗颗红色的"种子"在更多孩子心中生根发芽。

我特意把德育课堂搬到了临沭县曹庄镇朱村"老支前"王克昌的家门口，并向王克昌老人转达了"两会"期间总书记对他的祝福。老人家又激动地为师生讲述了"钢八连"保卫朱村、浴血奋战、军民水乳交融、血脉情深的感人故事。这场跨越年龄、地域的相聚让孩子们受益匪浅。

上好了红色"思政课"，孩子们对党和国家更加热爱了，他们也变得更加积极向上了。家长们都说，孩子变得懂事了，会把看到、听到的红色故事讲给家长听，还知道关心国家大事了。

现在的北城小学，有576名队员在"沂蒙小小讲解员"风采展示中获奖，60名队员被评为"沂蒙精神传承小达人"；学校足球队先后荣获19个区冠军、24个市冠军、1个省冠军；学校被评为全省首批红色文化传承示范校、省文明校园，并代表山东在全国红色教育现场会上作典型发言。

作为一名老师，我最高兴的事就是手机里不时冒出的一条条陌生的信息或来电，告诉我他们的孩子考取了什么学校、取得了哪些成绩。很多我已经忘了他们的名字和脸庞，但我所有的成就都来自学生的成长。

（故事类优秀奖）

我"嫁"给了西墙峪

王成成/沂水县院东头镇西墙峪党支部书记

我叫王成成，2016年在部队入党，2019年开始担任沂水县院东头镇西墙峪党支部书记。从那时起，就有很多人开玩笑说我"嫁"给了西墙峪。今天，我就讲讲我和西墙峪这5年来的故事。

2019年，我作为一名退伍女兵跨村考选，到西墙峪任党支部书记。8月8日，我到村报到第一天，就被来了几个下马威。那天正巧下雨，村子格外山清水秀，我先被村子的"高颜值"震撼了一把，然后就面对了冰冷的现实：这里集体穷、群众怨，整体人心散，还欠债20多万；全村634口人竟然分散在周围16个山峪居住，还都是狭窄泥泞的土路。在入户走访时，有的村民甚至直接对我说："我们村600多口人，难道就选不出来个支部书记？""你一个外来的黄毛丫头，能给我们村干成什么活？"

那时，我还不知道当地有句"有女不嫁西墙峪，光有大山没有地"的顺口溜，只是觉得"我，是不是'嫁'错地方了。"但再难也得上。我是一名退伍军人，也是一名党员，不能因为困难大，就不战而退，当一名乡村振兴战场上的逃兵。最少，我也得给村里把路修了！

西墙峪要发展，有什么资源和优势呢？我跑遍村里7000多亩大山的角角落落，也走访了村里的每一户人家，发现西墙峪村曾经是抗战时期鲁中军区根据地中心，这里处处有红色遗址，是一座没有围墙的"革命历史博物馆"。如果这些红色资源"火"了，那大家伙儿的日子都能跟着"火"起来。

可是西墙峪村太穷太偏了，交通、水电等基础设施条件都不具备，更不用提发展旅游项目还需要很高的前期投入。缺钱缺项目，我简直一筹莫展。

2020年7月29日，我作为兵支书代表被时任省委书记刘家义亲切接见。他鼓励我们要"发扬攻坚克难、敢打硬仗的顽强作风，在党和人民最需要的地方建功立业"。

回到村里，想着曾驻扎在这里的山东纵队，我再苦再累也不能撂挑子，不就是缺钱吗？！我去跑！

跑钱跑项目的难处大家都知道，有时找不到领导，找到了要一级级汇报，要把我们对村里要建的红色记忆馆等项目规划，一遍遍修改，讲给各级各相关部门听。有人问，你个小姑娘，一次次上门不难为情吗？我说："为村里的发展去要钱，我理直气壮。"要想得到项目资金，就要厚着脸皮碰钉子，磨破嘴皮求票子。就这样，我们先后争取了1450多万元资金，有效解决了资金难题。

村里要建红色记忆馆，要修复9处红色遗址，还要修路，各项工程先后都动工了。那个时候，我成天顶着烈日泡在工地上，及时协调解决各类问题；人手不够时，也要一起上阵干小工，帮着推小车、运水泥，每天都弄得灰头土脸。很快，我就变黑了，手也磨出了老茧。父母看到很心疼，我安慰他们说，"没事，我不靠脸吃饭，黑点更健康。"

2022年9月20日，西墙峪红色记忆馆建成开馆，开国上将王建安，开国中将胡奇才、孙继先，开国少将周长胜等人的后代参加了开馆仪式。这个项目也一炮打响，成为弘扬沂蒙精神、进行爱国教育的红色旅游知名景点。截至目前，已有16万人次来这里参观学习。

西墙峪红了，游客多了，还得将"人气"变为"财气"。我们村党支部领办合作社，引入企业投资，群众入股，对村里旅游、民宿进行市场化运营。而村民不但有了合作社分红，还开办起了农家乐，卖起了土特产，都吃上了"旅游饭"。2023年，合作社实现营收238万元，仅此一项就为村集体增收35万元，而村民人均收入也从2019年的不足1万元，增加到现在的3万元。有很多村民悄悄给我发微信，对我说："闺女，多亏你了呀，我们才有了今天的好日子。"

去年5月22日，省委书记林武到西墙峪村参观，称赞我们村是齐鲁"新样板"；6月18日，央视《对话》特别节目《打造乡村振兴齐鲁样板》也在我们村录制。

如今，西墙峪这个沂蒙腹地的小山村已经走出了大山，走向了全国。我个人也荣获了"全国模范退役军人""齐鲁最美退役军人""山东青年五四奖章""山东省省级乡村好青年"等荣誉称号，并在去年当选为山东省第十四届人民代表大会代表。

在西墙峪村5年，我已经把这里当成家，以及实现青年梦想的地方。今年8月份，已经31岁的我也"嫁"出去了。他跟我一样，也是一位扎根乡村、奉献基层的兵支书。我们怀揣共同的梦想，都愿意用自己的青春与汗水，携手共同书写美丽乡村最华丽的篇章！

（故事类优秀奖）

锦鲤姑娘

马　冉/齐河县铭之源水产养殖有限公司总经理

看，这一整片鱼塘都被我承包了！大家好，我叫马冉。没错，我就是这个"锦鲤姑娘"，我很幸运，因为我的塘里养着成千上万条代表着美好期望的锦鲤。

您是否知道呢？锦鲤，是一种备受大众喜爱的高档观赏鱼，被誉为"水中活宝石"和"会游泳的艺术品"，锦鲤文化最早诞生于中国，寓意着好运、富贵、成功，象征着坚韧、吉祥和奋发向上的精神。因为父亲钟爱锦鲤，经营了一家锦鲤养殖场，所以呀，我打小就喜欢这种活泼灵动的"宝贝"。

天有不测风云。与父亲合作了两年的技术伙伴带走了所有的客户资源，只留下一句"没有我，你们绝对养不成"和高达百余万的债务扬长而去。突遭变故，父亲气急攻心，病倒了。那一年恰逢我在韩国留学毕业，看着父亲鬓边增添的白发，我暗下决心，不能让父亲半生的心血付诸东流。

那也是一个像今天一样炎热的夏日，我一脚踏进了养殖场的大门，成排的鱼池，运转的设备，轰鸣的循环水泵，曾经熟悉的地方，此刻变得陌生了起来。刚满十八岁的表弟问我，"姐，咱还能继续干吗？"面对破败的院子，凄惶的表弟，还有一条叫毛毛子的小狗，我的心中升起一种坚定的责任感，我咬着牙说，一定能！以后就靠咱仨了，你负责把鱼养好，我负责销售，毛毛子负责看好家，咱们一定能把鱼场做好！

创业之路不是仅凭一腔热情就能成功的。养锦鲤对于生在城市中，长在春风里，学着建筑专业的我来说处处充满着意想不到的挫折和困难。锦鲤的价值，取决于体型、花纹、游姿、血统和健康状况。我把塘里所有

的鱼苗根据市场需求选别分类重新整理,挑选出具有漂亮花纹的锦鲤,给它们最好的养殖环境,投喂最好的饲料。每天一早我都要先去这个精品池里转一转、看一看,盼着它们茁壮成长,脑子里盘算着这一池子鱼应该能卖个好价钱,让渔场一举扭亏为盈。没想到,一次巡塘把我的美梦击得粉碎。我清楚地记得那是2018年9月11日,当我每日例行巡塘时,看到前一天在水里还欢欢实实的锦鲤,却有一大半翻起了白花花的肚皮。外面明明是骄阳似火,我却仿佛坠入冰窟,整个人都麻了,脑子里一片空白。回过神以后,没有多少养殖经验的我慌忙四处打电话求救,用上了所有能想到的和打听到的各种方法。最终,这一池承载着我所有希望的鱼还是没能救回来。看着空空的水池,我心里五味杂陈。我意识到,不是辛苦付出就能换来回报。我们在精准养殖、科学管理上还存在很大差距。于是我积极联系省、市淡水渔业专家进行技术指导、答疑解惑,提高了我们养殖的成活率。

从这次教训后,我深知没有一蹴而就的成功,也不是立下豪言壮语就能把鱼养好,把鱼场经营好。于是我更加用心地侍弄这些鱼儿。每日巡塘,拉网选鱼,喂鱼,经常累得直不起腰。今年夏天连续的高温红色预警,温棚里体感温度达到45度。我还要穿着皮裤下到齐腰深的池塘里选鱼,一待就是一天,常常闷得喘不上气来,全身湿透,像刚从水里捞出来一样。功夫不负有心人，在经历了一遍又一遍的失败后，我终于摸到了窍门，现在渔场每年可生产锦鲤水花800万尾，年销售额突破500万元。

随着淘宝、抖音、快手等新兴电商销售模式的发展，我们开始试水、布局电商业务。在不懈努力下，目前我们"铭之源"在各媒体平台拥有粉丝上万人，在线观看人数达数千余人，单场直播销售金额高达5万元。

最让我感到开心的是我们盘活了周围十几个乡镇的300余亩鱼塘，十几户养殖户加入锦鲤养殖的队伍中，42名群众直接参与锦鲤电商销售，百余人间接服务周边行业，不仅擦亮了"铭之源"锦鲤品牌，更推进了村企融合发展，在增加村民收入的同时，也将代表好运、吉祥的锦鲤送到更多人的身边。

在大家的共同努力下，我们公司获得2021、2022年度国家级"五大行动"示范基地；培育养殖的锦鲤荣获国际国内大赛多个奖项。大家看到的这满满一墙的奖杯，都是我的锦鲤获得的。它们受到认可，我也有种我家有女初长成的骄傲和自豪感。

习近平总书记曾寄语新时代青年"争做有理想、敢担当、能吃苦、肯奋斗的新时代好青年"，这更加鼓励我继续扎根乡村，让我的小锦鲤游出大产业，用锦鲤特色养殖蹚出乡村振兴新路径，让青春之美在基层大地上澎湃涌动。

（故事类优秀奖）

一辈子只干一件事

王吉贵/聊城市茌平区国有广平林场书记、场长

我叫王吉贵，是聊城市茌平区国有广平林场的场长。我和孔繁森同志的合照拍摄于1987年。孔繁森当时是聊城地区林业局局长，而我只是王老苗圃一名普通员工。

由于工作需要，我经常去地区林业局汇报工作，孔繁森对我有了深刻的印象，他语重心长地对我说："吉贵啊，改造苗圃的重任，就交给你了，你可得好好干！"想到"春季白茫茫，夏季水汪汪"的王老苗圃，我心中忐忑不安，时刻想着如何完成领导交给的重任。孔繁森书记的话也激励着我，决心在林业战线奋斗一辈子！

1995年，我被任命为王老苗圃书记、主任，第二年夏天天降暴雨，我们精心培育的苗木九成被淹死。我是既心疼树苗又觉着愧对职工，下定决心改造苗圃。可单位负债几十万元，哪有什么启动资金啊，可是真难啊！当时，我家有2间小门头，是我爱人攒了七八年的钱才买的。我偷偷地卖了，凑了15万元作为启动资金。我爱人数落我说："咱干工作，从公家往自己家拿钱，绝对不对；但也不能从家里往公家拿钱啊！你是不是傻啊？"可最后，她还是支持了我。后来，我们又多方筹集资金500多万元，硬生生地把2000多亩的地面整体抬高了50公分。苗圃终于从原来的盐碱涝洼地变成了土壤肥沃的"聚宝盆"。

2001年，我们茌平区提出，要将"圆铃大枣"作为特色产业，建设万亩枣林，然而当时全县枣树种植还不到一百亩。大家都说，万亩枣林的目标怎么实现啊！我决定迎接挑战，向领导主动请缨，接过了这副担子。为了选育高产优质品种，我带领技术人员走遍了16个乡镇的156个村庄，用八

年的时间，成功选育出"茌圆金""茌圆银"等优良品种。如今我们茌平已经连续举办了十二届中国圆铃大枣采摘节，大枣年产值达到1亿元，老百姓捧上了"圆铃大枣"这个致富的"金饭碗"。

回想当年选育良种时的酸甜苦辣，同事经常和我开玩笑说："工作20多年了，就没见过干事像你这么实在的人儿。"但是，我就是凭着这股"闯劲儿"，让茌平收获了"鲁西枣乡"的美称；我也荣获了"全国五一劳动奖章""全国林业系统劳动模范"等荣誉称号。我也知道，这些荣誉不是给我个人的，是对我们团队工作的认可。

2014年底，组织上调我到茌平县国有广平林场任书记、场长。年过半百的我又义不容辞地接过了建设金牛湖国家湿地公园的重任。我理清思路，带着职工种树、修路、建瞭望塔、建观鸟台，林场树多了、鸟多了，生态变得越来越好了。可就在这时，一个不好的消息传来，一条正在建设的重点道路将穿过林场，刚刚形成气候的大片鸟类栖息地将被拦腰切断。我听到这个消息，预感林场的生态将遭到严重破坏，赶紧找同事商量对策。大家都说："修路是上级决定的，定下来的事咱能改吗？"但如果不改，我就是林场的罪人，也是湿地公园的罪人！我下定决心：宁可场长不干，生态湿地不能占！我再三奔走呼吁，引起了领导的重视，市长亲自带队来调研，最终这条路在林场段整体南移60米。林场生态终于保住了！树上的鸟儿，也保住了！

现在，林场每年有白鹭、夜鹭、牛背鹭等几百种上万只野生鸟类繁衍栖息，森林覆盖率达到70%，成为惠及周围群众的"森林氧吧"。2019年，湿地公园通过了国家林草局验收，正式晋级为国家级湿地公园，为鲁西大地增添了一张"国字号"生态名片。2022年，我们林场获得"全国绿化先进集体"称号，2023年荣获"全国十佳林场"荣誉称号。今年，我又参加了首届齐鲁最美自然守护者颁奖仪式。

回顾45年来的林业路，我没干什么惊天动地的大事，就是种了一辈子的树。今年我62岁了，我还浑身是劲儿，战斗在工作一线上。在以后的工作中，我将继续践行"绿水青山就是金山银山"的理念，也希望能有更多的年轻人加入林业队伍，让我们一起，为子孙后代继续守护蓝天白云、绿水青山！

（故事类优秀奖）

把"盐碱地"变成"聚宝盆"的土专家

王学腾/无棣县委组织部科员

他常说:"守住老祖宗留下来的田,端牢老百姓的饭碗,这是我一生的事业。"他叫刘国利,皮肤黝黑,身材精瘦,成年累月风尘仆仆,奔波在林间河畔,麦地谷田。他是无棣县的一名农业技术推广研究员,更是山东省优秀共产党员、先进工作者,中国林业乡土专家,全国最美林草科技推广员。

今天,我就给大家讲讲他的故事。

1990年,21岁的刘国利中专毕业后,成了无棣县小泊头镇的一名农技工作者。这里濒临渤海,土地盐碱,淡水资源匮乏。祖祖辈辈种地,饱受盐碱之苦的刘国利暗下决心:一定要征服盐碱,跟大伙儿蹚出一条独具特色的发展新路子。

为破解"年年栽树不见树"的魔咒,经过细致的田野调查,刘国利发现枣树和白蜡抗旱耐盐碱,就建议全镇选育栽种。当时,正值"八五"绿化达标期,数九寒天,刘国利顶风冒雪,踩着泥泞逐片踏勘,手脚冻烂也毫无怨言。为确保成活率,每绿化一个地片,他都奔波往返无数次,全面掌握地情,做到适地适树。一年下来,光布鞋就穿烂了七八双。

2002年春,全镇推广冬枣高接换头,刘国利骑摩托车逐村巡回指导,每天行程200公里以上,由于连日劳累,刚30岁出头的他患上了严重的腰椎间盘突出,为帮助群众做好嫁接,他在腰间缠着一圈泡沫鞋底,忍着疼痛穿梭在田间地头。

功夫不负有心人。经过不懈努力,白花花的盐碱荒滩上挺立起了2.4万亩枣树、1.8万亩白蜡,小泊头镇的森林覆盖率由原来的5%提升到了28.7%。

在最基层推广农业技术，没有团队，缺少经费，刘国利把书本知识与当地的土壤、气候、农时结合，用土办法摸索。每推广一项新技术，必先进行试验，有了成功的把握，再介绍给群众。30多年来，他一有空就泡在试验田里，顾不上按时吃饭，听不见家人抱怨，总是忘了自己是一名癌症患者，胃已经切掉了大半。

2021年6月，枣农卢振刚家栽种的新品马牙枣幼果全部掉落，连树都变了颜色。接到卢振刚心急火燎的电话，刘国利马上赶到现场，查验后迅速采取了补救措施。不长时间，病树就恢复了生机，新的幼果密密麻麻地长了出来！这年，卢振刚的马牙枣喜获丰收。他拉着刘国利的手激动地说："国利，今年卖枣的钱得分你一半啊！"

脚下沾满多少泥土，心中就沉淀多少真情。刘国利对全镇52个行政村的角角落落都了如指掌。他说："全镇人均耕地只有一亩多，想要富只能靠科技。"

针对近年枣业生产低迷的困境。刘国利与省果树研究所等院所合作，成立了盐碱地红枣高效种植技术研发中心，选育出极早熟的鲜食"滨枣1号"和极晚熟的干食"滨枣2号"，亩均分别增收15%、10%。

"做给农民看、领着农民干、带着农民赚"是刘国利农技推广的宗旨。

在我入职第一天，他问我："学腾，你知道怎么干好咱这活儿吗？咱从来不是跟农民打交道,咱就是农民,你得真真切切地爱着咱这片地。"

为了加快培育新品种,我们要在清晨赶到田里,但眼前的实验田种起来并不简单,我们框种植范围、挖标准土坑、撒实验种子、投定量肥料、做种植记录,随着太阳变得又毒又辣,热浪滚滚而来,可我们就像黏在土地上,谁也不说可以了,只想多干点、多干点。

就这样,刘国利从未停止前进的脚步,他带我们开展了盐碱地"吨粮田"攻关试验,提炼出适合盐碱地的"双深双晚"种植技术,其中选育的鲜食玉米抗虫抗病能力强,亩产能达到1564公斤,创造了山东省盐碱地鲜食玉米亩产新纪录。先后获得了国家发明专利5项、实用新型专利17项。小泊头镇成了全省闻名的农业科技创新"高地"。

党的二十届三中全会确定巩固和完善农村基本经营制度,为农民吃下了定心丸。"在鲁北这片热土上,为群众推广新技术、新品种,让乡亲们的日子一天比一天好,就是我们最大的幸福!"

这就是我眼中的刘国利,一位把盐碱地变成"聚宝盆"的"土专家"!

(故事类优秀奖)

小铜箔成重器

赵红军/菏泽市广源铜带市场部经理

我手上这片薄薄的铜箔，厚度只有头发丝的一半，但不要小瞧它，它就是制造芯片用的最基础最核心的材料，它的研发生产过程可以说是历尽艰辛。

去年3月，浙江精瓷公司总工钟水民，通过朋友介绍咨询我一款汽车芯片产品用的铜箔。谈话中我得知，这款材料已经被国外垄断了近20年，不但价格高，交货期更是长达一年之久，咱们国产新能源汽车产能受限，它便是主要障碍之一。

钟工一席话，点醒梦中人！机会来了，就要抓得住。我以最快的速度，查阅了关于产品和行业的最新信息，召集全体工程师对此款产品进行深度研讨，并建议公司成立联合攻关项目组，实现这个行业的新突破。

2个月后，第一款样品送给客户，一周后，反馈来了：很不理想，高温烧结后，铜箔和陶瓷片根本没有结合。把铜坯轧成铜带，把铜带再轧成铜箔，这是我们的强项，可是，怎样让它们结合在一起，我们没这技术。

随后，我们邀请专家，举办了多次研讨会，借鉴先进经验，改造升级了实验室设备。通过一种种元素的添加，一次次温度的调整，一轮轮试验的检测，终于找到了高温下陶瓷片和铜箔融合的工艺。材料出来之后我们立即送到钟工手里。不久后，钟工反馈：效果不错！可以让我们提供一批材料，试生产汽车芯片产品！

但是，高兴来得快，失望也来得急。1个月后，午休的我，被钟工的电话吵醒，还没等我张口，钟工便急匆匆地说，这批货的平整度和均匀度，没有上次的好，铜箔和陶瓷片的剥离强度很差，你们太糊弄人了。我们分析认为上次给的是实验室里的产品，这次给的是生产线上的产品，生产线和实验室是有差距的，那么问题就出在生产线上。

随后的日子，我不停地参观同行业企业，俗话说，同行是冤家，人家好吃、好喝、好招待，让看实验室，就已经给足了面子，就是不让进车间看生产线。我们又联系韩国一家企业，派专家来指导，出价一人一天10万美元，人家理都不理。

站在几十吨废料旁，想着公司投入近千万元的研发经费，我狠狠抽了自己两耳光，同样的生产线，同样的生产工艺，为什么就生产不出来合格的产品呢？真的技不如人吗？宣布试验失败，项目停止？我没勇气说，更没脸说，说出来比打脸还难受。一时陷入进退两难的僵局。

要说啊，科技还真是来源于生活。一个周末，我带着妻子和孩子去公园玩，来到了棉花糖铺子前，孩子要吃彩色棉花糖。在排队等候时，见师傅总是先加入白糖，再加入其他食品染料。我问师傅：为啥不一起加入白糖和染料，这样多节省时间呀，师傅说，白糖和有颜色的原料熔点不一样啊，还有，每个小孩要的颜色不一样，有要红边的，就得最后放红色，有要蓝边的，就得最后放蓝色。

这让我想起了制作铜箔的工艺，我们把各种材料混在一起熔炼，但各种元素的熔点不一样，不能够充分融合，就轧不出合格的铜箔。想到这里，我撂下妻子和儿子，打上出租车直奔公司，我们加班加点改进了最关键的熔铸工序，严格控制添加元素的顺序和时间间隔。全天24小时跟踪坯料生产，直到合格的成品送到客户手中。

今年4月，我们迎来了最振奋人心的时刻：我们的产品通过了比亚迪公司的全面测试，比亚迪公司已和客户签订了合作协议。我们这个菏泽的小企业，终于生产出了大国重器！

目前，小铜箔成为我们公司发展的新方向。新产品在1070℃的高温下，其剥离强度优于进口材料，但价格仅仅是国外产品的一半。全国20多家生产汽车芯片的企业，已经有5家和我们稳定合作，还有几家正小批量供货。国外公司眼看市场被我们一步步占领，迫于无奈想通过各种渠道和我们合作，但被我们果断拒绝！两年前，你爱搭不理，现如今让你高攀不起！

科技创新将深深改变着我们的社会。今后，我们将继续加大研发力度，生产出品类更多、性能更稳定的科技新产品，做好科技创新这篇大文章，助力我国新质生产力加快发展，在科技领域，让世界说：中国制造——行！

（故事类优秀奖）

我在古村做讲解

张燕芹/巨野县核桃园镇前王庄村妇联主席

各位游客大家好！欢迎来到前王庄古村，这里的道路、房屋全部由石头砌成，又称为"石头寨"。距今已有六百余年历史，是"国家级传统古村落"，著名的鲁西南羊山战役就发生在这里……

这就是我的日常工作。我是如何从农村妇女变成讲解员的呢？接下来就给大家说道说道。

2007年，我嫁到了巨野县核桃园镇前王庄村，那时候的核桃园以山石开采为主，晴天一身土，雨天一身泥，从街东头到西头，小青年变成小老头！为了过上好日子，我和丈夫外出务工打拼。

2018年春节，多年没回家的我们，一到村头就愣了，巨野县委、县政府封山禁采，发展全域旅游！原来进村一条坑坑洼洼的山路，现在变成两条干净宽敞的柏油路。一下雨就没法下脚的石头寨，也被修复得焕然一新，整齐的街巷、民宿、文化广场，让我不敢相信这就是原来的那个古村。

整个春节，我带着孩子们就泡在了古村里，每天都有新惊喜。来了不少游玩的人，他们会时不时地问一些关于古村的问题，我也能对答如流。没想到原来零零散散从邻居那听来的故事，关键时候还能让我"出点小风头"。

那年的大年初六，我在俺们村战地医院旧址遇到了几位老人。他们一会摸摸墙上的石头，一会摸摸门板上的子弹孔，见我在旁边就问："姑娘，这里就是羊山战役战地医院吧？""是，大娘。羊山战役的时候，俺村里的人没少从前线抬回战士，这边是手术室，那边是休息室。当时的战役太惨了，好多战士都没有抢救过来！"说着说着几位老人泪流满面，泣不成声。

我这才知道,他们来自济宁高新区,有位老人的父亲就是在鲁西南羊山战役中牺牲的。老人说:"记得俺爹出发打仗前摸着我的头说,'妮儿,等爹回来咱们一家人就可以过好日子了!'没想到这一别就是一生。谢谢你的讲解,以后得让更多的人知道他们的故事!"

身后的老村支书抽着烟说:"燕芹,村里发展旅游,需要年轻人,留在村里做讲解吧,别出去了!"

他们的话在我心里一遍一遍地回响。三六九往外走,这一年,我却没有走。我下定决心,留下来!

就这样,我开始了义务讲解员的生涯。要干咱就干好,为了让更多人了解古村落,认识古村落,喜欢上古村落,我想方设法去了解和挖掘村里的历史,其中最有效的方法就是向村里的老人们学习!他们都是历史的亲历者和见证者。于是,我边讲边学,边记录边完善。93岁的王者兴老爷爷,颤抖着双手说:那时候真是血流成河,咱这地,被染红了一遍又一遍。89岁的王允常老人曾给刘伯承和邓小平两位首长送过饭,他抹着眼泪说,俺这几个老家伙要是走了,这些事都没人能知道了。没有共产党,就真没有新中国!

我含泪听完,认真整理。这一刻我知道了自己肩上的责任到底有多重,更加坚定了必须做好的决心。我们的红色历史不能被遗忘,我们的红色文化更需要传承!仅仅半年的时间我就写出了整个古村的第一份正式讲解稿。

一串串讲解词,就像是电影画面,印在了我的心底。古老的城墙见证了石头寨的沧桑历史,诉说着中华文明的生生不息;门板上的子弹孔,体现着血与火的悲壮和军民鱼水情;络绎不绝的游客,展示了生态修复、文旅发展让传统古村落焕发出的新活力。

近年来,我们村先后被命名为"国家级历史文化名村""全国乡村旅游重点村"。来我们村的旅游团也越来越多,我更是越讲越起劲儿,带动其他在家务农的妇女加入这个队伍,古村讲解员从原来我1个人,增加到了现在的7个人,我们热爱着自己的家乡,在讲述古村历史中闪闪发光!

2021年换届选举,我以高票当选了村里的妇联主席,这份沉甸甸的责任,让我暗下决心,一定要带领大家干出个样来。随着整个核桃园镇旅游发展全面起势,古村已经成为整个旅游线路上的重要一环。在我的提议下,我们搞起了工笔牡丹画体验展销、休闲民宿、果蔬采摘、石磨香油坊等相关特色产业,还一起做起了网络直播带货。大众创业、万众创新,现在大家不用外出打工,在家门口就能赚钱!也让更多的游客了解我们村的文化和历史。

小时候,我是听故事的人;长大了,我是讲故事的人。新时代,我愿用自己最淳朴的语言,讲出我们古村发展的新气象,讲出我们老百姓的美好新生活!

(故事类优秀奖)

心结

李艳艳/菏泽鲁西新区吕陵小学教师

我是一名普通的农村小学老师，今年是我扎根农村教育的第六个年头，今天我就来讲讲我和孩子们的故事。

在我带过的班级曾经有个孩子叫小丽，给我留下了特别深刻的印象。那时的小丽身体瘦弱，眼神胆怯，性格内向不爱说话，但学习成绩一直很优秀。她的家庭情况有点特殊，爸爸妈妈已经50多岁了，靠收废品为生，因为这个原因，她的一举一动都透露着胆怯与自卑。

记得去年的冬天，大课间的一场争吵让我对这个孩子有了不一样的认识。"你来干什么？是来丢人的吗？赶快给我走，给我走！"听到门口的吵闹声，我立马走出了办公室，一出门我就看到了小丽气得涨红的小脸，她一看到我立马就跑回了教室。我从同学们的嘲笑声中听懂了事情的来龙去脉。原来是小丽的妈妈担心小丽，到学校送饭来了。往门口望去，一个穿着破旧、蓬头垢面的妇女正蹲下身捡地上的饺子。我走到她跟前蹲下身来轻声询问："小丽妈妈这是怎么了？"她抬起头用那脏兮兮的袖子擦了擦眼睛着急地对我说："老师不怨俺小丽，饺子是我打翻的，你可别吵俺小丽哈。"说完就蹲下身去继续捡地上的饺子。小丽妈妈的话像一根针一样扎进了我的心里，不管孩子怎么样，妈妈都会一如既往地爱护她、维护她、迁就她。一瞬间，也让我深刻明白，教书育人，不仅仅是要教会孩子们知识，更重要的是教会孩子学会做人，所以我决定要走进小丽的内心解开她心里的结。

下课之后，我把小丽叫到办公室："小丽，刚才发生了什么事？"没想到她顿时放声大哭："为什么？为什么别人的妈妈都是年轻漂亮的，而我的

妈妈却又老又丑？我不想要这样的妈妈，我不想！"听到后我并没有大声责怪她而是把她紧紧地抱在了怀里："孩子我明白你的感受，但是你知道吗？每次咱班不管是订奶还是订校服，你的妈妈总是第一个给你交上，每次她都是拿着那皱巴巴的钱对我说，'俺交的不晚不？别忘发给俺小丽。'你的妈妈肚子很大因为可以装下大大的你，可肚子又很小，她连一个饺子都舍不得吃下。"听完小丽紧紧地抱住了我，把头埋进了我的怀里。仿佛在那一刻她理解了自己的妈妈，在这一刻我也明白了育人的含义。

其实，因为不懂得沟通，和父母之间有心结的孩子不在少数，所以在以后的教学中我努力上好每一节德育课，利用好每一节班会潜移默化地给孩子们传输正确的价值观。在闲暇时刻我也都会找孩子们聊聊天，拉拉家常，听听孩子们说说高兴的或烦恼的事，试着走进孩子们的内心，发现问题也会和家长们做好沟通，努力做好架起孩子和家长们的那座桥。

来年的五月正好迎来了母亲节，我们班特意举行了母亲节感恩活动。在这一天我请来了全班孩子的妈妈，在活动中我让孩子们为妈妈跳一支舞，为妈妈亲自制作一个礼物，看看妈妈年轻时的照片，以前的妈妈也是无忧无虑的小公主，自从做了妈妈才变成了无所不能的女超人，最后一个环节是和妈妈说说心里话。这时小丽怯怯地举起了手："妈虽然你不年轻也不漂亮，但在我心中的你是最好的妈妈……"听完小丽的话，妈妈落下感动的泪水。这个时候她又看向了我："老师，没有您的教诲，我不会明白做人的道理，谢谢您。"在这一刻，我知道在小丽心中的那个结被打开了，而在那一刻我也感受到了教育的力量。

今年的家访我又来到了小丽的家中，小丽的妈妈和小丽看到我的到来眼中满是喜悦和感动，小丽的妈妈紧紧地拉住我的手说："老师，俺太谢谢你了，俺小丽从那之后像变了个人，学习更加刻苦了，学完习还帮俺干活！要是没有你，俺真不知道咋办！"听完我也拉住她的手说："其实每个孩子都是善良懂事的，只是在出现问题时缺乏正确的引导，孩子能变得越来越好，我和你一样感到高兴！"临走时小丽妈妈还给我装了满满一兜自己家种的菜，我知道那是对我工作的认可和肯定。

百年大计，教育为本。习近平总书记真切地讲道，要把立德树人作为教育的根本任务。作为新时代的教师我们一定会更加关注孩子的心理健康，更加注重对他们综合素质的培育，用自己的绵薄之力为孩子们托起一个幸福的明天。

（故事类优秀奖）

刘公岛消防救援站的"传家宝"

张久瑞/山东省消防救援总队威海临港经济技术开发区消防救援大队政府专职消防员

您去过刘公岛吗？说起刘公岛您会想到什么呢？是倒映着蓝天白云的碧波海疆，还是海鸥纷飞目之所及的美丽霞光，是幸福门外举镜遥望的邓世昌，还是定远舰上静谧陈列的甲午之殇？但很少有人体会过刘公岛冬日的景象，作为国家二类艰苦岛屿，可以用古诗中的"千里茫茫皆白雪，宁古寒苦天下无"来形容这儿的苦寒。但就是在这里，巍然屹立着以有"传家宝"为荣的刘公岛消防救援站，就是这些"传家宝"温暖了救援站的冬天、温暖了人民的心田。

这是第一件"传家宝"——水盆。建队初期，消防员和岛民一样，吃又苦又咸的井水，可冬天一到，刘公岛就像被冻住的冰疙瘩，连井水也吃不到了。后来小伙子们就想到一个办法，挖一个大池塘，用这天然的"大冰箱"储水。所以，也就有了这样的场景：消防员跪在冰冻的水塘上举起凿子狠狠地砸向冰面，刺骨的水混着冰碴儿，好多队员的膝盖一大半都裂开了口子，而他们依旧忍着疼、咬着牙，将凿开的水一盆一盆地送到岛民手里。他们宁可自己没有水吃，也要把最后一盆水端给百姓。

这历经风霜、见证岁月的水盆，不仅仅是一件最普通不过的器具，它还承载着无数消防员在严寒中砸冰取水的热血与汗水。消防来自人民、为人民所需要、为人民而战斗的队伍，在人民最需要的时候逆向而行、保民平安，全心全意为人民服务，是我们的价值所在。消防员不顾个人安危，只为将珍贵的生命之源送到岛民手中，这份舍己为人的精神正是"传家宝"所蕴含的无私与奉献。

  这是第二件"传家宝"——棉夹袄。这是岛民一针一线给小伙子们做的，大家屋里屋外穿着它，暖和！说到这，可能有人要问了，咱消防员不是自己能烧暖气嘛，那就把这屋里的温度烧得热热的呗。可小伙子们却给出了这样的回答：咱们不缺煤，多热都能烧，可你知道，这外面零下二三十度，咱消防员是24小时待命，无论是三更半夜、还是吃饭洗澡，只要这警铃响了，马上就得冲出去！这屋里屋外的温差要是太大了，咱消防员不就容易坐下病了嘛。所以，驻岛的消防员都有了习惯，暖气不烧太热，衣服不穿太多，屋里屋外温度差不多，练的就是随时冲得出去的意志品质，练的就是能打胜仗的钢筋铁骨。

  我们可以看到它不仅仅是一件简单的棉衣，更是一份情感的传递和精神的鼓舞。党群关系好比鱼水关系，共产党是鱼、老百姓是水，水里可以没有鱼，鱼永远离不开水。这件棉夹袄不仅是一份历史的记录，更是一份精神的传承和激励。

  这是第三件"传家宝"——担架。循着扶手看去，你能看到担架的四周镀了一层"膜"，您知道这是什么吗？这是咱消防员的手心肉啊。那是一个除夕夜，岛上隋振斗老人突发心脏病，为了护送老人出岛，队员们托举着担架，在崎岖不平的山路上一路前行！风卷起雪，雪夹着冰。突然，老人身体剧烈颤抖，大家的心一下子提了起来……快！快！再快一点！尽管抓住担架的手被冻僵,但队员手里的担架仍然固若金汤。直到将老人送到医生手里,大家这颗悬着的心才总算落了下来!可时间紧迫,咱消防员没来得及换手,这手心的肉和担架的扶手被紧紧地冻在了一起,就像是给担架镀了一层"膜"。

建队以来,消防队共救助群众2万余人次。老百姓都将消防队的担架亲切地称为"救护车",他们说看到了担架,就看到了希望。面临血与火、生与死的考验,在党和人民需要的时候一声令下、挺身而出,做到刀山敢上、火海敢闯。担架见证了消防队员在崎岖不平的山路上负重前行,这份守护与责任,正是"传家宝"所传递的使命与担当。

这就是刘公岛消防救援站的三件"传家宝",担架、水盆和夹袄。一个水盆端起了冰天雪地的汩汩清流,浓浓暖意淌进老百姓的心;一件夹袄焐热了消防员的初心,见证了双向奔赴的鱼水情深;一副担架筑起了救民于水火、助民于危难的连心桥,让人民与消防贴得最紧、连得最亲。

2023年3月,刘公岛消防救援站又荣获了第四件宝:中共中央宣传部颁发的"全国学雷锋活动示范点"。凝视这份荣耀,泪水噙满了这些曾经出生入死、百战沙场的男人的眼眶。建队20年来,岛上58处历史遗存建筑、5家展馆没有一处冒烟;20年来,海岛227.5公顷森林公园没有一处警情;20年来,队伍内部没有一起安全事故;20年来,消防工作从一穷二白到人人都是消防宣传员;20年来,人员换了一茬又一茬,游客来了一批又一批,但为人民服务的宗旨始终不曾蜕变。仅2023年一年,站内成立的6个党小组服务队先后为岛上居民排查用火用电安全隐患千余处;送水40余吨;累计救助游客群众,提供各类服务上万人次。金杯银杯不如老百姓的口碑,看这挂满荣誉墙的面面锦旗,正是刘公岛消防救援站在服务群众中传递党和政府温暖的真实写照。

雷锋同志曾经说过:"人的生命是有限的,而为人民服务是无限的,我要把有限的生命投入到无限的为人民服务中去。"那年那时,他为人民服务的音容笑貌,依然活在人民心中。我们接过英雄的旗帜,为民而生、为民而建、为民而战。今年是习近平总书记亲自为我们授旗致训词六周年,"长期以来,消防队伍作为同老百姓贴得最近、联系最紧的队伍,有警必出、闻警即动，奋战在人民群众最需要的地方。"那年那时，"对党忠诚、纪律严明、赴汤蹈火、竭诚为民"的四句话方针发出了时代最强音，我们接过领袖手中的旗帜，我将无我、不负人民。在新时代的蓝焰方阵里，刘公岛消防救援站就像一颗永不生锈的螺丝钉，在训词精神指引下，被应急管理部授予"全国119消防先进集体"，获评省级青年文明号、省直机关优秀党支部、先进基层党组织等称号。

2018年6月12日，习近平总书记登船来到刘公岛，登上东泓炮台遗址，并参观甲午战争史展馆，他语重心长地说："我一直想来这里看一看，受受教育。要警钟长鸣，铭记历史教训，13亿多中国人要发愤图强，把我们的国家建设得更好更强大。"我们常说"刘公岛不仅是个岛"，身处刘公岛的一代代消防人深受洗礼，继承传统、扛起荣誉，面临新的形势任务，面对日益严峻复杂的灾害事故形势，面对应急救援"主力军"和"国家队"的全新定位，传家宝精神无不激发队伍不怕流血牺牲、越是艰险越向前的血性胆气，如此，让我们初心不改，情谊永续，就一定能够在消防队伍实现"火焰蓝"的青春梦想，让这份不朽的消防与百姓情谊成为连接过去与未来，照亮梦想与现实的永恒之光。我们会牢记习近平总书记的殷殷嘱托，高擎一抹党旗红，守好初心和使命，用厚重的肩膀扛起那如山的责任，在奉献中将"传家宝"的红色基因代代传承。

最后我想说，我们是新时代的火焰蓝，我们都是新时代的活雷锋。

（故事类优秀奖）

翻山越岭 为爱而来

李彦蓉/山东省卫生健康宣传教育中心编辑

"喂，爸爸，我昨晚梦了一个梦，我梦见爸爸回来了。"

与很多家庭不同，1000多个日子里，米多和她爸爸见面的日子屈指可数，多数时间都是隔屏相望。她的爸爸叫吴长远，是我省第九批援藏干部，也是我省首批组团式援藏医疗队领队。

吴长远是隔着屏幕看着女儿一点点长大的。刚进藏时，米多还在咿呀学语、蹒跚学步，两年多的时光过去，这个小女孩已经比同龄孩子更加懂得了思念的滋味。

小家与大家的取舍

2019年6月，吴长远响应组织号召，毅然加入援藏队伍。

父母年逾七旬，儿子要读高中，女儿刚满一岁，如果不想去，他有很多理由，但是他说，共产党员就是要平时看得出来、关键时刻站得出来、危急关头豁得出来。

赶往机场路上，他的爱人在微信朋友圈发文：接到援藏通知，他选择服从，我选择支持。与其红了眼眶，不如笑着别离。只是年幼的孩子，醒来后喊着找爸爸，喊得我心里不是滋味儿。

看到消息的那一刻，吴长远流泪了。

此去万里经年，只为冰心一片。

此后三年，他顶着剧烈的高反、忍着严重的失眠、迈着沉重的双腿，带领医疗队拼命奔跑，帮助医院创建"二甲"、建设门诊综合大楼、争取人员编制、创立精神卫生体系，一刻也不得闲。

爱人先后两次手术……每一次家人最需要的时候，他都不能陪在身边。这背后隐藏了多少思念与牵挂，多少愧疚与泪水，我们不得而知……

利己与利他的抉择

援藏期间，除了"规定动作"，吴长远还干了很多"分外事"，"鲁藏一家亲·共圆健康梦"公益救治项目就是其中之一。

2020年10月，一位叫晋米多吉的救治对象，不仅患有病情最复杂的"法洛氏四联症"，且肝肾严重损伤、重度贫血，负责治疗的山东专家说，手术没有把握，但不手术，他的生命最多维持两个月。

这个信息犹如晴天霹雳，吴长远是明哲保身，保全自己，还是放手一搏，拯救晋米多吉？思来想去，他豁出去了，但凡有一线希望，绝不放弃。他征得晋米多吉父亲同意后，立即组织各路专家会诊，敲定了手术方案。

他对专家说："你们放开手脚去做，出了事，我顶着！"

那是怎样的一种魄力和果决！

经过两个月的精心治疗，晋米多吉闯过了"鬼门关"，现在，他已大学毕业、成功创业。

三年援藏，吴长远先后组织了3次大规模救治活动，132名藏族先心病患儿重获"新生"，700余名眼疾患者重见"光明"，这项公益救治项目被纳入山东援藏"十四五"规划，成为山东援藏的"金招牌"。

小爱与大爱的转换

2022年7月，吴长远组织了援藏任期内最后一次救治活动，7名藏族患儿被送往济南。

其中一名患儿名叫央拉，是先心病患儿救治的第一批受益者。通过那次手术，吴长远发现她还患有脊柱侧弯，从此，这成了他的一块心病，他决心在援藏任期内帮央拉进行矫正手术，给央拉一个健康的人生。

当有人问他为什么这么拼时，他说："老吾老以及人之老，幼吾幼以及人之幼。援藏三年，既然已经对家人有亏欠，那么就要让这份亏欠变得有价值、有意义！"

实打实的付出，心贴心的交融，换来的是藏族同胞发自肺腑的感激。央拉喊他"吴爸爸"，央拉的姥姥达瓦阿妈说他是他们一家的"活菩萨"。

2022年7月26日早上6点，山东第九批援藏干部人才即将启程离藏。央拉一家扶老携幼赶到山东援藏公寓给吴长远送行，洁白的哈达承载着最圣洁的祝福，滚烫的酥油茶蕴含着最真挚的情意。

事先，央拉对家人说，我们见了吴爸爸不要哭，如果哭了，会影响吴爸爸的运气。央拉真的没有哭，但，吴长远和在场的援藏干部都哭了。

今年是援藏三十周年，也是孔繁森同志殉职三十周年。

三十年来，吴长远等十批上千名齐鲁优秀儿女沿着孔繁森的足迹，翻山越岭，为爱而来，投身雪域，奉献高原，山东累计为日喀则投入资金60多亿元，实施项目1600余个。

他们，舍弃常人所拥有的，放弃常人所享受的，投身雪域高原，艰苦不怕吃苦、缺氧不缺精神、海拔高境界更高，就像一粒粒种子，在雪域高原生根发芽，让象征幸福的格桑花开在了珠峰故里、雅江之源，开在了藏族同胞的心坎上，谱写了鲁藏一家亲的感人篇章！

（故事类优秀奖）

把青春书写在共和国最年轻的土地上

赵亚杰/山东黄河三角洲国家级自然保护区黄河三角洲生态监测中心副主任

黄河与渤海相拥，孕育了我国暖温带保存最完整的湿地，这里是万千生命的蓬勃乐土，也是我为之奋斗的幸福家园。2019年，黄河流域生态保护和高质量发展上升为重大国家战略，我也从一名监测新兵成长为"生态卫士"。2021年，习近平总书记视察东营，我和我的团队向总书记展示了黄河河道变迁、生物多样性保护等方面的情况，受到总书记亲切鼓励，并嘱咐我们"这片大湿地很难得，一定要保护好"。这句话深深扎根在我心里，时时回响在我耳边，我暗下决心，一定要守护好大自然的馈赠。

绿水青山就是金山银山，为了保护大河之洲，我们用双脚丈量多样的湿地，把生态监测写入我们的一年四季。

春天，水鸟北迁，保护区是重要的驿站。我和队友们穿着齐胸高、密不透风的连体橡胶裤，背着十几斤重的监测设备，徒步走向海陆交接的潮间带。这里分布着密密麻麻的螃蟹、贝类，是水鸟们的美食，可对我们而言，却暗藏危机，有时潮水涨起很快，必须得赶紧离开；有时陆地近在咫尺，却被踩不到底的潮沟阻隔，不得不绕道几公里才能安全上岸。为了掌握"任性"的潮汐、复杂的地形，我们查阅潮汐表，请教当地渔民，规划合理的调查时间；我们研究最新的遥感影像图，解译分析潮沟分布特点，设计科学的调查路线，我们监测到82种18万只水鸟稳定地在这片原生地觅食。

夏天，鸟儿进入繁殖期。我们头顶炎炎烈日，定位每个繁殖巢穴。成鸟先是紧张急促的鸣叫，发出警告，接着就是"狂轰乱炸"排泄分泌物，最后一个俯冲下来，狠狠地啄在我们的头上、身上，让人生畏。每年，我们要走遍280万平方米的盐碱地，记录繁殖巢近5000个，还会给幼鸟配发"身份证"，右腿佩戴绿色旗标，左腿戴上金属环，方便野外监测和救护。黄河三角洲是全球第二大黑嘴鸥繁殖地，被誉为"中国黑嘴鸥之乡"。在这里出生的黑嘴鸥，六个月后，可能会出现在福建省度假，也可能漂洋过海在遥远的韩国越冬。

秋天，保护区鸥鸣鹤舞、热闹非凡。为了了解南迁鸟类的身体状况，我们要采集2000多份鸟粪样品，做健康检测。这项工作既琐碎又严格，鸟粪不能太干，所以，每当鸟群飞离后，我们会迅速到达它们歇脚的地方，用棉签蘸取样品，收进试管，做好标记，及时送达检测站。在采样中，我们也会遇到因身体虚弱、受伤而需要人类帮助的鸟儿。一只名叫小雪的天鹅就是其中之一，2007年秋天，它在迁徙途中意外受伤，不幸落地。我的同事李建小心翼翼地带它回去救治，经过一个月的调养，小雪身体基本康复，可它的左翅骨折造成的永久性畸形，使它再也无法翱翔蓝天。于是，李建每天陪着它在湿地散步，彼此拍手、振翅互动，甚至用天鹅特有的鸣叫来"聊天"。十六年过去了，小雪已然成为保护区的一分子，和我们一起见证生态家园的蜕变。

冬天，保护区成了雁鸭类水鸟的天堂。为了减少对它们的打扰，我们利用AI识别设备做"鸟口普查"，每个视频监控，都是我们的电子记录员。鸟类的种类、数量，通过5G网络实时回传。针对国家一级保护鸟类东方白鹳，我们还首创了行为识别技术，不仅解决了是什么、有多少的问题，还能告诉大家它们在干什么。比如这一家，它们站立的地方就是我们搭建的，被总书记称为"安居工程"的巢穴，雄鸟在休息，雌鸟回巢后，它们齐心协力地筑巢，为迎接新生命的到来做准备。随着AI技术的应用，我们对鸟类数量的监测越来越精准，保护区鸟类由建区时的187种增加到现在的373种，这里成为数百万只鸟儿理想的栖息地。

因为热爱，所以坚守。今年是总书记视察东营两周年，两年的躬耕不辍让我对这片湿地的感情更加深厚，未来的路还很长，保护区人将始终牢记总书记嘱托，用无悔的青春守护这片湿地，守护湿地中的生灵，让黄河口的资源世代传承、永续利用，让黄河永远造福中华民族。

（故事类优秀奖）

劳动托起新中国

高凯林/青岛市工人文化宫文艺部负责人、馆员

今年是新中国成立75周年。75年来，共和国一代又一代的劳动者为祖国的发展作出了卓越的贡献。亿万劳动者在奋斗中奉献，在创新中前行。夯实了共和国大厦的巍巍基座，用智慧和汗水托起了一个令世界瞩目的全新中国！

今天我要讲的就是我们青岛几位杰出的产业工人代表，从他们身上我们见识了什么叫工人伟大，劳动光荣。

新中国成立初期，郝建秀便来到青岛国棉六厂细纱车间，成为新中国第一代纺织工人中的一员。那时的她年仅13岁，由于年龄小，刚开始找不到干活的技巧，经常受到批评，有一次，郝建秀在家里哭了起来，她对家人说："我不想拖集体后腿，一定要把技术搞上去。"从此，如何多纺纱、纺好纱成为她每天的"考题"，下班回家后她会在小本子上涂涂画画进行总结，第二天再带着新想法到车间去实践。凭着不服输的倔脾气，不到3年时间，她就熟练地掌握了纺车的性能和操作规律，更重要的是她打破以往的操作模式，改进原有的生产工艺，摸索出一套多纺纱、多织布的高产、优质、低耗的"郝建秀工作法"，在全国推广，为青岛纺织赢得了"上（海）青（岛）天（津）"的美誉。

时任全国纺织工会主席陈少敏激动地说："假如全国纺织厂的皮辊花率都能达到青岛市的水平，其超额利润可买50架战斗机；假如全国的纺织工人都能达到郝建秀的皮辊花率，能买更多的战斗机，支援抗美援朝。"

建设年代的创新工作让郝建秀成为全国工人阶级学习的楷模。

1978年开启的改革开放，让落后的中国开始腾飞，青岛这座临海而生、凭港而兴的城市迎来了蓬勃发展的机遇。一代人要有一代人的作为，一代人要有一代人的贡献，一代人要有一代人的牺牲，这是深深镌刻进每个青岛港人心中的信念。

1984年，许振超成为青岛港组建集装箱公司一名桥吊司机。那时的他就给自己定下一个高难目标：要让吊具准确落在集装箱上。初中还没毕业的他，用了4年时间，查阅数百本资料，画了两尺多厚的图纸，创新思路练就了"一钩准"的真本事，从一名普通司机变成了"桥吊专家"。

2003年，53岁的许振超和队员们打破集装箱卸货的世界纪录，让青岛港在全世界港口行业中把装卸速度干到第一。他自豪地说："在这个领域里边，我们觉得确实是扬眉吐气，我们用实力证明，青岛港行，青岛港的码头工人行。"到今天，这项纪录在青岛港已被刷新8次。

现在，69岁的许振超已经离开工作一线。但是皮进军、郭磊、连钢创新团队这些新一代的青岛港人，继承了爱岗敬业、创新协作的品质，将青岛打造成"一带一路"的桥头堡和改革开放的新高地。

许振超被誉为改革开放大潮中涌现出的"金牌工人"！

中国进入了新时代，中车四方大国工匠宁允展，和千万高铁人一起辛勤付出，打造出了高铁这张中国制造、中国创造的亮丽名片。

2004年，中国的"高铁时代"拉开大幕，产品进入试制阶段，转向架上的定位臂成了困扰转向架制造的拦路虎。高速动车组以200多公里时速飞奔时，不足10平方厘米的接触面，承受的冲击力达到二三十吨，要求定位臂与车轮对节点必须严丝合缝。宁允展主动请缨，挑战这项难度极高的研磨技术。平时积累的精湛技艺加上夜以继日的潜心琢磨，使他不到一个星期就攻克了这一难关。就这样15年来，从"和谐号"到"复兴号"，他经手了不同速度等级、十多种动车组车型的转向架研磨，从没出过一个次品。

宁允展说："工匠就是要凭实力干活，凭手艺吃饭，把活干好才是第一位的。"一句朴实的话语，却是他一直恪守的信条。为了练手艺，他甚至自己购置了家用车床和电焊机等操作设备，将家中院子改造成一座小工厂，以方便把想法变成实物。通过刻苦钻研、不断创新，他被誉为中国高铁首席研磨师。

面对荣誉，宁允展谦虚地说，自己只是高铁工人中的一个普通代表，这是属于高铁工人的集体荣誉。赶上新时代，要坚持产业报国、精益求精、创新发展，让自己亲手制造的动车组跑得更快更好更远，为中国高铁这张金名片再添新光彩。

宁允展是新时代工人阶级中当之无愧的"大国工匠"！

从纺织英模到金牌工人，再到大国工匠，以他们为代表的青岛产业工人始终站在时代发展的潮头，引领时代，推动发展，因为在他们心中始终守望着这样一个不老的信念，那就是幸福不会从天而降，梦想不会自动成真，党领导人民创造历史，我们用劳动和智慧开创未来。要实现中华民族伟大复兴的中国梦，就要紧紧围绕在以习近平同志为核心的党中央周围，当好主力军，建功新时代，用劳动托起一个更加美好的新中国！

（故事类优秀奖）

丹桂飘香　愿做百姓暖心法官

都皓怡／烟台市牟平区人民法院大窑人民法庭庭长

在人们印象中，法官坐在高高的审判台上，威严壮重、神武冷峻；然而现实中，基层法官更多的是行走在田间地头、处理着家长里短，怀揣一颗真心，把公平正义和司法温度传递到千家万户。

2016年春天，《中华人民共和国反家庭暴力法》刚刚实施的那一年，我审理一起离婚纠纷。男女双方在调解室吵得不可开交，正在我们苦口婆心劝解的时候，男方啪一拍桌子，冲过来就要暴打女方，幸好法警反应快，一个箭步上去死死按住他，才没出大事。看到男方这样暴躁、冲动，我担心女方再受到暴力威胁，给她详细讲了反家暴法的规定，告诉她家暴绝不仅仅是"家务事"，一定要拿起法律武器，保护自己的合法权益。依照她的申请，发出了牟平区第一份人身安全保护令。

当男方接到裁定书后，气急败坏地找到我，大声吆喝着："恁这是弄的什么！我不收！你个小闺女多管闲事，我能打她，也能打你！"我没有被他的威胁吓唬住，斩钉截铁地告诉他："你打人还觉得有理吗？法律规定在这，你敢再动她一根手指头，一定拘留你！"听到这，他瞬间泄了气，灰溜溜地走了。

即便这样，我还是不放心，每周都要给女方去一次电话。欣慰的是，男方意识到了自己的错误，夫妻俩也都冷静下来沟通，家庭又回复了平静和温暖。

法律有尺度，法官有温度。基层法官面对的案件千头万绪，有对簿公堂的结发夫妻、有争执不休的反目邻里、有需要赡养维持生计的孤寡老人……我们被环绕在争吵、泪水、矛盾之中，许多次被当事人辱骂甚至威

胁，也见证过许多生活的困境与无奈，我的初心始终如一。法律给了我无惧无畏的底气，而把老百姓当亲人，设身处地为他们办实事、解难题，才能真正彰显法律的公平正义。

2022年4月的一天，我接到辖区某村法务助理的电话。匆匆赶到村委会门口，一个小姑娘扑过来就要跪下，哭喊着："法官姐姐，他拿的都是俺爸的救命钱，你要给我们做主啊……"我一把扶住她，安抚着："有什么委屈咱坐下慢慢说。"

原来，小姑娘的爸爸王有志将家里的6亩多地委托给了叔爷王大强种，王大强未经同意，擅自将地上的300棵树砍倒卖掉，还坚称果树只卖了500元，也只愿赔偿500元。轻轻拭去姑娘脸颊的泪水，我立即动身前往王大强家。可一进门，我也惊呆了：破败的院子、散养的鸡鸭，一个妇女走出屋门，咿咿呀呀比画着动作……原来，王大强自己也身患心脏病、哮喘，妻子智力低下，二人生活举步维艰。"我知道砍树不对，怎么判我都行，但是我是真没钱。"

事实清楚、法律关系清晰，可当事人是叔侄俩，一边是急等赔偿款救命，一边是坚称家庭困难拿不出钱，一纸判决下去，不一定能解决问题，但亲情也就此断了。我一晚上辗转反侧，第二天一大早冒着大雨来到村委会，又找到村支书和法务助理一起调解。叔侄二人不仅年岁相仿，脾气也相似，心里还都装着"一口气"，你一言我一语，眼看着又要"起火"。我赶紧把他俩分开，和村干部两头劝、两头讲，从积年的小事一点点捋，叔侄二人从互不相让到渐渐沉默，最后坐下来，把期待的目光投向我，达成了和解。

其实，老百姓打官司，有时打的就是一口气，如果我们耐心多做一点他们的工作，就能化解矛盾、维护稳定，而这，也是新时代"枫桥经验"的真谛。

基于这个理念，我带领其他3名女法官，组建起"丹桂女子法官团队"。团队，以中国共产党历史上最早的女庭长闵丹桂的名字来命名，也把她刚正不阿为群众的精神镌刻在心里，我们踏遍田间地头、街区巷陌，让诉源治理在田间地头、农家炕头走深走实，"有事就找丹桂女法官"成为辖区百姓的口头禅。因为出色的工作成绩，我们先后获得全国维护妇女儿童权益先进集体、全国法院先进集体、山东省人民满意的公务员集体、山东省新时代"枫桥经验"先进典型等一系列荣誉。

今年5月，习近平总书记在山东考察时强调，坚持和发展新时代"枫桥经验"，坚持党建引领基层治理。总书记的话更加坚定了我们"丹桂女子法官团队"的信念。我们要把法庭开到人民身边，到群众中去解纷止争，让丹桂的芳香馥郁千家万户，做老百姓信任依赖的"暖心法官"！

（故事类优秀奖）

为了那一声声"妈妈"的呼唤

杨守伟/潍坊市儿童福利院副院长

我叫杨守伟,是山东省潍坊市儿童福利院孤弃儿童的妈妈。2000年,我到潍坊市儿童福利院工作,至今已有24个年头。这24年来,我的工作就是用心当好福利院孩子的"妈妈";24年来,有1000多个孩子扑进我怀里,趴在肩头,用稚嫩的声音喊过"妈妈";24年来,400多个孩子在我的注视下顺利长大,重新拥有了家;24年来,也有多名孩子病逝在我怀里;24年来,同事换了一茬茬,我一直在孩子身边,岗位没变过。有人问,长年累月面对生离死别,你不压抑吗?有的人说,有些智障孩子注定养不出结果,努力又有什么意义?还有人说,你撇下亲生的,抱着没血缘的,没白没黑图什么?

面对这些疑问,我不想解释。我觉得,人活着要有自己的信仰,我的信仰就是当好这些孩子们的"妈妈",我不能让孩子没人管没人爱,掉到地上去。为了这一声声的"妈妈",我要尽最大努力把命运对他们的亏欠都补偿给孩子,让他们活得健康、活出尊严。

女人本弱,为母则刚。孩子们一声声"妈妈",传达的不只是对我的依赖和托付,还是勇气。在儿童福利院工作,需要面对4个关口:手术、传染病、死亡和领养,每个关口都涉及鲜活的生命,都有生离死别的撕扯。为了孩子们,我们只能选择坚强。在这些挑战中,最让人纠结的是做手术。孩子入院时,大多身患疾病。体重最轻的早产儿敏敏,来福利院时只有二斤九两,腿和我的食指差不多粗细,捧在手里两个巴掌大。她患有严重的心脏病,奄奄一息。面对这个生命微弱得像风中灯草似的孩子,我们没有放弃,对她进行细致的护理,在她6个月大时,逐渐喂养蛋黄等食品增加营养。一岁时，敏敏体重15斤，指标达到正常，根据专家建议，我带她到医院做心脏病修复手术。手术室外的等待是煎熬的，我在椅子上一坐几个小时，在心里默默祈祷孩子平安。等孩子推出来，浑身插满管子，让人心疼。我一边擦着眼泪一边陪护，一熬几天几夜，累了就坐着闭闭眼。术后大概半年，孩子长得又白又胖，活泼健康，后来被家庭收养。每个孩子动手术，都是让我最纠结的事，每次都让我坐卧不宁，我希望通过手术让孩子身体恢复健康，但又担心手术的风险，心疼孩子还要经受手术的疼痛。从作为家属签字，到手术室外的煎熬，再到陪床时的消耗，每一分钟几乎都是把心吊着。可为了孩子健康，我必须一次次扛下巨大的压力。

  福利院里最令人高兴的事情是孩子被人领养。早产儿贝贝，入院时体重不到3斤，唇腭裂，合并下肢残疾。由于器官发育不全，她经常生病，好几次奄奄一息。我采取严格控制体温、少量多次喂养、预防感染等措施，一次次让贝贝转危为安。两岁起，我们给她拟定康复计划。经过努力，3岁多时，贝贝学会了走路。2010年9月，一个家庭要收养贝贝！送她走那天恰好是周六，连休班的"妈妈"都赶来了，上夜班的"妈妈"到了点也不走，大家抢着轮流抱贝贝。那天，为让贝贝高高兴兴走出去，我们强忍泪水笑着。可等她的身影消失在视线里，大家就再也忍不住了，抱在一起哭了起来。

回顾这些年，我觉得，自己身上的潜力，是被孩子们的苦和病给"逼"出来的。按照马斯洛需求层次理论，人的需求依次是生理的需要、安全的需求、爱与归属的需要、尊重的需求、自我实现的需求。我们的学习创新，基本卡着这五个层次往前推，那就是尽力让福利院的孩子更健康，感到安全、有家的感觉，更有尊严，有美好的未来。我们拼命学习充电，都是为这个目标在努力。2019年，我当了副院长，担子更重了，操心的事更多了。我们创建"七心"团队，申报成立"劳模创新工作室"，完成多项课题，撰写了多篇论文，在核心刊物发表。围绕孤弃儿童的特殊需求，我们进行大量的生活和康复器械的创新制作，受到了各界好评。春晖博爱基金会负责人说，杨守伟的兵都是好样的。一个人力量有限，把妈妈们带起来，照顾好孩子，是我最大的心愿。

24年来，我亲身经历福利院从几间平房变成现在占地1.8万平方米的大院子，房间安装中央空调，四季如春，各种功能房间、设备设施一应俱全。我见证了从用体温、暖水袋给早产儿保温到现在换成了保温箱；见证用旧床单、旧衣服当尿布到现在用上纸尿裤的变化。这一切，都来自党和政府对儿童福利院的关怀，来自社会各界的关爱。伟大的时代，没有因为孩子弱小就抛下。伟大的中国梦里，我和我的孩子们是重要一部分！

不管走到哪里，不管什么时候，能定义我的永远都是"妈妈"两个字。我永远都是儿童福利院孩子们的妈妈。今后，我将继续用心工作，倾力奉献，努力把党的关怀与温暖播洒在孤弃儿童的坎坷人生路上！

（故事类优秀奖）

"三件事"和"一件事"里的师道传承

孙春晖/山东师范大学继续教育与培训学部部长

踏寻历史足迹，追寻教育火种。在古朴的杏坛上，孔子设坛讲学，传播思想，自此，无数优秀的教育家成为中华民族教育发展的典范，成了一代又一代师者追逐的梦想、践行的理念。而我身边，也不乏这样的"大先生"成了我们学习的榜样。

前不久，学校新添8尊名家塑像，为名家名师塑像，是对老一辈学人的缅怀，对中华师道的传承，更是对教育家精神的弘扬！

灯光里的这位老人名叫安作璋，是八位名家中最年轻的。先生自谦，这辈子只做了"三件事"："读书、教书、写书"。但在我们心里，先生这一生又何止做了三件事！

先生是新中国成立后，最早从事秦汉史研究并取得卓越成就的著名史学家之一。从教68年来，他的学生多达万人，留给后人的学术成果超过一千多万字。他不仅对学生毫无保留，对慕名来访的社会人士也是热情接待、有问必答；特别是各方传来的论文书稿，他更是认真阅读、精心修改。直到去世当天，这位敦厚谦和的93岁高龄老人，仍寝不安席、潜心研究，用生命诠释着师者大爱，以淡泊名利、奖掖后学的师者风范，赢得了世人极大尊重。

如果从先生身上选取一种品质为师者画像，当属乐教爱生、甘于奉献吧！

说到这，我想起了全国模范教师魏建教授的"一件事"。

魏老师身材魁梧、言语爽朗，他好像具有天然的魔力，但凡走进他的课堂，无不被他的才华所折服，热情所感染。但您知道吗？他的教学激情却是被一群军官学生点燃的。

　　那是1985年的一个晚上，20岁出头的他第一次走上讲台，满屋穿着军装的学生全体起立向他行军礼，崇拜的目光、仰慕的神情全部投向了这个毫无教学经验的小老师，这份无尽的尊重、包容和前所未有的使命感深深地触动了他。2017年，在"齐鲁最美教师"颁奖时，他回诉此事并感慨："学生们是我的人间四月天，我就是要上好每一堂课，绝不误人子弟！"

　　是的，踱步讲台的42个春秋里，魏老师专心做好每一件事。如果从魏老师身上选取一种品质为师者画像，我想"绝不误人子弟"背后体现着他启智润心的育人智慧，更有着以文化人的弘道追求。

　　言为士则，行为世范。遥想先生的"三件事"，近悟教授的"一件事"，本质上就是恪守初心、坚守师道，是教育家精神的生动体现。

　　那么，作为新时代的年轻教师们又是怎样传承践行的呢？

　　大家请看，这是一本具有特殊意义的笔记本，它的主人是全国五一劳动奖章获得者、"80后"青年教师代表周峰教授。去年，他代表山东参加全国高校青年教师教学竞赛，勇夺第一名的好成绩。当问起他的获奖感受时，他诚恳地说："这是集体荣誉，属于勤学笃行、求是创新的师大人！"

　　确实，周峰是一名"非师范出身"的年轻海归博士后，教学授课本就不是他的强项，但在老教师们的倾囊相授下，他把"认真上好每一堂课"当成自己的使命，把传承创新作为教学相长的永恒动力，在每一个教学过程的反复推敲、精雕细琢中，形成了一套"峰"味十足的教学理念。而这个被周峰视若珍宝的本子，则真实记录了他问鼎全国的541个日夜的点点滴滴，记录了团队成员为了实现教学创新，矢志不移的奋斗故事。

今年毕业前，有位学生激动地说："老师，我要学习您，成为像您一样的人，认真上好每一堂课，把您带给我们的热情和温暖，传递给我的学生们。"

躬耕教坛，手揽星光，遇见光、追逐光、成为光、散发光，我想，这不就是师道精神的坚守与传承吗！

赓续师者初心，担当育人使命。30年的时空差异，赋予了三代师者不同的师道体验，也给予了我们深刻的时代启迪。

2023年，习近平总书记提出中国特有的教育家精神，这精神是历史传承，是高位引领，更是成长动力，它从源远流长的中华传统师道文化中走来，正在中国式教育现代化进程中闪耀着时代光辉。

这就是我们为师者的画像，更是教育工作者"躬耕教坛，强国有我"的有力答卷！

（故事类优秀奖）

争做泰山挑山工　迈出时代新征程

张骁将/山东艺术学院戏剧学院青年教师

2021年9月11日，山东泰安泰山，几十位泰山挑山工在"加油"声中，起身挑上重担，合力将一个重型机械抬上了一个又一个台阶。雄伟的阵势、震撼的场景，令游客们驻足喝彩，大家不禁高呼：现实版的人心齐泰山移，"泰山挑山工"——泰山行走的脊梁！

党的十八大以来，习近平总书记多次引用泰山挑山工不敢在"快活三里"久留的故事，要求广大党员干部越是爬坡过坎越应该咬定青山，乘胜前进。2018年6月，习近平总书记视察山东时再次强调，要以永不懈怠的精神状态和一往无前的奋斗姿态，真抓实干，埋头苦干，勇做新时代"泰山挑山工"。

今天让我们走进这群普通又不平凡的泰山挑山工。

从山东泰安大津口出发，我们时常可以看到这样一群人，他们一人一根扁担，两头担着面粉、矿泉水等生活用品，沿着陡峭的石级，一步一步艰难地向上攀登，50多岁的宋起军就是其中一员。

老宋每天都要担着担子，去给泰山顶上的几家饭店送豆腐。上午十点多，当整个泰山开始热闹起来时，他已经担着七八十斤豆腐，翻过后山来到了十八盘。

泰山十八盘以险峻闻名天下，一公里的路落差将近400米，1633个台阶相当于130层高楼。徒手攀登的游客到了这里，也不得不走走停停。但老宋的脚步没有慢下来。十多年前，老宋的妻子住院做手术，儿子又正面临高考，他恨不得一人分成三个人用，可就是这样，他也从来没有耽误过把豆腐送到山顶。

老宋说："你不能今天来一趟，明天来一趟，后天又不来了，不能耽误人家吃。"送豆腐的三十年里，宋起军爬了一万多次泰山，每天往返需要七八个小时。就是在老宋和所有挑山工日复一日的劳作当中，"挑山工"逐渐成为泰山独特的文化符号，也成为泰山精神的一部分。

同样是在大津口，发生过一件令所有挑山工引以为豪的事情。

那年，泰山开始修建中国第一条客运索道，当时各种钢铁设备体积巨大，一个最大的驱动轮直径就达到2.8米，重量超过2吨。最初，建设者们试着用直升机，来运输这些大部件，可是因为实在太重，飞机在山口遇上大风，突然栽落山谷，幸好没有人员伤亡，但运送索道设备的事情，却陷入了僵局。在尝试了各种办法都没有成功后，索道工程负责人来到了大津口，向有着丰富经验的挑山工陈广武求助。

当年40岁的陈广武没有想到，之前16年的挑山工经历，这回派上了大用场。经过反复思考，他用一种独创的办法扎起了"大架子"，把驱动轮绑在架子上，再把中间抬"大架子"的几十个挑山工的位置一一排好，这种办法让每一个挑山工在受力均衡的同时各自发力。行进过程中，陈广武就站在"大架子"上面，高声喊着号子，指挥着方向。一声声震天响的"挑山工号子"，喊出了泰山挑山工的磅礴气势，也喊出了山东人的顽强不屈。

就这样，一百多个泰山挑山工以自己的血肉之躯，用三天时间迈上

3328级台阶，硬生生地把这个2吨重的大家伙抬上了南天门。

一首《泰山挑夫颂》这样描写挑山工："步步稳，担担重，汗如泉，劲如松。顶烈日，迎寒风，春到夏，秋到冬。青春献泰山，风光留大众。有此一精神，何事不成功！"这一精神源远流长、生生不息，在新时代的山东大地上承载起新的内涵、焕发出新的生机。

20多年的光阴里，为了国有林场改革发展，淄博市原山林场原党委书记孙建博拄着拐杖、拖着一条病腿，几乎走遍了原山的沟沟岭岭，把过去的荒山秃岭变成了森林覆盖率达94.4%的绿水青山。

在村党委书记王传喜的带领下，临沂市兰陵县代村经过二十多年的发展，从一个穷村、乱村、落后村，一跃成为2023年村集体总产值38亿元，村集体纯收入1.6亿元的富裕村、先进村。

在30多年的创业过程中，海尔集团原党委书记、董事局主席张瑞敏，抓住改革开放的机遇，带领一个亏损147万元的集体小厂，从无到有、从小到大、从弱到强，成长为全球著名的跨国企业集团，创立了全球知名的白电品牌。

这就是泰山挑山工，不管山高路远，始终以奋斗姿态往前走、向上攀，他们步调一致、众志成城，征服"十八盘"，登上"南天门"，到达"玉皇顶"。

2024年5月，习近平总书记视察山东时强调，山东要在全国发展大局中定好位、挑大梁。今天，山东发展站在新的历史起点。面对加快新旧动能转换、努力实现高质量发展，打造乡村振兴齐鲁样板、做优做强海洋发展大文章的宏伟蓝图……就让我们牢记总书记嘱托，秉承"埋头苦干、勇挑重担、永不懈怠、一往无前"的挑山工精神，勇做泰山挑山工，迈出时代新征程！

（故事类优秀奖）

万里归途接你回家

冯澄程/山东海洋集团海运股份华宸租赁职员

2023年，苏丹多地爆发武装冲突，当地机场停运，交通瘫痪，中国同胞生命安全受到严重威胁。4月24日凌晨两点，正在苏丹外海执行航次任务的"山东潍河"轮接到外交部、交通运输部相关指令，要求协助配合开展在苏公民撤离工作。

"危情就是命令，时间就是生命"，为了给同胞更快搭建起撤离通道，山东海洋集团党委迅速响应，第一时间成立了以山东海运和岸基船舶相关人员为主体的撤侨工作团队，迅速启动应急预案，协调指挥"山东潍河"轮立即中止航次任务，迅速调整航线，全速驶往战火笼罩的苏丹港。

4月25日早上9点，在撤侨工作团队的协调指挥下，"山东潍河"轮抵达苏丹港码头。昔日繁忙有序的苏丹港在战火阴云的笼罩下异常宁静，死一样的沉寂让人毛骨悚然。撤侨工作团队顾不上自身安危，迅速投入工作。他们一方面积极协调在船外籍船员尽最大可能腾空生活舱室，另一方面积极组织船员采购补充食品、药品、饮用水等急需物资。在得知撤离同胞中有婴幼儿童时，岸基团队紧急协调船舶管理公司与当地物资供应商，突破临时停火线，紧急采购奶粉等紧缺物资，全力满足撤离同胞特殊群体的生活需要。

几个小时后，当首批撤离的中国同胞经过14个小时的长途跋涉、穿越重重关卡，通过险象环生的交火线到达苏丹港码头时，一艘涂有"山东潍河"四个大字的中国巨轮和桅杆上飘扬的五星红旗出现在眼前，此时，他们知道，祖国来人了，祖国来接他们回家！激动的泪水再也抑制不住，对祖国的感激和华人的自豪感达到了顶峰，许多人举起手中的国旗高呼"祖国万岁"。

首批撤离的61名中国公民中,包括33名成年男性、20名成年女性,其中1名孕妇,8名婴幼儿童。由于撤离期间经受了多方磨难,他们身体和精神不同程度受到了影响。船员们耐心安抚大家的情绪,给大家提供了一个安全、舒适、温馨的生活空间。船上临时腾空的房间优先分配给带孩子的家庭,会议室、餐厅较为舒适的区域安排给了女士,男士则被分配到驾驶台两翼及生活区过道上。

"谢谢你们,如果没有你们的及时到来,我们真的不知道该怎么办""谢谢叔叔,这是我的巧克力,给您吃!""感谢我们强大的祖国,感谢'山东潍河'轮,你们辛苦了……"一声声真挚的谢意、一个个幸福的笑脸,是61名同胞发自肺腑地对撤侨团队全体成员辛勤付出的最大褒奖。

经过近14个小时的连续航行,"山东潍河"轮于4月26日下午1点安全抵达沙特吉达港。晚上9点左右,在中国驻沙特使领馆的接应下,61名中国公民全部安全下船。至此,"山东潍河"轮历时65小时圆满完成撤侨任务。

从接到撤侨指令到圆满完成任务,从管理团队到安全、调度、商务各系统都在快速响应、联动配合。岸基船舶运营团队昼夜跟踪,24小时不间断与船管公司、在船人员联系,并主动承担船舶延误损失与各项费用,快速取得港方、租家、代理、船舶保险、船旗国等方面的理解配合,保证了船岸信息交流互通。同时克服语言、时差及文化差异的影响,及时跟进撤侨工作进度,用实际行动践行了"中国使命""中国速度"。

"归途很远,祖国很近""有一种幸福叫作接你回家"。

(故事类优秀奖)

痴迷微生物的采油专家

江怡然／胜利油田石油工程技术研究院二级师

在黄河入海口的罗801区块，因为应用了一项"神奇"的技术，15年增油15万吨。谁能想到，这项技术的功臣竟是微生物，这项技术的名称就是微生物采油。在这一切的背后，有这样一个人，30年如一日，痴迷微生物采油，潜心微生物研究，最终把这项技术带到了与世界发达国家齐头并进的水平。他就是胜利油田石油微生物技术的领军人物、微生物采油技术首席专家——汪卫东。

"微生物可用于采油，美国和苏联已经开始研究，可是我们国家还没有人来做。"30年前，大学老师不经意的一句话深深触动了汪卫东。1993年，刚刚获得遗传学硕士学位的他，毅然选择了一无所知的石油行业，选择了微生物采油技术方向，带着献身石油的一腔热血来到胜利油田。

没有经验借鉴，没有专家指导，没有团队支持，所有的一切都要从零开始。为了弥补对石油知识的欠缺，汪卫东白天与同事们一起做课题、跑现场，晚上就恶补石油专业知识。靠着永不服输的信念，两年的时间，他把石油专业书籍都啃了下来。光笔记就摘抄了厚厚的十几本，翻译70多万字的外文资料。

实验室建立之初，团队只有3个人。为尽快找到并培育出适合采油的细菌，汪卫东独自跑到国家厌氧开发实验室，一待就是大半年。在进行细菌生化试验，有时需要血液作为培养基成分，因为暂时没有动物血，为不耽误试验进度，他就抽自己的鲜血配制。第一次进行室内菌液生产，虽然从家到办公室只有不到一里的路，他却连续5天睡在办公室的椅子上。

短短几年时间,胜利油田石油微生物技术取得长足发展。1996年团队拿出第一批菌种,1997年微生物吞吐达到200井次,1998年团队拿下第一个课题,2001年微生物水处理技术成功进行工业化应用。到如今,我们的团队已培育了500多株不同功能的菌种,能适应不同油藏环境,微生物采油技术也已达到国际先进水平。

但在汪卫东的眼里,要想攻克"卡脖子"的关键核心技术,由"跟跑"实现"领跑",就离不开基础科学研究。只有把基础扎实了,创新才会如活水源源不断,于是他把目光瞄向了国家项目。从2005年起,汪卫东坚定地迈出了"973计划"的申报步伐,初战失败,但这没有削弱他的"执念"。为了时刻激励自己,他把自己购置的新车,挂上了"973"的牌照,为了心中的梦想,一次又一次向科研高峰攀登。

汪卫东深知:实践出真知。以后的日子里,他把全部精力都投入实践和研究。在河口采油厂英雄滩现场试验时,他曾因过度劳累,晕倒在井场上。在进行油田含油采出水生化处理技术攻关时,为掌握第一手资料,他甚至把自己用绳子吊到污水池中亲自取样,他用手摸、用鼻子闻,甚至用嘴去尝。他说:"仪器测不出极微量的原油,而舌头却能敏锐地感知到。"

汪卫东三十年如一日,坚韧不拔。他说:"我一辈子只做了一件事,就是研究微生物。"在他的办公桌上,永远放着一瓶风油精,累了就往太阳穴擦一擦,提提神。在他看来,选择石油,就是选择了艰苦。不放弃石油微生物技术，更是事关国家能源安全的一种责任。

上天没有辜负努力的人。2022年8月，国家重点研发计划"绿色生物制造"重点专项"油田采油生物制剂研发及应用"终于花落胜利油田，这也是国家最高科研项目首次向国内油田领域延伸，为油田后期开发，也为端牢能源饭碗提供了有力技术支撑。

美梦成真，但汪卫东并没有躺在功劳簿上。随着年龄的增长，他更加重视团队的培养。"一个人的力量毕竟有限。要发挥更大的作用，必须培养一流的团队。"在他的带领下，胜利油田石油微生物技术团队由最初的3人发展到如今40多人，形成了完备的科研梯队建设。实验室作为中石化重点实验室，成为国内首家集科研、生产和技术服务为一体的石油微生物技术研发中心。石油微生物技术的系列国家重大专项相继落户胜利油田，引领了我国石油微生物技术的发展方向。

科研无止境。2021年，汪卫东带领团队首次发现烃降解产甲烷古菌。这一发现举世瞩目，相关成果在《Nature》(《自然》)杂志正刊发表，这是目前国内三大石油公司和石油高校首次在《Nature》正刊上发表论文，历史上第一次把"SINOPEC（中石化）"几个字写入了《Nature》，为油田开发的未来指明了前景。

随着一路攀登，影响越来越大，国内外很多机构、单位向汪卫东抛来了橄榄枝，都被他婉言谢绝了。他说："我的根基在胜利，事业的舞台也在胜利；胜利油田成就了我，我要为胜利的百年发展倾尽全力！"

（故事类优秀奖）

永远的为民

邢小双/胜利油田临盘采油厂主办

铁人式的好工人王为民同志,是石油工人的楷模。1994年,山东省委宣传部做出了《向好党员王为民同志学习》的决定,今年已经整整三十年了。

王为民是在胜利油田成长起来的全国劳动模范、多次被评为山东省优秀共产党员,曾先后四次受到党和国家领导人的亲切接见。1995年,他荣获首批"中华技能大奖",这是中国技术工人的最高荣誉。王为民把毕生精力都献给了党的石油石化事业,献给了人民群众,书写了"敬业、创造、爱民、奉献"的"为民精神",在齐鲁大地上树立起一座不朽的丰碑。下面,就让我们一起走近他。

王为民,1949年出生在济阳一个农民家庭。刚出生,就被过继给了外祖父,随了"孟"姓,起名为孟庆亮。他的父亲,是一位参加过抗战的老党员,从小就教育他感党恩、听党话、跟党走。正是在这样的红色家庭中耳濡目染长大,他19岁响应毛主席"为人民服务""向雷锋同志学习"的号召,参军入伍,并自己做主,改名为"王为民"。从此,"为民"这个名字跟随了他短暂而光辉的一生,成为他一生坚守的信条。

1981年1月,王为民怀着无限的憧憬和向往来到胜利油田临盘采油厂,成为一名石油工人。年轻时的他被铁人王进喜的事迹深深感动,暗下决心:既然来到了油田,咱也得像铁人那样,干出个样儿来!就算不吃不睡也要把工作干好!抱着这样的心态,他白天上班晚上苦练电焊技术。从门外汉到取得八级焊工,别人需要十年,而他仅用了不到五年!1992年底,临南会战打响,他主动请缨奔赴一线。他是临南油田第一个电焊工,也是当时唯一的一个,每口新井投产他都得跟上去。当时前线创出了两天抢上7台抽油机的记录,王为民就在井上整整盯了两天两夜,48小时没有打个盹儿。

　　1984年冬天，队上一口井出了故障，前前后后折腾了好几天，大大影响了生产。这件事深深触动了王为民，他意识到，时代不同了，石油工人不能停留在出大力、流大汗的阶段，得动脑筋、会创造，"想尽一切办法也要啃下生产难题！"

　　于是，他买来了专业书籍，白天上井，晚上钻研生产难题，王为民把被褥一卷，床板就是办公桌，工房就是试验室。在宿舍那张小小的床板上，他先后画出了上千张图纸，产出了30多项革新成果，其中5项获得了国家专利，创效上千万元。

　　"光杆密封器"是王为民重要的革新成果之一。1995年，大雪后的寒冬，为了方便观察光杆密封器在低温环境下的耐受性，王为民在井场边用玉米秸秆搭了一个窝棚，裹着一张狗皮褥子，一住就是一个月。1996年他这项成果获得国家专利，胜利油田为此专门召开了推广鉴定会。广州的一家石油公司要出90万元购买这项专利，被王为民婉言谢绝，他说：我从小是吃党和国家救济粮长大的，作为一名党员，我的一切革新成果都是为油田生产服务的，绝不是为了获取个人利益！

　　王为民同志时刻以共产党员的标准严格要求自己，以雷锋为榜样，践行着"为群众服务就要毫不保留、完全彻底"的信条，走到哪里就把好事做到哪里。他工作的采油三队的院子他一扫就是十几年，光大扫帚就扫秃了五十多把。

临盘镇的太平中学，当时办学条件不好，王为民冬天送煤炭，夏天送西瓜，平时还帮师生们义务修理自行车。当他拿到了中国石油天然气总公司对特等劳动模范的奖励6000元时，原封不动地把这笔钱捐给了太平中学。

1991年，我国南方大部分地区遭受洪涝灾害，王为民先后捐了300多元钱，甚至把家里仅剩的50多块钱的菜钱都捐了出去，他对妻子说："灾区人民连吃饭都困难，咱们就少吃点菜吧。"据不完全统计，王为民为社会各界累计捐款达3万多元。今天看来3万元不是一个天文数字，但在那个时候，王为民一年的工资只有三四千元，这3万元可以说是倾囊相助。

1997年9月，王为民在井场上做实验，不幸因公殉职，他生命的最后一刻定格在了技术革新的现场，他用一生践行了"为人民、为事业就要拼上一辈子"的铮铮誓言！原定600多人的遗体告别来了近3万人。

王为民虽然离开了，但"为民"精神却在百里油区传棒接力。胜利油田以王为民的名字命名，设立"为民技术创新奖"，激励广大员工岗位创新。每年的9月是临盘采油厂"学为民月"，千余名为民青年志愿者走上街头，开展"为民服务"，27年里从未间断。临盘采油厂先后成立100多支"为民抢险队""为民青年突击队""为民精神宣讲小分队"，在生产建设和急难险重的关键时刻发挥了重要作用。

如今王为民事迹展览馆每年迎来上万人次参观学习，"学为民、做为民"早已成为胜利油田干部员工的自觉行动，也成为德州市临邑地区巍然屹立的精神地标，必将激励无数后人爱岗敬业、创新创造、服务群众、爱民奉献！

（故事类优秀奖）

用心中大爱书写央企员工的社会担当

陈诗涵 / 齐鲁石化公司腈纶厂员工

在齐鲁石化、在淄博城区，常年活跃着一支志愿服务队伍，他们用行动践行"奉献、友爱、互助、进步"的志愿精神，用爱心诠释社会主义核心价值观的内涵，书写央企员工的社会担当。短短几年，义务奉献就达一万两千多小时，他们有一个响亮的名字：齐鲁石化"火石"志愿队。

他们的故事要从2016年说起，李文征是齐鲁石化腈纶厂的一名员工，他是淄博市城际救援队的成员，多次成功完成救援任务。在他的影响下，参加志愿服务的同事越来越多，他便萌生了组建一支志愿队的想法，在厂党委的支持鼓励下，"火石"志愿队应运而生。短短几年，人数从最初的6人发展到现在的105人，服务内容也扩大到疫情消杀、义务献血、救助失学儿童、参与水灾救援、搜救走失居民、服务外地游客、疏导城市交通，他们的行动为这座城市增添了一道靓丽风景。

2017年的冬天，正在家中吃晚饭的李文征，接到张店区房镇一名幼童跌落枯井的消息，他和队员们立即赶到现场，这口枯井直径仅30厘米、深达10多米，成年人根本没法下去。现场一片狼藉，10多台大型挖掘机正在从枯井旁掘进，这个救援方案作业量大、时间长，稍有不慎就可能对幼童造成二次伤害。志愿者们凭借丰富的救援经验和救援知识，制定了利用竖井救援器救援的方案，当地政府紧急从临沂联系到专用设备，火速运到现场，队员们立即组装，并进行了焊接加固，终于将这名幼童成功救出，此时，天色已经亮了，整个救援持续了9个多小时。当孩子被救出的那一刻，精疲力竭的队员们一松劲，全都瘫倒在地上，现场响起了经久不息的掌声。

2021年3月，一个偶然的机会，志愿者们得知张店区沣水镇高炳村的高大爷独自抚养孙女高可欣，生活十分困难，孙女可欣面临辍学。志愿者便主动与祖孙结为爱心对子，自费为他们购买了床、洗衣机、窗帘、衣柜、书桌等生活、学习用品，他们还买来涂料，将高大爷的房子粉刷一新。每隔一段时间，他们就到高大爷家里清理卫生、清洗衣物，耐心辅导孩子功课。春节前，志愿者们给可欣购买新衣服。"多亏了你们这些齐鲁石化人，我的孙女才重返校园，让我们的生活变得更有希望和奔头！"高大爷眼含热泪，握着队员们的手久久不愿松开。

2021年7月，河南郑州遭遇特大暴雨灾害，市区内积水深达两三米，人们的生活陷入极大困境。紧要关头，李文征没有丝毫犹豫，立刻加入了淄博市红十字应急救援队，和其他勇士们一起装载三辆冲锋舟，火速赶往灾区。在救灾现场，李文征被任命为临时党支部书记，在灾区的三天三夜里，他们几乎没有休息，累了就在闷热、潮湿的大浴室里眯一会儿，饿了就吃包方便面，在极其艰难的情况下，他和队员们将40余名被困群众转移到安全地带，并卸下了5车救援物资，为受灾群众送去了关爱、送去了希望。

2023年，全国各地的游客"进淄赶烤"，这座网红城市面临前所未有的压力和考验。从4月份起，队员们就主动来到齐盛湖钟书阁，疏导游客、维护秩序、清理垃圾、问询引导，到了饭点，他们轮流在狭窄的空间里吃着盒饭、喝点矿泉水就又回到岗位上，每天回家已是深夜11点多，虽然很苦很累，但看到游客脸上的笑容，他们心里依然充满喜悦。"五一"假期，他们再次"出战"，高峰时每天服务游客达10多万人次。更令人感动的是，队员李言锋利用业余时间驾驶私家车免费接送游客125人次，他和队员田瑞山，还主动邀请没有订到旅店的12名外地陌生游客到家里免费居住。

这是一支敢打硬仗的队伍，当疫情肆虐时，他们白衣擐甲、逆向而行，率先走进空荡荡的社区、学校开展疫情消杀。隔离服密不透风，消毒器重达20多公斤，但无人叫苦、无人喊累，每个人都咬牙坚持着，最终，成功完成150多个社区、小区的消杀任务，收获了一面面锦旗！

这是一支播洒大爱的队伍，他们牺牲个人休息时间，定期走进敬老院，为老人清理卫生、表演节目；来到旅游点，为外地游客疏导交通、提供服务；近几年，仅搜救走失老人就达13人。他们用热心、耐心、真心服务每一位居民、每一名游客，收获了一声声赞誉！

这是一支奉献热血的队伍，李文征、王绍亮、田瑞山连续10年、15年、17年无偿献血，献血量高达5000毫升、10000毫升、15000毫升，获得"全国无偿献血"金奖、银奖等荣誉称号，赵勇、赵心波、李国栋、辛斌等队员也先后加入无偿献血的队伍，一本本红色的无偿献血证书，默默记载着无私大爱，他们用滚烫的热血收获了一个个生命的重生！

没有显赫的职务，没有耀眼的身份，他们用坚持诠释志愿服务精神，用心中大爱书写央企员工的社会担当！

我坚信，在他们的示范带动下，我们的城市会更加温暖、更加和谐、更加美丽！

（故事类优秀奖）

一个人的追光之路

刘 珣/齐鲁石化公司热电厂员工

2021年12月29日，是个足以写进齐鲁石化发展史的重大日子。那天，坐落于该公司西部、占地面积240余亩的光伏发电一期项目全面建成投用。自此，光伏发电与CCUS（碳捕集）、燃料电池用氢项目共同成为践行习近平生态文明思想、助力国家"双碳"目标实现、推动齐鲁石化绿色低碳发展的"三驾马车"。

也正是从那个时候，有过新能源电站管理技能和经验的刘钊师傅，主动请缨成为光伏发电装置现场的"守护员"。第一天来到光伏现场，站在整齐列队的18824个大家伙们中间，刘师傅的身影略显单薄但却异常坚定："领导让我来'看家'，我这人闲不住，总想要'当家'"。他暗下决心，要倾尽所能，看管好这片"处女地"，让这匹"好马"跑得更快更远更顺当。

光伏装置的发电量，受太阳能板的角度、材料、温度及表面光洁度影响，每套都不一样，既没有精确的理论公式，又很难查找到相关资料。没有资料？那就自开先河！刘师傅凭自身经验能力判断，只要对所有影响因素追根溯源并实践验证，一定可以找到发电量最大化的有效途径。

于是，本着"看准的事情马上就干"的积极态度，刘师傅在2022年春分这天，带着一股韧劲，和现场一隅的26块太阳能板一起，一头扎进了未知领域。他买来温度计，在太阳能板和汇流箱上安装、紧固，随时记录温度数据；自家刷车用的高压水枪也在"试验田"荣膺"清洁工"重任，始终保证板面光洁如新。

功夫不负有心人。一个月的废寝忘食，让刘师傅在海量试验数据中提炼出了10余项宝贵的经验。其中一项内容是：同等清洁度下，板面温度超过55℃时，发电量会衰减15%；但若保持在42℃以内，发电量就能达到峰值。定式思维中"光照越强、发电越多"的观点瞬间不攻自破。另一项内容则是：若全场板面保证清洁，以每天发电6小时计算，单日可多发3000度电。这相对于清理全场板面的人工费用，是有账可算的。

于是，刘师傅第一时间就将分析结果整理上报，为"好马"配上了"好鞍"，也打响了他"知行合一"的名声。

同样是2022年，暴雨多发。6月23日，刘师傅在巡检时发现，个别光伏板因破损进水导致了绝缘故障，无法正常发电。在没有维修先例和经验的情况下，为了在厂家到场维修前尽量保证正常发电，他四处求医问药，融会贯通之后，他尝试着用一根8米长、4平方毫米的直流电线制作了4条"应急线"，连接、检查、通电，没想到效果比预期还要好！一声嘹亮的"成功了！"顿时在空旷的装置现场回响，大家伙们也变身最忠实的"观众"，共同为刘师傅的成功而高兴。

其实，这样的高兴也是常事。光伏装置现场有许多大树，为鸟儿提供了家，但也带来了麻烦。如不及时清除光伏板上的鸟粪，沾染部位很快就会形成'晒斑'，影响光伏板的使用寿命。为此，刘师傅自制了长三米六和两米四的两根伸缩刮刀，既伸缩灵巧，又实用性高，所到之处光伏板寸"斑"不留。对此，"观众们"一致认为：还真是欠刘师傅一份实用新型专利证书呢。

俗话说："人勤地不懒。"在装置区巡检，靠的是眼勤、腿勤、脑勤。成为"守护员"后，刘师傅这个浅蓝色的"陀螺"就每天穿梭于深蓝色的现场，购置割草机随时清理杂草和树苗、排查逆变器故障、清理板面脏污、记录技术数据并分析汇总……迎着朝阳而来，伴随落日归去，在日行3万步的时光穿梭中，他对现场的一草一木都有了深厚的感情。他每天都会在工作结束后，爬上楼顶瞭望台，俯瞰整片映射夕阳余晖的光伏板，幻想着自己是个画家，或是个指挥家，能将不远处胶济线上来回穿梭的高铁和这片热土绘制一卷、可把"速度与激情""工作与奋斗""绿色与发展"演绎数场，在艺术中完成生命的升华。

一期光伏装置设计年发电量1100万度，投运一年后实际发电1440万度，达到了设计值的126%。2022年12月7日，光伏发电二期项目历时61天建成，一次并网成功。截至2024年7月31日，已累计发电5200万度。这份亮眼的"成绩单"，离不开"守护员"刘师傅的每一滴汗水。他总说："晒着太阳就能发电真是太有意义了，能为公司和社会绿色低碳转型发展尽绵薄之力，一切付出都值得。"是啊，公司绿色低碳转型高质量发展目标明确、国家"天蓝、水清、地绿"新时代画卷意义重大，灯塔熠熠，照亮前路，也照亮追光路上的我们。一个人向光而行、千万人聚光成束，光明和温暖的未来终将实现、也定会实现！

（故事类优秀奖）

初心绘就梦想　微善聚成大爱

孙鲁惠/国铁济南局济南站曲阜东站客运员

习近平总书记最让我受教的一句话是："现在，青春是用来奋斗的；将来，青春是用来回忆的。"人的青春只有一次，我的青春奋斗目标就是成为一名优秀的铁路职工，通过这些年的努力，我真正成为千里挑一的济铁人！回首过往，追光而遇，沐光而行，有付出，有艰辛，更有快乐和幸福！

我与铁路的结缘，是从2013年开始的。看着师傅们忙前忙后，我就想以后我也要用自己的微薄之力去帮助更多的旅客。上下班的公交车上我《客规》不离手，重点知识点都整理到小本本上，这些都为我以后的工作打下了坚实的基础。

2019年车站服务进一步升级，"两个专区、一个中心、一个小分队"的服务构架更加完善，由我发起成立的"小惠微善"服务队闪亮登场，全力将车站打造成为旅客心中的温馨港湾。三伏天酷暑难当，对常人来说乘坐高铁出行并不是难事，可是对于因病导致双腿残疾的乔女士来说，如何进站、如何踏上充满希望的列车去北京的医院进行康复训练，成了摆在她面前的最大难题。担心走得快会造成她的不适，我一路上推轮椅都走得很慢，在拐弯处等转折地点随时询问她的感觉，动态调整步速让她更加舒适。上车前她不停地道谢，同时还与我留了微信。从此以后，提前联系乔女士、推送她上下车便成为我的一项重要工作。每次候车期间，我给她打热水、搀扶她去卫生间；列车检票前，我主动帮扶她坐上爱心轮椅，提前到达检票口，开启绿色通道优先验票乘车并与列车长做好交接。就这样坚持了4年，有一天乔女士发了朋友圈，她终于摆脱了轮椅并感谢我帮她走过

了人生的至暗时刻。我看到鼻子一酸眼泪就掉了下来，真心地为她感到高兴。以后每次乔女士来坐车，都会找我叙叙旧，给与她同行的家人介绍我是她的好姐妹，那一刻我觉得自己的付出都是值得的。

为更好满足旅客出行需求，我细化梳理了"重点旅客服务流程"，建立起《重点旅客登记簿》《重点常旅客登记簿》，尝试总结"三零""四专""五字""三式三心"等服务法，推出"微善服务仁爱传承"活动，"爱心贴"让重点旅客实现了从购票、进站、候车、乘车到出站的无障碍绿色通行。为了帮助更多的旅客，我将日常服务不断延伸，将"老吾老以及人之老、幼吾幼以及人之幼""敬老慈幼，无忘宾旅"的儒家文化推己及人，发起了"旅客志愿者"活动，在万千的客流中广泛招募有爱心、有能力的旅客担任"旅客志愿者"，向乘坐同一车次、行动不便、需要帮助的旅客，伸出无私的援手，受到了旅客的广泛欢迎。

在厦门从事计算机行业工作的王培文就是志愿者之一，在曲阜东站候车时，我邀请他共同参加了《焦点访谈》宣传文明出行的互动节目，回家后王培文得到亲朋好友的称赞，他备受感动。再次来到曲阜东站，王培文又找到我申请成为车站的旅客志愿者，力所能及做好扶老携幼并主动帮助同乘旅客提拿行李，以自己善行践行大爱。这件事给了我很大的启发，我们在候车室醒目位置发布招募信息，长期招募旅客志愿者，同时通过车站官方微博开设了"高铁儒行小惠在线"和"小惠微善尽己为人"服务板块，及时向广大市民、旅客公布求助方式、列车资讯及服务掠影，号召有意参加志愿服务的旅客积极投身到文明出行中来，让出门"遇"上好人成为新常态，更开启了旅客互帮互助的服务新模式，将服务延伸至站外。截至目前，加入"小惠微善"服务队的"旅客志愿者"旅客达7000余名，"旅客志愿者"累计服务38万余人。

涓涓细流，汇成江海，积小善而成大爱。自服务队建立以来，我们累计服务重点旅客19000余人，找寻遗失物品31800余件，收到旅客锦旗205面，表扬来电6300余个，表扬来信67封。看着这一串串的数字，仿佛看到了旅客们一个个生动鲜活的笑脸，我感到人生无比满足与充实。我坚信只要坚守初心付出努力，就能真正成为传递微善汇聚大爱的使者，才能不负"走在前、挑大梁"的使命担当。

青春逢盛世，奋斗正当时。只有我们作出自己的贡献，才会留下充实而无悔的人生回忆。在此与大家共勉：愿以奋斗点燃岁月，以烈火长燃盛年！

（故事类优秀奖）

永不褪色的铁路精神薪火永续

徐鸿运/国铁济南局济南供电段班组长

这片铁路穿过的山区，就是我工作的地方，也是生我养我的家乡。这里风景很美，但以前因为交通不便，山里的人出不去，外面的人也进不来。贫穷一直困扰着我的父老乡亲。过去，辛泰铁路是鲁中山区唯一的一条铁路，沿线分布着许多村镇，线路上运行的7053/4次绿皮火车，因票价低廉，受到乡亲们热捧。

冬天雨雪天气，公路封路，这趟绿皮火车就成了乡亲们出行的唯一交通工具。以前我所在的班组就担负着辛泰线接触网设备的维护任务，管辖区内有7座隧道、11座上跨桥，地形复杂、条件非常艰苦。

2009年我参加工作，在选择工作地点的时候，我谢绝去大城市工作的机会，选择了回到家乡，下定决心要给生我养我的山区做点贡献。

我在辛泰线工作了11年，印象最深的就是治理隧道冰害。这里的7座隧道建于1974年，隧道内常年不见阳光，冬天滴水成冰，很多地方悬挂着冰柱，而冰柱一旦触及接触线之类的供电设备，极易引起线路跳闸，影响火车正常通行。到了冬天，隧道内打冰是一项重点工作。因为不知道隧道的结冰情况，我和伙计们只能挨个隧道巡检，一旦发现冰柱就用工具打下来。

打冰并不是件容易的事，隧道所在的地方，全是山路，汽车开不进去，我们只能扛着30多斤重的工具，步行到达。经常是脸被冻得发麻，贴身的衣服已经被汗水湿透。而去最远的桃园1号隧道除冰，要翻过两个山头，步行两个多小时才能到达，很是辛苦。

每年冬天,看着工区年轻伙计细嫩的脸被冻得皲裂,说实话我心里特别难受。为解决这个难题,我趁除冰机会,在隧道里待了整整一天一夜。经过观察发现,覆冰凝结成冰凌,需要2小时20分钟。而从下雪到隧道内出现覆冰,则需要两天。

掌握了冰凌形成的规律,我将过去的巡检改成了定点除冰,赶在冰凌形成之前,将隐患清除。这一办法运行到现在,工区未出现一起因隧道覆冰而引起的责任事故。

山区里,很多树木杂乱地生长在护坡上,遇到刮风下雨,树枝一旦搭到接触网上,极易引起接触网线路跳闸,给列车安全运行带来极大隐患。为了及时清除危树,我和伙计们只要去现场,随时会带着伐树工具。

铁道线路从山谷穿过,山坡上的小树砍伐极不方便,每次我都将绳子绑到腰上,让伙计们把吊在半山坡进行砍伐。伙计们都开玩笑说,我身手灵敏得像只"猴子"。说实话,为了能保持身体的敏捷,我体重减掉了30斤。

除了长在山坡上的杂乱小树,在铁道旁边还有很多大树,随着时间推移,每年都会有树枝侵限,而这些树木的主人多是沿线村庄的空巢老人,树木是他们的主要生活来源。因此砍伐危树这项工作推进起来非常困难。

我带着伙计们进村入户,有时候为了能让树主在砍伐协议书上按下了手印,我们给村民扫过院子,浇过园子、喂过猪,还带着伙计们在树主的门口拉过弦子，唱过戏。

当一次次被村民关在门外，当面对村民不理解甚至质疑和辱骂时，我也委屈，但作为一名党员，一名铁路人，组织把这项工作交给了我，我就要竭尽全力把它做好！

人心都是肉长的，无论刮风下雨，无论酷暑烈日，一次、两次、三次，去的次数多了，脸熟了、情浓了，乡亲们也逐渐理解了我们的不易。

慢慢地，干活经过沿线的山村，喊我们到家里喝水的百姓多了，乡亲们脸上的笑容也多了。班组伙计开玩笑说："在这里工作几年，爬了无数次山，也认了不少婶子大娘。"

看到我们守护的列车拉来越来越多游客，山货也卖上了好价钱，乡村不再像以前那样贫困。作为鲁中山区人，我切身感受到了铁路把我的家乡发展带上了快车道，也是铁路使我的家庭实现了生活的富足，我为扶贫列车的持续开行感到骄傲自豪。

近几年，越来越多的年轻大学生选择来到这里，但这些"95后""00后"个性很强，加上山区条件艰苦和他们想象的不一样，心里不由得打了退堂鼓。为了留住他们，我白天带着干天窗、练业务，晚上挨个做思想工作，讲故事、拉家常，是又当爹又当妈，真比我在部队时带兵都难。慢慢地，他们的心安定了，逐渐适应了山区工作，业务水平也不断提升，先后有多人成长为岗位能手，特别是听到他们说"我也要像工长一样，成为'火车头'"，我特别欣慰。

工作这些年，我身上多了很多"军功章"，但随着荣誉越来越多，我再问初心，山区条件这么艰苦，为何而守？

很快，我找到了答案，当看到电影《幸福慢车》里主人公程路放弃高铁，选择坚守慢火车的情节，当看到山民们不坐慢车去县城，就没菜吃，没衣服的情节时，那熟悉的画面让我热泪盈眶。山区虽苦，绿皮车虽慢，但它扶起了沿线很多村民的日子，也满足了山区人民对美好生活的向往。新时代铁路榜样刘传双坚守大山义无反顾与隧道为伴，保的是铁路大动脉的安全畅通、守的是人民幸福安康。今年南方持续强降雨，铁道线大面积受灾，面对特大洪灾的关键时刻，我们铁路人不畏艰难，坚决贯彻国铁集团"防、避、抢"工作要求，胸怀大爱，书写忠诚，在抗洪抢险的最前线谱写出一幕幕感人篇章。

如今，我已转战高铁供电工区，而我培养的年轻人接过了接力棒，成为大山里的新一代领军人。

蜿蜒盘旋的铁路线上，是你是我，是我们铁路人用坚韧和汗水铸就了今日铁路的辉煌，新时代铁路榜样更是时代英雄，是中国铁路的脊梁。家是最小国，国是千万家，看到他们的故事，我瞬间有了充足的动力，守护好山区铁路，看家乡父老走向富裕的新征程，就是我的使命担当！

人民铁路为人民，同心共筑中国梦是我们一直以来不变的梦想。铁路的发展不仅立足于满足人民群众出行的需求，更在推进全体人民共同富裕方面不断努力。交通强国，铁路先行，这是党和全国人民赋予我们铁路人的神圣使命，我要用自己的行动向新时代铁路榜样致敬，感受铁路人的家国情怀，践行铁路精神，生生不息，传承弘扬！

（故事类优秀奖）

曲艺类

我们村的共富路（快板小品）

周　文 / 肥城市曲艺家协会主席

一人分饰吴业松、张大妈、周大爷三个角色。

画外音：为破解河口村发展难题，经调研走访，得知在外人才吴业松，在党员群众群体中有一定的威望，街道党工委与其谈乡愁、谈发展，在多方劝说和思想工作下，终于……

（打着电话上场，背景家中客厅）

吴业松：主任您好，我想好了，我同意参加这一次河口村的换届选举。好好好，您放心，您放心。无论能不能选上，我都会继续为村民服务。

周挂断主任的电话后，又来了一个电话（家属打来的）

画外音（以家属的口气）：你干啥，你真要参加这次换届选举？孩子上初中开始忙，咱家建筑公司的项目一个一个都连上。去烟台、跑潍坊，还有好多事情得协商，你回家竞选村支书，我看这事你做的不靠谱，咱现在一年收入能有百十万，支部书记费力不讨好的事情咱不干。

吴业松：你以为我想干支书，每次回老家，看到叔叔大爷背朝晴天面朝土，干了一年又一年，年年都是不赚钱。老支书岁数大了想退休，村里的事务没人来接手，你不干他不干，怎么都忘了：党员永远要冲在前！

工地的事情有副总，大事小事他都能成，再说不是还有你，你的专业是会计，公司的财务你来算，把好支出把钱赚。再说了，这次选不选我还不一定。就是选上我还不知道我的水平行不行，一人富了不算富，要让大家共走致富路。你就安心待在家，千万不要把火发，现在我赶紧开车回老家，晚上回来给你买鲜花。

吴业松：你就别生气了，拜拜！

画外音：河口村是个山区村，山又高地又薄，经济发展很薄弱，村里没有一分钱，谈何乡村发展。吴业松不顾家属的反对，执意要参加本次的换届选举。

经换届选举，吴业松全票当选河口村党支部书记。为深入了解村民的所思所盼，谋求村级发展，吴业松先带领村"两委"走访入户，听取民声。其中，村里的张大妈和李大爷是这样说的……

张大妈：我老太太都快八十了，我现在都不敢出门，咱们村儿到处都是泥巴路，晴天一身土，下雨雨大一身泥，大姑娘嫁到咱们村里都嫌弃。还有想吃水得到三里外的村子挑清泉，又是挑又是担，吃水真比登天难。孩子，修修路，通上自来水吧，大娘就不用求人挑水了。

画外音：将全年落实乡村振兴战略和城乡融合发展的要求，优先实施城乡供水一体化建设，大力推动集中供水模式化发展。那再去周大爷家看看，他有什么好的意见。

周大爷：别的村都搬新居住新楼，咱这房前房后都是臭水沟，还有能不能把土地来流转？村里的老人岁数大了种地的确有困难。

画外音：书记家家都走遍，书记户户都访谈，群众的困难记心间，群众的渴盼定要办，开阔思路想办法，共同富裕传佳话，土地因地制宜搞发展。

吴业松：我们是个老龄村，平均年龄五十七。几百亩耕地就种小麦和玉米，一亩地一年才赚几百元。书记心里发誓言，学习外地走群众参与、支部创办合作社好经验，走特色产业发展的新思路。

召开村民大会来动员，仅有两天就有99户入社当社员，1000块钱为一股，1亩地能当5股，入社不仅能分红，还能在合作社里来打工，村社共建、干群一心合作社里来赚钱。

致富路上结硕果，发展30亩设施农业有特色，蔬菜大棚建4个，葡萄长廊结硕果，葡萄各个紫莹莹，还有两个冬暖草莓棚，富硒地瓜、小米和小麦，特色农产品不发愁，拔掉穷根栽富苗，多亏党的好领导。

特色种植亩数已过千，销售压力不一般，支部建设电商服务站，还建了抖音直播间。从此河口的土特产美名传。

如今咱村大变样，党的恩情记心上。共产党员是模范，爱村爱民走在前。火车跑得快，全凭车头带。高举旗帜带好头，乡村振兴争一流。

新社区，新气象，我村环境大变样。自来水已改造，不用山高路远把水挑。漫水桥已改造，变成了支部群众的连心桥。

自然村向中心村来搬迁，村村楼房都连片。家家住上小楼房，冬暖夏凉又宽敞。河道清道路畅，我村环境真是棒。

村儿里建了高标准篮球场，我市村BA比赛打得爽。

让我们村：

地更绿，天更蓝，
山更青，水更甜，
百姓的幸福生活比蜜甜！

（曲艺类一等奖）

"放牛娃"的科学梦（双书对唱）

裴中新/郯城县高峰头镇中心小学教师

王　越/临沭县文化馆群众文化馆员

裴：齐鲁大地出英贤，人杰地灵代代传；
　　咱今天说的这个人，来自那红色老区沂蒙山。
王：红色沃土养出他一身的胆，自幼不怕苦和寒；
　　想当年他是一个放牛娃，家乡就在沂蒙山。
裴：（白）放牛娃？
王：（白）对。
裴：（唱）牛儿还在山坡吃草……
王：（白）哎哎哎，
　　咱今天把沂蒙老乡来介绍，你怎么唱起王二小？
裴：（白）你不是说放牛娃吗，放牛娃不就是王二小吗？
王：小时候是个放牛娃，你知道他长大以后干了啥？
　　背后有多少辛酸和苦辣，今天咱来介绍他：
　　科学巨匠薛其坤，他是咱，沂蒙老乡山东人。
裴：薛其坤，从小放牛在家乡，现如今，科技研究名声响；
　　搞科研，世界各国都瞩目，为咱国家增荣光；
　　获得国家最高科学技术奖，总书记亲自给他来颁奖；
　　多少人以他为偶像，多少人以他为榜样；
　　说起来，我和薛其坤有渊源，我们两个有点像！
王：（白）你和薛其坤哪里像？
裴：（白）薛其坤是从小放牛长大的。

王：（白）对。

裴：（白）我是从小吹牛长大的！

王：（白）嗨！

裴：（白）你知道薛其坤是怎么从一个放牛娃成为著名的大科学家的吗？

王：（白）因为什么？

裴：（白）告诉你，主要是靠着四个字，咱给大家伙说一说。

王：（白）好啊！

裴：第一字叫做"勤"，天道酬勤理最真。

薛其坤，他勤奋、勤勉、勤力、勤劳、勤勤又恳恳，

披星戴月，把科学技术来更新；

三十多年，他坚持天不亮就到实验室，

到晚上，十一二点才离身。

王：疲惫时，他拧住大腿硬让自己不犯困。

他常说，搞科研不能害怕苦和累，

吃苦耐劳是山东人骨子里的精气神。

裴：第二个字叫做"专"，他专心专注来钻研。

多少次，他专心坐在实验室，一个环节反反复复上千遍；

多少年，他专注一心搞科研，针尖上雕花的精神来上演。

这就是，山东人干事创业精气神，

坚持到底意志坚，倔强顽强，认准的事情要实现。

王：有时候，为把一个细节来推断，

几天几夜反反复复做实验，好几台机器累瘫痪。

他咬牙说："再换台机器继续干，

我就不信攻克不了这道关！"

裴：第三个字叫做"勇"，薛其坤意志坚定把困难迎。

求学时他三次报考研究生，不怕失败越挫越勇；

他想到小时候放牛在山岭，

石头缝里长出青松傲然挺立风雪中；

人生就像沂蒙山，沟沟坎坎、跌宕起伏度一生。

王：搞科研不屈不挠向前冲，他相信失败和成功总同行；

只要坚持不放弃，风雨后定能见彩虹。

裴：第四个字叫做"情"，薛其坤有思乡爱国那份情。

想当年他在国外去求学，外国人开出的条件很优越；

国家利益高一切，薛其坤回家的态度很坚决。

王：薛其坤学成回祖国，进入中国科学院的物理研究所；

带领团队有成果，科学精神来报国。

合："勤专勇情"四个字，薛其坤科研路上做支持。

王：（白）终于在2012年10月12日晚上10时35分，薛其坤和他的团队观测到量子反常霍尔效应，全世界探索多年的科学猜想，在中国科学家这里得到验证！

裴：国际同行对实验数据有质疑。

王：质疑什么？

裴：No，No，No，量子反常霍尔效应，

这么复杂的现象，观测出来的绝对不能是中国薛其坤！

王：一年半后，日本和美国团队反复研究才确信，

　　　　彻底佩服薛其坤，也更加佩服中国人。
裴：从此后，全球物理学界，中国声音有席位，
　　　中国实力，世界各国都钦佩。
　　　薛其坤，潜心钻研建新功，
　　　他身上，体现咱中国人的科研风，
　　　那就是：忠于祖国、心怀大众、淡泊名利、勇于冲锋，
　　　潜心钻研、不忘初衷。
王：勤奋耕耘、服务人民，坚守阵地、矢志创新，
　　　天道酬勤、敢想敢拼！
合：求真务实的科研人，
　　　在习近平新时代中国特色社会主义思想引领下，
　　　伟大复兴中国梦，时代扬帆起航程；
　　　为国家发展齐努力，科技强国建新功！
　　　科技强国建新功！

（曲艺类一等奖）

在路上（快板书）

刘亚伟/济南市槐荫区文化和旅游局馆员
高　进/济南市歌舞剧院三级演员

刘：竹板慢打响连天，
　　今天给大家表一番。
　　我家住在开源村，
　　大山深处自然美，
　　好山好水好风光。
　　可就是，
　　守着金山和银山，
　　百姓日子难富足。
　　乡村旅游前景好，
　　开源引进大项目。
　　面对困难特别多，
　　有新建、有修缮，
　　还有那房子要搬迁。
　　思想工作要做好，
　　支书来跟村民谈。
高：（表演大鼓）
　　大鼓一敲咚咚响，
　　父老乡亲听俺讲，
　　乾坤不动日月忙，
　　万物生长靠太阳。

刘：老哥哥！

高：本来心情很舒畅，
　　支书一来心里烦。

刘：老哥哥……

高：三天两头来我家，
　　难道你就这么闲？

刘：咱村引来好项目，
　　文旅开发是重点。
　　今天还是那件事，
　　你的房子还得搬，
　　你不搬，
　　影响整体大开发。

高：支书讲话不愿听，
　　你的意思我明白。
　　我家妨碍全村经济大发展，

我家妨碍开源旧貌换新颜,
　　　这个"帽子"可不小,
　　　我可担当不起呀。

刘：你说这话有点过,
　　　大美中国新气象,
　　　和美乡村大发展。
　　　咱把项目来引进,
　　　支部领办合作社,
　　　村民人人有股份,
　　　开启发展新模式,
　　　走上共同富裕路。

高：好好好,
　　　你是为了咱村前景好,
　　　你是为了百姓致富快。
　　　可如今,
　　　一声令下把我赶,
　　　我有困难不好办。
　　　祖祖辈辈住这里,
　　　我去哪里是问题。
　　　难道,我就该,
　　　天为罗盖地为毯,
　　　大马路上把家安?

刘：我要让,
　　　百姓过上好日子。
　　　阔步改革在当前,
　　　泱泱华夏,巍巍中华,
　　　美丽中国,看我开源。
　　　你既要为开源发展来着想,
　　　也要考虑子女安居共团圆。

你的儿子不在身边,
　　牵挂期盼也挂心间。
高:　期盼牵挂不当饭,
　　外出一月好几千。
　　哎!
　　不是我不愿把家搬,
　　搬家这事我也难呀,
　　我搬就要把大街睡,
　　你说破天我也不搬。
刘:　你难我难咱都难,
　　咱们一心为发展。
　　只要户户阖家欢,
　　同舟共济克时艰。
高:　我不信你放着老娘不去管;
　　我不信你丢下老婆搞发展;
　　我不信你不顾儿女为百姓;
　　我不信你撇家舍业为开源。
　　哎,我突发奇想,
　　办法倒是有一个,
　　你家房子挺宽敞,
　　要不咱俩换一换。
刘:　好……
高:　你说啥?
刘:　我说好……
高:　你好我不好来!
　　你上有90岁的老娘在堂前,
　　你下有老婆孩子在身边,
　　我比你还大三岁,
　　免费保姆俺不干。

刘：就为换房这件事，
　　思前想后把家迁。
　　只要咱村大发展，
　　不管作了多少难，
　　一往无前永不悔。
　　老哥哥，
　　我在附近把房租，
　　我的房子您来住。

高：支部一心为发展，
　　支书全心为百姓。
　　你用诚心打动我，
　　我也期盼早团圆。
　　我搬，我搬，但是——
　　你的房子我不换，
　　给我租房在村边。
　　瞪着两眼仔细看，
　　开源如何变新颜。
　　待到项目有进展，
　　引来游客千千万。
　　发家致富不是梦，
　　儿子回家来团圆。

刘：房子咱俩必须换，
　　群众冷暖记心间。
　　说换就换别犹豫，
　　咱为美丽开源把力添。

高：换与不换不重要，
　　思想转变天地宽。
　　支部领办合作社，
　　我是合作社一员。

舍小家，为大家，
　　　助力乡村大发展。
　　　支部是咱好靠山，
　　　共同富裕奔小康。
刘：三中全会提信心，
　　　深化改革大发展。
　　　前景广阔美如画，
　　　惠民政策齐称赞。
合：和美乡村大发展，
　　　美丽中国好河山。
　　　携手共筑中国梦，
　　　致富路上谱新篇！
　　　致富路上谱新篇！
　　　谱新篇！

（曲艺类二等奖）

日照蓝（快板小品）

崔慎帅　许　婷/日照市艺术剧院演员

地点：阳光村

人物：老牛（崔慎帅饰），56岁，外号老拗，阳光村农民
　　　牛美丽（许婷饰），26岁，老牛女儿，农大研究生

崔：是啊是啊，没想到这头小牛比我这头老牛还牛，办了件大事儿啊！哈哈哈……你放心，等苗儿长好了，我先把你预订的一千棵发给你！那是那是，咱这叫有钱一起赚，有财一起发嘛！哈哈哈……

许：爸！

崔：哎！吓了我一跳，我还以为是来人了呢。

许：电话咋还静音儿了？

崔：别理！

许：爸？

崔：嘿嘿，美丽呀，今天叫你回来，爸是想诚心地向你赔个不是。当初你种蓝莓新品种，我不应该和你吵了三、四、五六七八仗。嘿嘿……

许：软磨硬泡，好不容易种上了，还差点让你全给薅了。

崔：爸真是老糊涂了！

许：你不是老糊涂，你是老拗。不信恁闺女呗？

崔：这下真信了，更服了！俺闺女太厉害了！你这新品种，结的果和大樱桃那么大，甘甜甘甜的一包水，产量还高！

许：幸亏成功了，嘻嘻……

崔：价格比别的高一截儿，还没上市，就被预购完了！臭丫儿，早知道这样，你怎么不多种几亩？

许：种多了我怕你吃了我！

崔：熊孩子！爸向你赔不是，我不该不信科学，不信你，顽固守旧！

许：能让你这个老㧅说出这番话……

崔：不容易！哎，咱那蓝莓不是火了吗？我想今年咱多种点。

许：没问题啊。

崔：咱能不能再建几个大棚，育苗卖？

许：卖苗？

崔：别看咱是蓝莓之乡，但全是买苗种的。贵不说，还水土不服。现在咱有了独一无二的新品种，光卖苗就赚大发了！

许：原来你是这么想的。

崔：对呀！闺女，咱要发大财了！这苗还没育上，我已经预订出去一大批了！

许：啊？

崔：还有外市的、外省的！价格杠杠的！

许：怪不得你不开门，不接电话！爸，你为了卖苗赚钱，躲着村里的老少爷们儿，太自私了！

崔：臭丫头，教训起你爹来了？我就是想发财，我错哪了？

许：你要卖苗我不拦着，反正我答应乡亲们了，保证他们今年都能种上新品种。

崔：你敢！

许：我就敢！

崔：我打你个吃里爬外的东西！

许：你打你打，我就吃里爬外！

崔：怎么生了你这么个拗种！

许：还不是随你？

崔：好的你不随！

许：明明错的是你……

崔：我哪错了？哪错了？你起早贪黑，把业余时间全搭上了不说，用咱自己的地，好不容易试验成功了，让外人享现成的？

许：你太让我失望了！

崔：你上哪去？

许：到镇农技中心报到！

崔：报什么到？你不在城里工作了？

许：对！我已经把技术无偿交给了农技中心，供他们向全镇种植户普及！我也接受了邀请，答应到农技中心工作。

崔：你要气死我呀？堂堂农大研究生，你凭着钱不赚，凭着城里的大公司不干，跑到镇农技中心去？你少心眼儿呀？

许：爸！党号召青年人回乡创业，为乡村振兴贡献自己的才智。咱镇的蓝莓种植早就形成了产业，只要技术不断更新，就能实现产业升级，就能发展得更好。我千方百计试验新品种，就是想为家乡的振兴贡献自己一点力量！

崔：你是来断你爹的财路呀你！

许：爸！这新品种不是为咱家研究的，我是为咱的乡亲们，咱们镇，咱们日照研究的呀！

崔：你要气死我呀？老婆子！你早早走了，这孩子怎么就这么不孝顺啊……

许：爸……

崔：我活不了了啊……

许：爸！

爸，从小你就告诉我，当农民，凭双手和力气过日子，不丢人！你还说，不管什么时候，都得有骨气，活出个人样儿来！要是光想着自己赚钱，咱还好意思见乡亲们吗？

崔：我……

许：爸，你放心，我还会研究更多新品种的！我要打响咱北纬三十六度蓝莓的招牌！让我们的"日照蓝"卖遍全球！

崔："日照蓝"？

许：对，咱日照特有的蓝，就是日照蓝。是天的蓝，是海的蓝，清澈明亮，充满着阳光和希望。是蓝莓让咱们镇从一个污染严重的石材村，变成了绿色生态的蓝宝石村。所以新品种就叫日照蓝！

崔：真不孬！

许：现在是"日照蓝"一号，还会有二号，三号……到时候咱能卖果、卖苗，能卖蓝莓酒、蓝莓饼，能在国内卖，还能出口！让咱们的"日照蓝"畅销全球！

崔：畅销全球？

许：对！习近平总书记在视察山东时讲过："老百姓的幸福生活是干出来的"。爸！相信我，只要我们不断努力，好日子还在前面！

崔：臭丫头，叫你说的我这浑身热血沸腾啊！哈哈哈……

许：爸，您不生气了？

崔：嗐，比起你这头小牛，你爹这个老拗丢死了！

许：爸！

崔：嘿嘿……

（曲艺类二等奖）

让爱回归（渔鼓戏小品）

孙鹏程 翟方梅/滨州市沾化区非物质文化遗产保护传承中心演员

人物：陈阳（孙鹏程饰），30岁左右，回乡创业青年

　　　　小雅（翟方梅饰），30岁左右，某文化传媒公司职员

地点：文化传媒公司演播室

翟：家人们、朋友们，直播间里的老铁们！我是小雅，咱们公开征集乡村振兴、新气象、中国梦题材的短视频创新作品大赛，仅仅一周时间投稿已达千件。经过筛选有10个作品进入复评，公平起见，今天我们采用网络直播的方式，由直播间的在线观众评选。接下来，有请10号选手进入直播间。

孙：主播你好，大家好，我是陈阳！

翟：是你？请10号选手介绍他的作品主题。

孙：我的主题是通过一个故事讲述乡村文明新气象。包括：新农村建设，移风易俗新风尚，新婚事、新……

翟：一个故事涵盖这么多主题？

孙：我所讲述的故事，名称叫作《寻找出走的恋人》。

翟：那你应该去隔壁直播间，那边是相亲节目。

孙：主播你可真幽默。

翟：开个玩笑，言归正传。你的故事听起来跟你想表达的主题相差十万八千里，你确定能将他们关联起来？

孙：当然，因为这一对恋人的经历见证了农村转型的历程……

翟：我有几个问题。

孙：尽管提问。

翟：新气象要有新思想，以前那些陈规陋习是一朝一夕可以改变的吗？

孙：很难，但是2021年以来，"中央一号文件"连续4年对移风易俗重点领域突出问题提出整治，现在的新农村已经大变样。

翟：第一个问题，厚葬薄养，老人在世不孝顺，去世后却为了要脸面而大操大办，你们是怎么解决的？

孙：用简易的灵堂取代打祭，不收花圈、挽联，来人鞠躬拜祭、亲人鞠躬谢客，治丧花费仅为原来的30%。

翟：那人情攀比呢？为了敛财办"无事酒"，恨不得生个小猪崽都要办个满月酒……

孙：成立红白喜事理事会，谁家办酒席必须经过理事会审查同意，从源头上杜绝大操大办和人情攀比。

翟：闹伴娘闹新郎呢？对伴娘动手动脚，让新郎丑态百出……

孙：集中整治，依法打击，严重的诉之于法。

翟：只怕理想很丰满，现实很骨感，这些陈旧陋习，靠你几句话，几个规定就能解决吗？

孙：小雅主播，您问到关键地方了，这就是我的作品，您听好了——
竹板这么一打呀，别的咱不夸，
说一说，移风易俗新办法。
宣传载体多样化，全力来推动，
悬挂标语很鲜明，车儿巡回行。
村口大喇叭，天天把声鸣，
营造氛围浓，人人都知情。
宣传教育抓心理，因势利导有妙方，
群众明白其中理，打消顾虑心不慌。
不讲空话和套话，道理细来讲，
大道理、小道理，说得都敞亮。
文明账、经济账，算得响当当，
让群众都知晓，移风易俗棒。
移的是陈规，易的是陋习，
传承传统习俗根基牢记心底，
自觉认同来践行，新风正气飘万里。

翟：你说得天花乱坠，听起来很美，可多年形成的风俗，真能改变吗？

孙：那些陈规陋习，早已让村民们苦不堪言。为了面子，一场葬礼就能让一个家庭重新返贫；"人情宴"，让村民为了拿回"份子钱"，以各种名义办酒席；盖房子、考大学、生孩子、满月酒，都成了办酒席的名目。多了人情债，少了人情味。

翟：你说的这些有道理，可是这跟你的故事有什么关系？

孙：我与相恋多年的恋人就是因为天价彩礼而分手。我知道她可能还在怨我，怨我当年的懦弱，可我心里一直想着她。

翟：当年两家老人因为彩礼的事情互不让步，矛盾升级到无法挽回。男孩无力支付高额彩礼而选择逃避，而女孩无法说服父母，伤心欲绝离开家乡，外出打工。

孙：我想告诉她，得益于国家乡村振兴的好政策，我在家乡种植冬枣，如今已小有规模。我想告诉她，家乡现在已经没有天价彩礼，也没有为了攀比、讲排场而大操大办的婚礼，农村有了新气象新面貌，希望有情人终成眷属。我也想告诉她，我一直在找她……

翟：当年，她曾陪你走过最艰苦的路。当年，在你遇到困难时，她也是你咬牙坚持的精神支柱。当年，她曾给过你最明媚的阳光。可是，现如今你事业有成，为何还要寻找出走的她？

孙：因为，我爱她！所以我来到这个直播间，我相信是缘分让我们重逢，是上天愿意再给我们一次机会，让爱回归。小雅，你愿意与我再续前缘吗？

翟：我……

孙：你看满屏都是大家对我们的祝福。小雅，你愿意再给我一次机会吗？

翟：我愿意。

合：牵着情郎的手啊把家回，
一路欢歌双双飞，
一个执拗一个犟，
不得已搬救兵连夜帮忙。
巧安排化解这针尖麦芒，
只盼望误会消好事成双。

（曲艺类二等奖）

百炼成钢（快板书）

董彦彬/山东省文化馆助理馆员
李文曜/山东省文化馆助理馆员

董：天色微亮露晨光，
　　会议室，中外专家坐两旁。
李：青岛港自动化码头建设已开启，
　　今天是为谈项目来协商。
合：谈判的成败是关键，
　　那气氛别提多紧张啦！
董：你好，沃夫冈。
李：哈喽，Mr. Zhang！
董：今天是来深入对接——
李：友好协商——
董：讨论方案——
李：共同商量——
董：那么，对于这个方案我方有一些意见，希望……
李：No！No！不要急不要慌，
　　有话慢慢讲，慢慢讲，咱们慢慢来商量，哈哈哈……
董：（独白）还慢商量？这几天，急得我这心里直发慌，
　　全自动化码头建设的意义不一般，
　　这是几代海港人心中的梦想和远方。
　　只要开启了自动化，
　　青岛港的安全提升速度也就有了改良。

可这技术是外国来垄断，

还得靠这外国的供应商。

可就是这外商的方案条件太苛刻，

条条框框卡脖腔。

控股商，派来这个外方专家沃夫冈，

与我们周旋来协商。

对技术，完全封锁都隐藏。

对方案，从不修改不开腔。

这系统不给我们开放，

谁知道他们到底弄得的是哪一桩！

李：（独白）嗯……这个张连钢有思想，

对待问题不寻常。

他们想把核心技术给掌握，

这关键的东西怎么能够落到他们手上！

想要技术不可能，

他们只能赶紧签字快投降！

董：（独白）一定要改变方案！

李：（独白）白日做梦，痴心妄想！

董：沃夫冈，这个方案，我们有几点意见需要讲，
　　望你们修改再考量。
　　这个方案的成本实在太高，
　　而且这工期也太长了。

李：No！成本高，说明工作难度大，
　　工期长，说明质量有保障！

董：那你们捆绑销售又作何讲？
　　难不成，这也能说明你们有质量？

李：No！No！这是行业规矩没得商量！

董：那基本的技术总得给我们开放啊！

李：No！No！No！这是商业机密不能商量！

董：对于应用方面能否优化？

李：No！No！No！No！这涉及技术无权商量！

董：你……你这是霸王条款不平等，
　　这哪里是跟我们来协商。
　　与其在这里受限制，
　　还不如我们自己创新去拓荒！

李：什么？靠你们自己？
　　哈哈哈，你的勇气我很欣赏，
　　在这里送上我的愿望——（用手比划心型）

董：你是说，我们要用心才能做好？

李：No！我是说，凭你们自己，成功的概率等于零！
　　你们何必大费周章！

董：什么！
　　只见他强压怒火站起身，
　　伸手握住了沃夫冈——

"等我们的码头建成时，
　　一定请你来观光！"

李：你……那太好了，我们拭目以待，按你们中国人讲话，
　　咱骑驴看唱本——走着瞧吧

董：走！

李：走！

董：说着话，中国代表走了出来，
　　只见那张连钢，热泪滚滚湿眼眶——

李：老张……你怎么了？

董：刚才那外商说的我心里直发堵，
　　有一股怒火烧胸膛。
　　想当年，吊桥系统没人懂，
　　聘请那外国专家来安装。
　　85年，请他的费用4万元啊——

李：4万元？这相当于40个工人一年的工资和口粮。

董：我生怕系统将来有损坏，
　　到时候，耽误生产还得请高薪专家来帮忙。
　　想要几个数据做备用，
　　结果人家一言不发还把我们请到一旁。
　　当时咱好奇也是渴望啊，
　　为看数据趴在了窗。
　　结果他用后背来遮挡，
　　我们于事无补净瞎忙。
　　没有创新就落后！
　　这滋味别提多窝囊。
　　没想到，这同样的事情又重演，
　　我这心里好像蒙上了霜。
　　自动化码头，事关着民族的尊严国家的脸面，

核心技术，一定要掌握在我们手上！

李：对！可是老张，要知道自主研发的工程量，
　　这难度系数不寻常啊！

董：我知道，可这困难与尊严来相比，
　　谁重谁轻我们心里自然能衡量！
　　我们中国人，一定能自主研发建码头，
　　要为祖国来争光，
　　要敢于拼命敢于闯，
　　不断的奋发来图强。
　　没有外援靠自己，
　　没有经验自己尝，
　　没有资料我们自己来研究，
　　豁出命来干一场，
　　为中国人争口气，
　　让他们看看中国的工人有力量！

李：好！这一番话说到了大家的心里去，
　　群情激奋志如钢。
　　坚决打赢这场仗，
　　定要把铁炼成钢！

董：同志们，有没有信心！

李：下定决心，不怕牺牲，排除万难！大干一场！

董：张连钢，顶住了层层的困难与险阻，
　　把那千斤的重担往身上扛。

李：为了补知识查资料，
　　他们搜集材料看文章。

董：就生怕哪里出点纰漏，
　　那是一点一滴细参详。

李：光这会议就开了三千场，

嘿，不断地论证再考量。

董：这流程的设计，

李：还要规划。

董：工程的建设，

李：不能松懈。

董：功能的关联，

李：这是关键。

董：自动化的程度，

李：还能提高。

董：这一次的方案，

李：必须修改。

董：我们那个计划，

李：还能更好。

董：我们队伍里的成员，

李：分兵出击。

董：攻关小组，

李：协同作战。

李：土建，

董：供电，

李：业务，

董：设备，

李：吊桥，

董：商业，

李：运营，

董：开会，

李：讨论，

董：再想，

李：再问，

董：再想，

李：再问，

董：说，

李：谈，

董：讲，

李：看，

董：美丽的向往，

李：心中的志向，

董：大家的盼望，

李：共同的梦想！

合：每个人都为这世界先进港口恨不能生出翅膀要飞翔！

董：张连钢，长期的疲劳身患重病，

红斑紫癜长满胸膛。

一千多个日夜拼命干，

早把生死置在一旁！

李：谁不想要一个好身体啊，

可只要想起青岛港！拼了命！

再苦再难也要扛！

董：正是因为这股劲，

张连钢的团队斗志昂！

事无巨细、层层把关，日日夜夜三年半，

不辞辛苦，废寝忘食，全自动化码头建设忙。

李：二〇一七年正式运营就在美丽的青岛港，

这工期速度震惊了所有外国的同业和同行，

董：这是中国人——

自主建设，自主设计、自主创新、自主运营……

周期短，成本低，效率高，全智能，可复制，零排放，

全部环节、配合、协调、设备、衔接、合理、组织、精准，

先进的码头，先进的港，全世界第一树榜样，

合：咱们中国的方案创辉煌，

我们民族的产业挺脊梁！

李：张连钢，对于梦想的脚步不停歇，

二期三期工程紧接上马建设忙，

不仅把码头再完善，

还邀请那世界的朋友学习考察来观光。

这其中啊，也有那外国专家沃夫冈——

董：这位沃夫冈见到了青岛港，

不由得惊讶把嘴张。

李："天哪，没想到，这个张连钢真把生铁炼成钢啦！"

董：只见那码头覆盖了5G网，

李：自动化的吊轨运作忙。

董：用网络控制来抓取，

李：抓起来运输它就装进了集装箱。

董：起重机开启了龙门吊，

李：开来了引导车就到了前方。

董：氢动力增强了工程量，

李：提高了效率就往里装。

董：节能减排又省成本，

李：那个电池的寿命还能延长。

董：这青岛港的效率有多惊人，

李：每个小时就轻松达到了47个自然箱。

董：比那欧洲的效率超一半，

合：中国的码头响当当！

董：我们有自信，有力量，

从不隐瞒不躲藏。

请你们参观共同来提高，

为世界的港口提出意见和主张。

合：人类的命运同联系，

我们敢于进取勇担当。

新时代的大潮正奔涌，

奋进的烈火铸金刚！

（曲艺类二等奖）

星星跟着月亮走（青岛柳腔）

李婷婷　刘泽阳/青岛市即墨区柳腔艺术中心职员

人物：翠花（李婷婷饰）
　　　大牛（刘泽阳饰）

刘：翠花、翠花，快快，压死我了……
李：亲娘来，你不要命了，慢点别闪着腰！咱家又不使水泥，你买水泥做什么？
刘：买？咱家使点水泥还用买？捡的！
李：捡的？大道上捡的？
刘：大道上捡东西，那叫什么本事？仓库里捡的！
李：上仓库捡？偷的？
刘：我大牛是爱捡点小便宜，可从来不偷。
（唱）哎，今天一大早，
我在村里瞎逛荡，
看见了村里的仓库有灯光。
我进了仓库这么一看：
党员干部一大帮，
他们是扛着水泥往外走，
不交钱来不记账，
有便宜不捡是白不捡，
我这才浑水摸鱼往家扛。
这就叫：
干部点灯咱沾光，

干部吃肉咱喝汤,

干部吃肉咱喝汤!

李:那么你往外扛水泥,仓库保管员没拦你?

刘:没有。

李:没跟你要钱?

刘:没有,连账都没记。拍拍我的肩膀,大拇指一伸,放我走人!

李:哼,现在不要钱,说不定年底一块儿算。

刘:年底一块儿算好啊!群雁看头雁,群众看党员,党员干部交多少咱就交多少,他们不交咱更不交。这叫星星跟着月亮走!

李:星星跟着月亮走……哎哟,我说,咱书记可是个好书记,自从他来了,咱村那是大变样,你可不能跟着捣乱。

刘:好书记?俺看那好都是装的,就他扛得最急。

李:俺不信,书记不是那样的人,大牛,咱不能干这些营生,快把水泥给人家送回去!

刘:送回去?大老远我好不容易扛回来,再送回去,不用寻思。

李：你个糊涂蛋，不行，俺还得找个明白人问问。

（拿出手机，响起一连串微信来电声）哎哟，大牛，咱村的微信群都要炸了。

刘：完了，都知道去抢水泥了，俺再去抢两袋（作势要走）。

李：站住，你看看你干的好事（把手机递给大牛）。

刘：啊，哪个王八蛋偷拍俺扛水泥！

李：再看！

刘：奇了怪了，咋都给俺点赞。

李：你说说你，长眼吃饭的。群里说了，前两天大雨，养殖场东南角塌了，为了省工钱，书记带头号召党员干部义务劳动，扛水泥修墙角。

刘：我说咋都不拦我。

李：拦你，群里可都表扬你！

刘：表扬我？

李：书记表扬你不简单，跟着党员一块干。扛水泥，党员一次扛一袋，你一次两袋扛上肩！

刘：应该的，应该的。

李：真没见脸皮这么厚的，哎娘来，完了。

刘：怎么了？

李：书记说你带头好，他还说……

刘：说什么。

李：说要登门感谢你。

刘：完了，赶紧把水泥藏起来。

李：藏什么藏，大牛，我真能叫你臊死！

（唱）人家是党员去修墙，
你却跟着瞎胡闹。
人家是党员尽义务，
你却跟着把便宜找。
书记还在表扬你，
我看你老脸往哪撂！

刘：（唱）要说这事不怪我，

怪党员悄没声地修墙角。

没听见喇叭响，

没听见喊口号，

这样的号召最感人，

这样的干部是好领导。

今天我虽然丢了脸，

我这心里乐陶陶乐陶陶！

李：快别乐陶陶啦，快把水泥给人家送回去吧！

刘：好，给我扛上。

刘：哎？把我的家伙什拿来。

李：拿那东西干啥？

刘：俺当了一辈子老瓦匠，小小墙角难得倒俺？

李：好好好，给你拿上，走！

刘：你也去呀？

李：星星跟着月亮走，翠花跟着大牛走。

（曲艺类优秀奖）

桃花的爱（对口数来宝）

马　震/山东铝业有限公司党群工作部宣教室主管
许乐振/淄博市博山区八陡镇山机社区居委会社区工作者

马：走上台，有点蒙，我这个心里直扑腾，
　　今天比赛真隆重，我给大家鞠个躬！
　　这个曲艺宣讲不好弄，您鼓掌，这个演员立马有激情。

许：咦——你这个人真好玩，手拿着一副呱嗒板，
　　你这个表演真精彩，观众们鼓掌你下台——

马：嗨，我还没唱呢，怎么就让我下台呀？

许：叫大哥，别多心，看见你感觉特别亲，
　　我们俩，从小就是好朋友。
　　那时候，都住一个单元楼。
　　咱们两个投脾气，经常到果园里边偷鸭梨。

马：嗨！这事就别再提了！

许：可是你，多年的感情全忘记，饱汉子不知饿汉子饥，
　　我三十岁了没对象，你儿子都上五年级。

马：小兄弟，不是大哥我说你，没对象，其实都怪你自己，
　　你说你，大学毕业好好的，干吗要到山沟里？

许：山沟里的孩子要教育，没有老师真着急，
　　党中央，号召我们支援教育到山区。
　　一双双渴望知识的眼睛看着你，
　　我情愿把自己的青春奉献在那里。

马：你奉献青春我鼓掌，做好乡村振兴的大文章，

好男儿就应该报效祖国，志在四方！

许：谢谢你的理解和赞扬，只可惜，你不是个大姑娘。

马：嗨！你说这话没道理，我不是给你介绍了一个姑娘，
叫杨美丽嘛。

许：大哥，别提你那个羊角蜜。

马：羊角蜜？杨美丽！

许：对，杨美丽，一提她，我这个心里直起腻。

马：怎么了？

许：她长得算是白富美，可就是条件提了一大堆。

马：什么条件？

许：马小刚，你干什么工作我不管，
我只关心，你有没有别墅和存款，
你有没有车，有没有房，
有没有，当官的爸爸在朝堂。

马：嚯，小兄弟，不是大哥教育你，谈对象，
可不能什么实话都往外讲。

许：大哥，你说这话我记得，我也想光挑好的说，
可是一见姑娘太紧张，腿肚子一个劲地直哆嗦。

马：你哆嗦什么呀？只要吹牛不上税，这牛皮你就使劲吹！

许：说就说，我有车，

马：好！

许：是两个轮的——自行车！

马：嗯？

许：也有房，

马：啊！

许：是贷款买的经适房。

马：嗨！

许：我的爸爸是部长，专管收钱和算账。

马：哎呀，我的小兄弟，你这话说得真敞亮。

许：那姑娘，一听我爸爸是部长，两个眼睛直放光，
现在的女孩真开放，她跟我说，
只要下午一登记，晚上就能入洞房。

马：好嘛！小兄弟，你还愣着干什么？抓住机会赶紧上啊！

许：就是啊，我伸手拉起白富美，刚想伸头亲个嘴，
可人家，又问了个问题挺到位——

马：什么问题？

许：马小刚，实话实说别撒谎，咱爸爸在哪个部里当部长？

马：对呀，在哪个部里当部长啊？

许：啊！我爸爸呀，在楼下的小卖部里当部长。

马：啊，小卖部啊？

许：一听说我爸爸是在小卖部，这姑娘的脸上大变样，
你看她，脖子一伸头一仰，两眼一瞪像茶缸，
巴掌一伸簸箕大，啪就给我一巴掌。
哎呀，太煽情了！

马：嗬，这哪里是个大姑娘，纯粹就是孙二娘！

许：这真是，三九天里吃冰棍，我从里到外冰冰凉。

恋爱谈了七八场，对象见了一箩筐，

好话说了没两句，伸手就给一巴掌，

我背起背包回山村，下决心，这辈子决不跟城里的姑娘谈对象！

马：哎呀，小兄弟，别生气，这事不能太着急，

只要努力别放弃。我相信，瞎猫怎么也碰上死耗子。

许：谢谢大哥你关怀，我的决心不能改，

就算我，这一辈子没人爱，也要把山里的孩子教成材。

时间过得可真快，寒来暑往整六载，

那一天，有一辆汽车开到小山村里来，

他们说，是"寻找最美乡村教师"摄制组，

来自中央电视台。

马：哎呀，这就叫风雨之后有彩虹，梅花香自苦寒来。

许：他们是来采访我，专题片就在中央电视台上播。

马：对，你这个节目我看过，

你嫂子，感动得，哭到夜里两点多。

许：这片子播出有影响，好心人来了一帮又一帮。

他们给我们修教室，他们给我们建操场，

他们给我们修宿舍，他们给我们盖食堂。

换了门，换了窗，换了桌椅亮堂堂，

又捐钱，又捐物，还给我捐了个大姑娘。

马：哎？有捐姑娘的吗？

许：有啊？这事就在十天前，

我突然收到了信一封，她说是，看到了我的事迹很感动，

要给我们学校捐款十万元，只不过附加了一个小条件。

她说她至今单身没对象，就想跟我见一面。

信的下面没落款，就画了一朵桃花真鲜艳。

马：傻小子，你这是要走桃花运，这就叫千里有缘一线牵。

许：我们两个见了面，姑娘长得挺好看，

关键是，她愿意陪我去支教，为城乡融合发展做贡献。

马：太好了，这样的姑娘不好找，你可一定把握好。

许：嗨！大哥你先别激动，这成不成的不一定，

她父母去世死得早，是姐姐把她拉扯大。

她要到山村去支教，就怕她家人有想法，

万一她姐姐不同意，我们想得再好也白搭。

马：哎，兄弟，这事你可不用怕，他家人的工作我包啦，

我来帮你做工作，肯定能够说服她。

许：哎呀！姐夫，你要帮我做工作，这事肯定就成了。

马：哎？等会，刚才你管我叫啥？

许：姐夫啊？

马：姐夫，难道——那姑娘是我小姨子潘桃花？

许：对呀，姐夫，你可真聪明啊！

那我姐姐的思想工作可就全权拜托交给您了。

马：啊？

许：喂！桃花，咱俩的事，你姐夫终于同意了。

对，咱们现在就去领证！

马：哎！哎！回来，你怎么说走就走啊？

我同意了不管用，还得是我媳妇说了算，

你俩登记笑开颜，我回家准跪搓衣板！

（曲艺类优秀奖）

快乐直播间（相声）

徐　明/滕州市工业资产运营有限公司职员
杨泽平/滕州市级索镇居民

徐：尊敬的各位领导，

杨：亲爱的父老乡亲们。

合：大家好。

徐：很高兴能参加咱们百姓宣讲大赛。

杨：很荣幸。

徐：上台来先做一个简单的自我介绍。

杨：那很有必要。

徐：我叫徐明。

杨：我叫杨泽平。

徐：习近平总书记五次视察山东，亲自为咱们把脉定向，指路领航，党的二十届三中全会又规划出了新蓝图，在咱们省委省政府的坚强领导下，全省上下扛牢新担当，展现新作为的干事创业热情就跟咱老家烧柴火一样。

杨：什么叫烧柴火？

徐：那是呼呼的！呼呼的！

杨：什么又叫呼呼的？

徐：就像燃烧的火焰一样，热情高涨啊！

杨：这话对。咱们大家都在以昂扬的斗志，奋进的姿态为创造美好生活而努力奋斗！

徐：在党的领导下，咱们村的人均收入是越来越高，家庭幸福指数也是与日俱增，还经常搞些丰富的活动来为党祝福，为咱家乡喝彩！

杨：咱们村都搞什么活动了？

徐：那太多了，像什么唱歌比赛、器乐比赛、广场舞大赛。要说最热闹的，就是"喝彩家乡、歌颂生活"的视频直播大赛！

杨：视频直播大赛？

徐：怎么，你不知道啊？你们家里人都参加了你不知道？

杨：我家里人？谁呀？

徐：你爸爸我儿子都参加了。

杨：这俩人别搁一块说成吗？

徐：嘿。就在咱们村的健身广场上，一大早，你爸爸架上手机，连上麦克这就开播了。

杨：我说前两天嚷着换手机呢。

徐：哈喽啊，亲爱的家人们，宝宝们，你们好，欢迎来到我的直播间，我是杨泽平的爸爸，我叫羊肉串儿。

杨：去，你爸爸才是串儿呢！

徐：这是艺名！

杨：好么，他还有艺名呢？

徐：很开心见到你们！爱你们！左上角加个粉丝团，小心心，点赞走起来！

杨：懂得还真不少，有人看吗？

徐：废话。咱这是直播大赛，我进你爸爸直播间一看，嘿！

杨：人不少。

徐：就我一个。

杨：好么，那就别播了。

徐：你不懂，这玩意儿得积累人气，还得有才艺展示。

杨：对，人家都得有才艺。

徐：我跟你爸爸一说，你爸爸乐坏了，当时就开始脱衣服。

杨：你先等会儿。老头这是要干吗？

徐：脱外套表演才艺呀，你以为呢？

杨：我以为我爸爸太热。

徐：外套脱下来，露出了一身都发黄了的老式军装。我一看，嚯，老爷子，您还当过兵？

杨：何止当过，还上过战场呢。

徐：孩子，咱们今天能过上好日子，都是咱们党领导得好啊，是多少人前仆后继用鲜血换来的，咱得珍惜呀，当年在战场上的那些战斗场景，我这辈子都忘不了，我还时常能回忆起那个激情燃烧的岁月！

杨：好！

徐：（口技，战场声效）噗……

杨：哎，这怎么回事儿？

徐：好么，一激动假牙喷出来了。

杨：嚯。太卖力气了。

徐：再看你爸爸直播间，一下子好几千人。

杨：这么多了。

徐：都在给老爷子点赞，送礼物，向老英雄老前辈致敬。

杨：真是太好了。

徐：广场的另一边，你家隔壁的王大哥也开上直播了。

杨：哦，隔壁老王也开直播？

徐：我说老少爷们儿，咱们村弄这个直播大赛，不孬，好得很啊！

杨：嚯，什么动静，直播间的人都吓跑了！

徐：俺们村啊，这些年发生了翻天覆地的变化，都是咱党的政策好啊，习近平总书记带领着人民都富起来了，俺也不怎么会说话，给大伙唱个歌吧！

杨：好么，这动静还唱歌？

徐：（模仿李玉刚）

杨：嘿，这老王说话动静吓人，这一唱歌还挺美的！

徐：要说这次直播大赛最厉害的，就是咱们村的李大妈了。

杨：谁？

徐：村东头养鸡的那个，你还吃过人家的蛋呢！鸡蛋！

杨：那不光我吃过，全村都吃过！

徐：人家运用高科技办工厂，现在全国都吃上啦！

杨：这么厉害？

徐：大家好，我是卖鸡蛋的李大妈，这鸡蛋卖得好呀，完全得益于党和政府、家乡父老对我的关心支持与帮助，我感谢大家，我要献歌一曲！

杨：嘿，这大妈也要唱！

徐：（唱腾格尔的《天堂》）

杨：好家伙，这到底是李大妈呀还是李大爷呀！

徐：再看整个广场上，家家户户全出来了，有直播才艺的，还有直播带货的。

杨：直播带货？

徐：昂，老刘家卖衣服，孙大爷卖猪头肉，张大妈直播卖土豆。直播间所有的宝宝们，咱家这个土豆，它叫滕州马铃薯，它也叫地蛋，又大又好，最后一吨，想要的家人们直接点小黄车一号链接，或者是找三号客服，俺三儿媳妇给大家仔细讲解！

杨：嚯，一家人全出来了。哎，我想问问你，人家都直播这么火，你怎么不开个直播呀？

徐：我？我不行，我这个水平有限。

杨：没事儿呢，你不是也会唱歌吗？

徐：我也就会唱个简单的。

杨：简单的也行啊，你这样，在这儿当着父老乡亲们练练，练好了咱就开播！

徐：在这儿练？大家愿意听吗？

杨：多热情，你就来吧。

徐：那我来个简单的哈，音响师，音乐。

杨：好么还有音乐！

徐：（唱海豚音《维塔斯》）

杨：嘿，太厉害了，我说，怎么回事儿？

徐：喊缺氧了。

杨：别播了。

（曲艺类优秀奖）

黄河颂（京韵大鼓）

张振玲/东营市公交集团有限责任公司业务科退休职工
梁丽敏/胜利油田矿区服务中心退休职工

合：黄河万里长，
　　西来出昆岗，
　　九曲不折东流去，
　　穿山越岭吐洪荒。
张：乳汁润大地，
梁：恩泽被八方，
张：怀柔四海慈母心，
合：长天厚土育炎黄。

合：中华好儿郎，
　　道义自担当！
张：历尽磨难终不悔，
合：上下求索谋国强。
　　慷慨赴国难，
　　热血洒疆场，
　　同仇敌忾驱日寇，
　　金戈铁马斗魑魅。
合：制胜平型关，
　　敌后游击战，
　　夺辽沈，取平津，战淮海，

　　　百万雄师过大江。

合：跨千岩，涉万壑，历苦辛，
　　浴血奋战十四载，
　　迎来了全国解放胜利凯歌扬！

合：睡狮已苏醒，
　　雄风震四方，
　　阔步走进新时代。
　　初心使命永不忘，
　　圆我中国梦，
　　复兴大业昌，
　　一带一路联广宇，
　　人类命运共担当。

张：善哉母亲河，

大爱域无疆。
　　　美哉母亲河，
　　　流处尽春光。
　　　看今朝天高地厚四海升平繁荣昌盛，
　　　观未来前程似锦百舸争渡扬帆远航。
合：壮哉母亲河，
　　　屹立在东方。
　　　全民族秉大义披肝胆扬正气凝心聚力谋求发展，
　　　大中华趁天时借地利依人和开拓进取再创辉煌！

（曲艺类优秀奖）

三句话（板书对唱）

付东晓/烟台市曲艺家协会秘书长
杨　健/烟台市图书馆阅读推广科科员

付：蓝荡荡的大海翻浪花，
杨：白云下海燕不住地叫喳喳。
付：小海燕就在她的身边转，
杨：那场景就像是爹妈呼唤孩子快回家。
付：但只见，海岸边一艘客船快靠岸，
杨：甲板上站着你爸爸。
付：谁爸爸？
杨：你爸爸。
付：谁是我爸爸？
杨：我是你爸爸。
付：你有我大吗？
杨：演出吗，台上无大小，你演谁？
付：我演王辉呀。
杨：对呀，导演让我演你爸。
付：那来吧？
杨：来吧。
付：我的名字叫王辉，
　　今年正好三十八。
　　二十三岁来到这小钦岛上当一名医务工作者，
　　十六年天天被那海风刮。

　　　　船上的老人是我爸，

　　　　我已经很久很久没有见到他。

杨：不大会儿客船靠了岸，

付：我开车接到了我爸爸，

杨：我来到这里没别的，

　　　　要问俺的闺女三句话：

　　　　第一句，怎么成人长这么大？

　　　　第二句，难道你只要工作不要爸和妈？

　　　　第三句，难道说，

　　　　你想在这小小的海岛把根扎？

付：我经常在梦里和他们来对话，

　　　　可每次都是他大声问我，

　　　　我却只能小声来回答。

　　　　我从不敢声音来放大，

　　　　怕的是惊醒了梦境见不到他，

　　　　哪个孩子不想家？

可是我使命在肩责任大，
　　心系岛上的老老少少你我他。

杨：闺女，这几年你没回家，
　　你知道爸妈心里多害怕？
　　今天我有话告诉你，
　　你严肃站定听好啦！

付：爸，您稍等，我接个电话，
　　爸，我给村民去看病，
　　临走我给您留下三句话。
　　第一句，先吃饭，
　　第二句，后喝茶。
　　第三句，旅途疲劳快下榻。

杨：嘿！我三句话还没说，
　　她先给我三句话。
　　这时候，就听见三声敲门一声响，
　　打门外来了一位老大妈。

付：姐夫，姐夫！

杨：姐夫？我在岛上没熟人啊，
　　你叫姐夫是为啥？

付：姐夫，王辉跟我老伴儿是同姓，
　　平常跟我叫舅妈。

杨：那不是外人，您有啥事儿吗？

付：王辉她不是外人，
　　她爸爸来了我能不来看一下？
　　我今天来这没别的，
　　跟你来说三句话。

杨：啊？你也要说三句话？
　　好好好，我听听你要说些啥。

付：第一句，这16年，王辉她工作不容易。

杨：可不是吗。

付：第二句，这16年，她任劳任怨没二话。

第三句，16年，她救死扶伤无其数，岛上的村民爱戴她。

走了姐夫。

杨：唉？这就走吗？

闺女给我三句话，

小姨子给我三句话，

三句话我还没出口，

我先听了六句话。

他刚送走了小姨子，

又来了个老人，灰白的头发胡子拉碴。

付：弟弟，弟弟！

杨：弟弟？你又是谁啊？

付：我问你，王辉管你叫个啥？

杨：王辉管我叫爸爸。

付：对啊，王辉管你叫爸爸，

王辉管我叫大大。

杨：那可不是哥呗。

老哥哥，您快坐。

您今天来这干什么？

付：我今天来这没啥事儿，

对老弟你说三句话。

杨：你也要说三句话？

付：啊，第一句，俺老伴脑出血长年躺在床，王辉她，一天两遍照顾她，又是洗，又是擦，按摩喂饭，就像回到自己家。

第二句，老哥哥我血压不稳定，王辉她每天定时上门测血压。

第三句，王辉她人好医德高，王辉她救了俺全家！

走了。

杨：哎哎哎，嘿，他也来说三句话。

在这时，门外又来了一位老大妈。

只见她，满脸皱纹扎银发，

嘴里边已经没了牙。

付：小王，小王啊!

杨：小王？我今年70多了你叫我小王？

付：是啊，你七十多了，我九十多了，

王辉管你叫什么？

杨：王辉管我叫爸爸。

付：王辉管我叫奶奶。

杨：好么，岛里我又蹦出个妈。

我说妈，不是大娘，您来我这干什么？

付：你听我说上三句话。

杨：这岛上男女老少全都会说三句话……

付：头一句，论个人，王辉她是个好姑娘。

第二句，论为公，她把海岛当成家。

第三句，论感情，俺们把她当成亲闺女。

第四句，论事迹，送医上门人人夸。

第五句，论行医，不论白天和黑夜。

第六句，论治病，不论暴雪狂风刮。

杨：大娘大娘，这都六句话了。

付：啊，二三得六。

杨：嘿，老太太她还会乘法了。

付：乘法？王辉的事迹，按平方算都不够夸。

杨：好么。老太太说罢出门去，

又来了个小孩儿把辫扎。

付：姥爷，姥爷!

杨：唉，小朋友，你喊错啦，得叫爷爷。

付：嗯，我叫你姥爷可对啦，

因为王辉是俺妈。

杨：啊！我闺女啥时候在岛上生了娃啊？

付：姥爷，你误会啦，
　　不是亲妈是干妈。
　　我今天来这没别的，
　　来跟你说，

合：三句话！

杨：我就知道是三句话，
　　你要说啥？

付：头一句，俺妈生我遇难产，那晚海风一个劲儿地刮，
　　危难时，是王辉大夫来接生，这才救下了小丫和俺妈，
　　从此俺认下了王辉当干妈。
　　第二句，前两年岛上养殖受灾大，生活困难无奈把学习落下，
　　是干妈资助我岛外去求学，每月还给我零钱花。
　　第三句，岛上的老老少少离不开她，小丫离不开俺干妈。

杨：从头至尾听一遍，
　　我心里不知说什么。
　　扭向窗外看大海，
　　我心里不住地起浪花。

付：爸！我回来了！
　　您不是要说三句话吗，
　　您要对我说些啥？

杨：第一句，多吃饭多喝水，

付：好的！我记住了，第二句？

杨：三餐千万别落下。

付：遵命！第三句？

杨：不忘初心为人民，一定在小小的海岛把根扎。

付：唉？怎么跟你开头说的不一样？

杨：啊，我改啦！

（曲艺类优秀奖）

挖井记（板书联唱）

王大伟/诸城市综合执法局科员
高　远/诸城市融媒体中心科员

唱词——

合：新时代，乡村振兴战略扬，齐鲁大地谱新章。
高：咱诸城绿茶产业在兴旺。
王：您看，小小村庄变富强。
高：小村庄，飘茶香。田种在了山头上。
　　在那山头上有5口井，井水甘甜日夜淌。
（白）那位问了，井怎么还在山头上？听村里老乡讲一讲。
王（学演老大爷）：我成了老乡了？哦，小伙子，你要问这事不用忙，
　　不叫大爷我不讲。
高：得，他演上大爷了，大爷您讲讲！
王：都说是人往高处走、水往低处淌，在山上挖井为哪桩？
　　为哪桩，为哪桩，你说到底为哪桩？
高：这不是问您吗？
王：只因为，有个小伙特别犟，要把这井挖山上。
　　山上的水井挖不好，吃饭都不觉得香。
　　白天想着立井架，晚上梦见井水旺。
　　走在路上一抬头，耶，这井怎么在天上。
高：啊？
（白）他把人家烟囱也看成井了，魔怔了。
高：这位小伙本姓刘，他本是第一书记进了乡。

  乡村振兴是使命，怎么非和井斗上？
  说的是，
  大雪飘飘冬月里，刘书记履新进了庄。
  那天是个啥光景，咱问问村里的王大娘。
  大娘哎！您讲一讲？

王（学演老大娘）：我又成大娘了？

高：这叫有大爷就有大娘。

王：那一天，
  俺站在门口正扫雪，有一个青年进了庄，
  你看他细高挑，直身量，浓眉大眼脸四方。
  身上穿着小风衣，那个脸色像猴子屁股一个样！

高：啊？

王：通红通红，冻的。

高：人家在城里暖气空调坐汽车，咱们村条件够不上啊！

王：看来呀，这小伙子，肯定是城市长大的小娃娃！

我看他在俺村里干不长。

乡亲们都盼着上头给我们派个好书记，带领俺们来致富。

看来这个娃娃指不上！

高：要说进村挨了冻，记在小刘书记他心上。

下乡日记他写到，

这件事，把思想警报给拉响。

（白）总书记教导我们，扑下身子到村里干，同群众一起干，

不能蜻蜓点水，不能三天打鱼两天晒网，不能神龙见首不见尾。

当书记不是来作秀，乡亲们不富不还乡。

从这天起，他蹬上一辆电动车，就在村里转悠上了。

东邻西舍拉家常，找问题他摸情况。

脚踏实地干工作，要让村庄变富强。

您要问成果怎么样？

王：大娘我还要讲一讲！俺把人家小刘书记给冤枉。

人家在俺村三年整，俺们村一天一个新模样。

大街小巷变干净，家家户户变漂亮。

这些变化提不完，关键是俺们腰包里面鼓得慌。

有钱了俺也把空调给按上，冬天里俺也不穿厚衣裳。

俺比城里老嫲还时尚。

要说啊！这日子过得这么利量，全靠这山上的井帮忙。

高：山上挖了5口井，就能引领着村庄变富强。

这事说来挺简单，看来这第一书记挺好当。

王：好当，你当试试。

高：您是谁？

王（学演女同志）：我是他的爱人叫小芳。自从他当书记进了庄，

俺家里他就指不上了，上有老下有小全都落在俺身上。

这些俺不提了，他还学会偷钱了。

高：偷钱？

王：都知道打井需要钱啊！这钱的办法谁给想？

他找资金、拉赞助，光鞋磨破了好几双。

为凑钱，把俺的存款偷走了，

说算俺入股在茶厂。

高：嗨！这是开玩笑。

王：我就生这个气，我知道他是为了老百姓。

为什么缺钱不跟我商量？为什么缺钱不把实话讲？

俺说全心全意支持他，他把俺当成唱高腔。

等山上的井口出水后，回家给我跪榴莲，

把瞒着俺的下场让他尝一尝！

高：刘书记打井缺资金，这只是困难第一桩。

开工时，男女老少齐上山，施工队，开动钻头嗡嗡响。

一钻下去没有水，二钻下去水不淌。

突然间，

钻头遇上了大石头，施工队长想退堂。

山上的石头实在硬，坏了钻头不值当。

还要挖，得加设备，加人手，可原来的资金没算上。

刘书记正把办法想，一声慢着响耳旁。

王（学演老大爷）：慢着！

施工队先别走，老汉我代表大家讲一讲。

高：这大爷又来了。

王：山头上，要打井，不是小刘书记胡乱想，

想当初，书记到俺家来走访，句句话扎到心窝上！

他问俺，按说这家家户户种茶园，咱村里不该是这个穷模样！

看人家种茶成产业了，咱们为啥不建大茶厂？

唉……书记你不知道啊，俺这茶山上没水源！

茶树离水它不长，就像掐我们的命门一个样。

茶树要是不浇水，发芽晚，上市晚，

眼看满山的好茶叶，价格就是都卖不上。

没市场，日子越过越窝囊。

高：认命？不认命！既然水源是病根，

咱干脆，

把井挖在山头上，让茶树痛痛快快地喝一场

打破靠天吃饭旧模样。

王：共产党就是咱们群众的挖井人，俺不能，让他为难屈的慌。

老少爷们，来。缺人俺们出人手，缺钱咱们齐凑上。

小刘书记领着咱，咱们一起向前闯。

高：我，谢一声，老少爷们情意深，喊一声，老少爷们齐上场，

咱们众手浇出幸福花，打破贫困的旧模样。

合：开钻——转，嗡嗡响，

王：带着大家的期盼往下钻，

高：遇上泥来把泥穿过，

王：遇上石头石难挡。

高：一连钻了五口井，白花花水啊不停淌，

王：我捧起一口尝了尝，真甜啊！浇出茶叶肯定香。

高：浇出的茶叶就是香，春茶上市被抢光。

村里建起新茶厂，日子越来越富。

小山村变了样，几口小井帮大忙。

这就是挖井记一个小段，故事虽小意义强。

您要问山村现在什么样？

王（学演小朋友）：叔叔，我想讲一讲。

高：吓，这小孩也来了。

（曲艺类优秀奖）

社区情深大碗茶（山东快板）

刘昕瑶/济宁市邹城钢山小学团委书记

今天我给大家讲一讲我们邹城市龙山社区创新基层治理，增进党群和谐的小故事。话不多说，咱们打板就唱——

东方破晓太阳升，
时间是早晨的八点钟，
姜伟书记的脚步急匆匆。
你问他这么着急去做啥？
原来是今天周五去喝茶。
那是喝的什么茶？
听我慢慢给你拉——
一年前姜书记刚上任，
棘手的问题一大堆。
（白）什么问题？
龙山社区是人员杂，设施差，社区工作困难大，
那怎么办？
哎，小小茶碗映眼帘，
大家边喝茶来边聊天。
问题共同解决来，
你问我效果怎么样？
那请随我一道来观望。
首先开口的周大妈，

未曾开言笑哈哈
大妈我今年七十三,
孤苦伶仃好心酸,
我老伴儿他走得早,
无儿无女过到老。
唉,人老了真是没啥用,
何况我还一身病。
咱龙山社工胡军波,
老实可靠话不多,
几次喝茶明情况,
他亲自登门去探望。
一把拉住了我的手,
暖心的话语说出口。
"只要是您不嫌弃,
当您儿子我愿意。

再有问题交给我。
保证能让您满意"
那以后，他亲自把我来照料，
是伺候吃喝又喂药。
又问暖又问寒，
知心的话儿说不完。
办理退休保障金，
又尽力来又尽心，
说实话，他比那亲生儿子还要亲。
（白）这都是咱们社区工作者该做的，
姜书记，咱们这个茶铺真不孬，
把俺的问题都解决掉。

紧跟着说话的王大发，
两眼通红泛泪花；
那会儿我才刚结婚，
两口子吵架日子过得很闹心，
媳妇吵架就往娘家走，
剩我一个人喝闷酒。
那天我喝得有点多，
夜里下楼打哆嗦，
连滚带爬地往下跌。
我当时摔得很严重，
趴在楼下不能动，
再加上喝酒太疲劳，
我趴在地上就睡着。
"大哥，你那是睡着了吗，那是摔晕了。"
是啊，多亏让社区小徐给发现，
他马上送我去医院。

这小徐是咱的网格员，
陪我看病又垫钱，
帮我把媳妇劝回家，
那以后我们俩吵架准找他！
他是我家庭生活的润滑剂，
他让我的生活越过越好越甜蜜！
大家伙你一言来我一语，
乐坏了社区的姜书记。
邻里欢聚大树下，
时间飞逝不觉察，
长板凳、大碗茶，
让社区工作不复杂，
社区情深大碗茶，
党的温暖照万家、照万家！

（曲艺类优秀奖）

唱"刮风"（快板书）

刘　冰/威海市环翠区文旅局副研究馆员
王　帅/威海市曲艺家协会副主席

合：心激动情满怀，大步流星走上台。

刘：走上台先鞠躬，打起快板我唱刮风。

王：刮风？刮什么风？这么好的天说刮风？

刘：我今天不说东风南风西北风，也不说狂风旋风龙卷风，说的是，中国梦扬帆新征程，就刮起了，为人民服务的新作风。

王：哦，你说的是咱们二十届三中全会提出全面深化改革、推进中国式现代化，增进人民福祉、提高人民生活品质的目标后带来的新作风？

刘：这新作风，是春雨，悄悄润物细无声，这新作风，情意浓，把党的关怀送进百姓心中。

王：这新作风暖人心，让许多温暖的故事正发生，一件件，一桩桩，都是不起眼的小事情。

刘：小事情，很生动，我们唱上一段儿您听听。

王：在张村镇，有一处路口没有红绿灯，人车混行不畅通，尤其是上下班的高峰期，是车在人流里，人在车流中。

这个要拐弯儿，那个要直行，这边抢着要先走，那边还插缝往前拱，一来二去，堵得谁也走不动，是心烦意乱的闹哄哄。

镇党委，在联系群众的走访中，有居民来反应。他们迅速协调查实情，依托镇街吹哨、部门报道机制和一切以解决问题为出发点，马上联合交警支队交安委，亲临现场来办公，结合实地定方案，是抓紧时间快施工。各部门迅速反应来联动，仅用了一个礼拜就完工。

周围的百姓全都很吃惊,哎呀!这里么时候给安了个红绿灯?

这个说:"这回可是好了,再也不用提心吊胆地过道了!"

那个说:"嗯,这个事儿政府办得真不熊。"

这事儿到这还没完呐,咱们镇党委,主动刮起了摸排自查风,对全镇的路口全面来调查,又新增了三处红绿灯,改造了两处路口老旧设备,让群众的出行更畅通。

刘: 竹岛街道园中园小区,有一个台阶挺出名。是青年躲老人愁,小孩见了哭不停,只因为它修得太高不好走,一不留神就容易绊倒被它坑。

有一个小伙爱养花,抱着两盆仙人球就回家中,走到这里没留神,扑通通,摔在了地当中,花盆摔了个稀巴碎,关键是,两个仙人球,扎在了胸口嗷嗷疼。老人到这儿只能慢慢地往下蹭,小孩子经常一脚下去就踩空。

居民把问题来反映,立刻就得到答复和回应,工作人员查看后,立刻拿出方案找人来施工,在原有的阶梯基础上,合理布局,再加两层,把台阶的高度降下来,老人孩子走着都轻松。

王: 您别看就这么一点儿小事情,周围的居民都看在眼里,记在心中。

刘：这就是，咱们党员干部用行动，给百姓刮起的顺心风。

王：鲸园街道东山社区，处处都能感受到温情。

刘：大姨呀，出门的时候一定要把阀门都关好！

这个插排不用一定一定要关上。

大爷去弄吗？千万注意安全呀哈。

王：一声声问候，一句句叮咛，就像那冬日暖阳，温暖着老人心中暖融融。

为了更好地服务居民和百姓，他们还成立了兵妈妈拥军志愿服务队，为社区居民义务做护工。

刘：慰问老兵搞活动，照顾老人做卫生。

王：清管道，抗疫情，修理公共设施掏粪坑。

刘：只要居民有需求，他们毫不犹豫打冲锋。

王：老百姓纷纷跷起大拇指，社区里处处洋溢和谐风。

刘：虽然说，我今天讲述的只是一些小事情，但正是这些看似不起眼的小事情，却犹如一缕缕化雨的春风，不仅带来了广大干部的新作为新作风，更为提高人民群众的生活质量，带来了新气象！这正是：

合：新气象新作风，初心不忘唱大风。

新作风新气象，开拓创新再攀登！

新作风吹来新气象，新气象带来新作风。

新气象新作风，精致发展大冲锋。

新作风新气象，华夏处处沐春风！

（曲艺类优秀奖）

地摊书记（对口快板）

张　毅/德州实华化工有限公司职员
靳长钊/山东华宇工学院教师

合：乡村振兴产业旺，
　　农村交易有市场，
　　夜市里面真热闹，
　　各种买卖开了张。
张：小吃食品讲卫生，
　　真材实料味道香；
　　纯棉袜子和T恤，
　　质优价廉又时尚。
靳：老头盘的手把件，
　　小孩玩的玩具枪；
　　日用百货样样有，
　　时令蔬菜一筐筐。
张：这边看，三五好友路边聚，
　　小吃摊儿，喝酒聊天真欢畅。
靳：那边瞧，大妈正跳广场舞，
　　音乐起，幸福美满笑脸扬。
张：有个摊位很特别，
　　男女老少围了一大帮。
　　摊儿上摆着棉坐垫，
　　直播设备摆一旁。

　　　　出摊的是个帅小伙，
　　　　一米八五黑脸庞，
　　　　身材魁梧腰板儿直，
　　　　浓眉大眼高鼻梁。
靳：这小伙，手里拿起棉坐垫，
　　　　直播卖货开了腔：
　　　　"我这个坐垫纯手工，
　　　　颜色好看质量强；
　　　　我这个坐垫坐一坐，
　　　　才思泉涌写文章；
　　　　我这个坐垫买回家，
　　　　事业顺利收入涨。"
张：人们围着看热闹，
　　　　一个妇女，看着小伙眼放光；
　　　　掏出手机录视频，

嘴里还一个劲地直嘟囔：

"快来看，快来瞧，

我给大家讲一讲。

他是我们村的村支书，

不务正业胡乱忙，

大夏天卖这棉坐垫，

不知道脑子里面怎么想。"

靳："张大嫂，你说这话什么意思？

阴阳怪气不应当。"

张："不应当？

你就是个退伍兵，

退伍转业到地方，

通过遴选当支书，

我看你也干不长。

书记下班摆地摊，

还学这网红直播出洋相，

面子工程做得好啊，

宣传自己好把大官当。"

靳："张大嫂，您如果对我工作有意见，

欢迎批评指正村委会里说端详。"

张："这里说，你怕对你有影响？

我偏要对你直播间里的粉丝讲。"

靳：这一闹，现场围得人更多，

议论纷纷，指指点点来观望。

直播间里更热闹，

评论刷屏，人气噌噌地往上涨。

看小伙，不着急，不生气

面带微笑把话讲：

"张大嫂，别生气，

今天咱就讲一讲，
您到底哪里有怨气？
我现场办公听端详。"

张："你给村里修了路。"

靳："对啊，对这事儿，大家支持又赞扬。"

张："哼，非修最后一米路，
直冲我家院门把这风水挡。"

靳："咳，张大嫂你别急，
这件事儿村委会已经讨论决定有主张。
修路是为民办实事，
至于您的风水，村里决定修上一个影壁墙。"
人们纷纷点头来赞同，
直播间，都说这个高招是良方。

张："你摆摊，挣钱进了你腰包，
可不是带领大家致富，把这村民帮。
你这个做法太自私，
丢人现眼毁形象，
全村跟着你丢脸，
你把俺村的面子全丢光。"

靳："大家不要乱猜疑，
我是在村里把支书当。
可我摆摊不为自己，
卖货也是把别人帮。"

张："你这个小嘴真会说，
我看你就是在把自己帮……"
妇女刚要继续说，
一位老人站身旁。
"他大嫂，你可别乱讲
他是在帮我李大娘。"

靳：大家一看更热闹，
　　你言我语开了腔。
　　这个说，我看这里面有故事，
　　那个说，这剧情可比看电影强。
张：李大娘伸手拉住了小伙子，
　　环顾四周开了腔：
　　"乡亲们，
　　我今年已经八十多，
　　腿脚不便手艺强，
　　在家把那坐垫编，
　　卖不出去堆满房。
　　书记看在眼里记在心，
　　上门收购付了账。
　　他言说，有个客户来采购，
　　坐垫出口销售，为咱祖国来争光。
　　哪承想，都是他自己给买下，
　　到这里摆摊他成了零售商。"
靳："大娘！"
张："大家可能不知道，
　　俺村的路，下雨就成黄泥浆。
　　书记上任就修路，
　　不怕累来不怕脏；
　　他带头捐款带头干，
　　出钱出力把村民帮；
　　为让村里富起来，
　　挨家挨户去走访；
　　他网上学习勤钻研，
　　把高产粮种买回乡；
　　科学种田他传授，

村里实现了吨半粮；
农副产品深加工，
联系粮食加工厂；
直播间里把这农副产品卖，
让乡亲们的收入长。
起初没人看好他，
我心里也这么想，
可这个小伙不服输，
要把这个重担扛，
他用事实来说话，
比我们这些老人强。"

靳："大娘！
我是一名退伍兵，
初心不忘忠于党。
只要村民相信我，
我付出多少都应当。
时代发展在进步，
致富不能用老思想。
'互联网+'来推动，
咱村已经大变样。
二十大精神指方向，
科技创新农业强；
城乡融合发展快，
幸福指数年年涨；
农业农村现代化，
乡村振兴日子旺；
处处都是丰收景，
建设和美好家乡。"

张：张大嫂听后很羞愧，

连说自己不应当；

　　　赶紧鞠躬来道歉，

　　　真心实意求原谅。

靳：大伙听完心明了，

　　　点赞叫好来鼓掌。

　　　直播间里更火爆，

　　　点开链接把这坐垫全抢光。

　　　留言咨询要位置，

　　　要到村里旅游和观光。

　　　这就是书记摆摊一件事儿，

　　　千万个他们，为咱民族复兴在奔忙。

合：对，千万个他们，为咱民族复兴在奔忙！

（曲艺类优秀奖）

一张办公桌（山东快书）

赵明元/东阿县委党校教务处主任

城东八里小村庄，
村东头，扩音喇叭是嗷嗷地响。
你要问来了哪一个，
来了那收破烂的赵大强。
他车上拉着个破桌子，
吆喝的词句实在强。
"哎，收破烂儿，收破烂儿，
来了我收破烂的赵大强。
谁家有，旧家具，旧电视，
没用的空调和冰箱。
旧书籍，旧报纸，
花花绿绿的旧衣裳。
破桌子，烂凳子，
破破烂烂不嫌脏。
我是收世界收全球，
从大西洋收到了太平洋。
赶快拿来把钱换，
放在家里占地方。
换了钱，
给老爹买盒中华烟，
给老娘买身新衣裳。

给媳妇买条花裙子,
　给孩子买个玩具枪。
赵大强这里正吆喝,
有一个老人迎头拦在了路中央。
"哎,你是干什么的?"
"啊,老先生。"
赵大强说话之间下了车,
"老先生,你没看见吗,牌子上写着
我收破烂来到咱们庄。"
"你收不收破烂我不管,
我问你,这个桌子,
怎么放在你车上?"
"怎么放到我车上,我收的啊,
可不得放在我车上。"
"放你车上不行,搬下来。"

"搬下来，老先生，
搬下来放到哪里去啊？
放到你家搞收藏？
行，没问题，
这桌子，四百块钱我收的，
你要要，红票子你再添一张。"
"添一张？
告诉你，桌子赶快给我留下来，
要不然你走不出俺这个庄。"
"吆喝，你这个老头怎么这么说话啊？
我为嘛走不出这个庄？
你是劫道的还是黑社会啊？
要知道，现在国家扫黑除恶做得好，
这个桌子，我不给你你还抢啊？"
"抢？抢不抢的先不说，
桌子你要是不留下，
我揍你两巴掌！"
"揍我两巴掌，来来来，朝这儿打，
我要是眨眨眼
算我输在你手上。"
老头说，好好好，我看你到底有多强。
老头举拳往下落，
大强伸手忙抵挡。
眼看二人打起来，
远处有人开了腔。
"住手，别打了！"
从远处，一路小跑，
跑来了支部书记王小刚。
"赵大哥，你不认识这位老先生啊？

这是俺们村的老支书,
他的名字苏振邦。"
"还老支书? 非要要我这桌子,
不给他还想揍我两巴掌。"
老头说:
"这个桌子,一直放在村委会,
为什么跑到你车上?
分明是你小子手脚不干净,
偷了就往车上装。
叫你留下还不留下,
你装的什么好人样?"
这个小刚说:"老支书,这个桌子是我卖的。"
"你卖的? 你这个小子真荒唐!"
"老支书咱们村,
刚刚翻新了村委会。
盖了三间,
亮堂堂的大瓦房。
买了新的会议桌,
又大又新又漂亮。
这个桌子这么旧,
放着碍眼占地方。
卖了大家都清净,
也算是,
为增加集体收入添力量。"
"好,好好好,你现在看着桌子碍眼了,
我不嫌,赶快搬到我家的炕头上。"
"老支书,有话慢慢说,这么生气不值当。"
"唉!
你们现在看着碍眼了,

可知道它经历的岁月和风霜。
那是1984年，
我担任支书在村上。
盖了新的大队部，
是一间，十平方米的小矮房。
可就是缺少一张办公桌，
没法写没法画，
开个会，还得跑到村东头的石碾旁。
要多憋屈多憋屈，
要多窝囊多窝囊。
我就砍了我家一棵树，
请来了咱村的张木匠，
打成桌子，
把它放在大队上。
白天在上边播新闻，
晚上在顶上读文章。
开会时，
我用它把党的政策来宣扬。
选举时，
它上边放着咱们的投票箱。
夏天苍蝇蚊子多，
在它上面点蚊香。
冬天用它把门堵，
把凛冽的寒风来阻挡。
那个时代条件差，
这桌子派上了大用场。
现如今，咱们村由内到外大变样，
村委会，变成了亮堂堂的大瓦房。
买来了新的办公桌，

又宽又大又漂亮。
这张桌子这么旧,
要说,就该卖了腾地方。
可它跟我30年,
就像我的同志和老乡。
今天听说要卖它,
我打心眼里疼得慌。
这不是一张普通的办公桌,
它寄托着我们老一辈的感情和希望。
它像一团星星火,
把前行的道路来照亮。
它像一面旗帜在飘扬,
指引着我们的目标和方向。
它像一块里程碑,
见证着咱们村从落后到辉煌。
看见它,我感觉我一个老共产党员的青春热血在流淌。
因此,我想把它留下来,
把咱们村,奋斗的故事来宣扬。"
老支书从头到尾讲一遍,
感动了大强和小刚。
到后来,村里建起村史馆,
这桌子,被当作文物来收藏。
这正是,一张小小的办公桌,
见证乡村振兴新篇章!

(曲艺类优秀奖)

人间处处充满爱（山东琴书）

韩永福（伴奏）/单县朱集镇韩六村村民
张先英（演唱）/单县朱集镇韩六村村民

风和日丽天晴朗，
一条大路宽又长。
马路上驰来一辆出租车，
司机是共产党员大老杨，
副驾驶坐着一位大姑娘，
穿着打扮多时尚。
出租车正然往前走，
见一位老人突然倒路旁，
路旁边有位环卫工，
她本是年过六旬的王大娘，
王大娘放下扫帚去搀扶。
怎奈是，
年老体弱没力量，
大老杨手疾眼快忙刹车，
叫大娘闪闪我来扶帮。
走近跟前仔细看，
见老人浑身抽搐脸发黄，
急忙把老人来抱起，
放到了出租车的后座上。
姑娘，

救人的黄金时间一分钟也不能耽误,
要不咱先上医院。
王大娘说声我也去,
到医院跑前跑后我能帮忙。
说着抬腿要把车上,
气坏了副座上的那位姑娘,
把眼一瞪开口嚷,
你看你身上有多脏,
这是我拿钱包的座,
别弄脏了我的东西和衣裳。
你先送我回家去,
要不然,
耽误了时间你要赔偿。
看见她盛气凌人那刻薄样,
大老杨,

只气得浑身发抖心发凉,
姑娘你怎能这样讲,
谁家没有爹和娘。
华夏文明几千载,
要懂得尊老爱幼心善良,
虽说她衣衫褴褛心灵美,
是咱们学习的好榜样。
如果是,
人人都像你这样,
建设咱有特色的社会主义,
文明国家还有啥指望?
今天我拉她不拉你,
你的损失我赔偿!
一番话,
说的姑娘头低下,
满脸羞愧喊大娘,
都怨我年轻不知礼,
还望二老多原谅。
来来来,
我扶大娘把车上,
俺晚会回家也无妨。
三人同时把车上,
医院里去给老人瞧病伤。
这正是,
人间处处充满爱,
中华美德万古扬,
中华美德万古扬!

（曲艺类优秀奖）

心愿（情景剧）

田智群/胶州市文化馆退休人员
高　腾/胶州市铺集镇宣传统战组组员

地点：原林春家。

人物：原林春（田智群饰），75岁，退休职工，第一批青岛下乡知青。
　　　　高腾（高腾饰），31岁，胶州市铺集镇文化站工作人员，原林春外孙女。

幕启：原林春家。桌子上面摆放着剧本、八角鼓等演出道具。高腾在屋里收拾卫生。原林春从下面捶着腰疲倦地走了上来。高腾见状急忙上前扶姥姥坐下。

高：姥姥腰又不舒服？是不是昨天晚上演出又累着了？
田：可不是嘛，真是年纪大了不由人，现在是心有余而力不足了。
高：干着累就不干了呗！
田：不干了？我和你姥爷二十多年好不容易建立起来那么受老百姓欢迎的艺术团，说不干就不干了？
高：那……那你们70多岁了还能干几年？没人接班不早晚还得散？
田：是啊！现在这正是我和你姥爷最大的心病啊。哎，腾腾，你从小就跟着我耳渲目染的，什么茂腔、秧歌、八角鼓的都会些，我看这个班就你来接吧？咱得把这事传承下去不是？
高：我？

田：是啊。

高（不屑一笑）：我平时就是凑热闹跟着玩玩而已，让我传承接班？我才不干来。

田：你又年轻又有文化，为什么就不能干呢？

高：姥姥！这些年您和姥爷带这个艺术团白白黑黑地又是排练又是演出多辛苦，你觉得这样做值吗？

田（坚定的）：当然值了！腾腾，二十年我从几个人的文艺宣传队发展到现在六十人的邻里艺术团，把文化宣传送到全镇的村村落落。从乡村地摊演到城市大舞台，你不知道我有多自豪。每当演出看到乡亲们一张张开心的笑脸和结束后那恋恋不舍的样子，我觉得一切辛苦值了！

高：可我有家庭、有孩子……我还有工作呢。

田：孩子我可以帮你带，工作传承两不误。经济上有损失我可以给你补偿……

高：姥姥，这是补偿的事吗？您说这些年您和姥爷光退休金为艺术团搭进去多少？你知道我们也知道，只要恁俩高兴俺没人反对。可你们不能把我再搭进去啊。（姥姥听腾腾这么说难过地坐下）再说了，您这把年纪了眼睛又不好，还这么拼命，到底是图啥呀？

田：图啥？姥姥姥爷都土埋半截的人了，啥也不图，我图的是一辈子对文化的热爱；图老百姓对文化生活的需求；图这把年纪还能做点有意义的事来回报社会。做一个有价值的人不好吗？

高：姥姥！可你为了你的人生价值付出的也实在是太多太多了吧。2016年的那把大火把你们十几万元的演出用品烧了个精光，你伤心哭泣的样子到现在都历历在目，你心疼东西可我们心疼你啊姥姥！当年你有机会回青岛，可你偏偏在这里……

田（手势打断腾腾）：没错，1965年我作为第一批下乡知青从青岛来到铺集，那年我十六岁什么都不懂，乡亲们拿我当亲人待，是他们的爱温暖了我，让我这一住就是一辈子。我爱这里的一草一木，更爱这里的父老乡亲。和你姥爷也是因戏结缘。俺俩都喜欢文艺，总梦想有一天能用自己的方式给乡亲们带来欢声笑语，梦想有一天能走上大舞台。现在日子富足了，终于可以实现我的梦想，做点为社会宣传、让老百姓开心也让自己高兴的事了，我高兴啊，觉得特别有意义。前几年我和姥爷得癌症在生死线上走了一趟都没怕过，可现在就怕多年辛辛苦苦带起来的文艺团队因为没人传承散了，那样姥姥才真的心疼哪！（擦眼泪）

高：您别难过了（心疼的蹲下来安慰姥姥）姥姥，文艺……不……不就是逗观众开心取乐的事吗，用得着您这么认真？

田：腾腾，你千万不要小看了文艺宣传，它是用百姓喜欢的方式把党的好政策播到千家万户，它能让正能量得到传播、邪恶势力无地自容，能促进社会和谐安宁。乡村离不开咱这样的文艺团队，它对社会发展的意义可大着呢，就不是用金钱来衡量的事。

高：噢（理解地点点头）。

田：一代人有一代人的责任与担当。姥姥老了快干不动了，最大的心愿就是你能把传承的责任担起来，好吗？

高（纠结了一下，坚定地）：好，姥姥我答应您。您说得对，我年轻，应该接过你的接力棒，用我们年轻人的朝气带动乡村文化焕发生机；让文化的种子在这片广袤的乡村大地上生生不息代代相传。也把姥姥姥爷的爱心传递下去！

田（听罢激动）：说得好！有你这话姥姥就放心了。腾腾，你要记得传承不光是技艺的传承，也是一代代人对梦想的传承！

高：姥姥你放心吧，我既然接受了就不会让您失望的！

田：好。我这里正好刚创作了一个宣传党的二十届三中全会精神的八角鼓节目，过几天要参加市里的宣讲大赛，就由你来参加好不好。

高：好的姥姥，我保证完成任务！（做了个滑稽动作逗姥姥哈哈大笑。然后两人拿起八角鼓表演一个选段）

合唱：党的二十届三中全会指航程，

深化改革劲倍增，

高质量发展志不移，

强国富民享太平、享太平！

（曲艺类优秀奖）

守黄河之水·筑梦想齐鲁（现代说唱）

杨　炫/山东农业大学艺术学院教师
商宸鹤/山东农业大学资源与环境学院2021级本科生

杨： 吹着春天的风，淋着夏天的雨。
　　收着秋天的果实，看冬天的雪。
　　捧着黄河的水，我们坚定信心不后退。

商： 我们来自齐鲁大地诞生黄河流域，
　　享受着母亲河灌溉滋润每片土地。
　　我们去呵护倾尽毕生所学倾尽我的心，
　　学习他的思想永远保持一颗中国心。
　　他踩着密密脚步伴着呼声来到这里，
　　去考察上游下游生态系统还有淤泥。
　　我们都跟着他脚步贯彻新的发展理念，
　　见证绿水青山化作金山银山的例子。

杨： 黄河源远流长，所到之处万物在生长。
　　新的发展理念是与自然和谐成长。
　　谁在说谢谢，谢谢，安心栖息在四个季节。
　　回头望它们给我打着招呼，
　　一排排的小树稳稳扎根河畔沙土。
　　从上而下形成系统牢牢拴住，
　　涵养水源保护湿地形成新的防护。

商： 挎着菜篮子在河滩边散步，
　　建立新的设施黄河滩区共同致富。

  居民安居乐业新的生活到了嘞，

  茶余饭后娱乐生活丰富找对象了没。

杨：他们过每一天，奋斗每一天，

  实现安居梦的滩区人民幸福每一天。

  听从他的指挥党的领导跟着他们走，

  幸福滩的人民共同富裕相互牵着手。

商：我不管你黑土地黄土地红土地黏土地，

  为了可以守住耕地红线学习知识多努力。

  我们会抗盐碱抗流失变简点我们会看远点，

  把所有立体事物万米高空之上看扁点。

  我们的锄头哪能比过新型机械手臂，

  运用着新型农业快速收割像是游戏。

  百姓们看着丰收硕果幸福攥在手里，

  帮他们扩散销售市场明天可以接着走起。

杨：听着万物的声音，安抚湿地的生命。

有着和它对话相处的能力,
　　　保护家的环境家的功能蓄水能力。
　　　围在它的周围守护它的家,
　　　保护它的姊妹种类多着呢。
　　　万物生灵我在乎着呢,
　　　黄河流域生态保护现在出发。
商：把责任扛在双肩刻在DNA里,
　　　点燃了新的火种反向推动转型升级。
　　　传承着新的思想学习前辈博古通今,
　　　推动着乡村振兴蓬勃发展走向光明。
杨：我天天都见,每天出现,
　　　牢记思想服务群众全都看见。
商：从古代到现在我们都会,
　　　守护黄河水的热情从来不会消退。
杨：齐鲁大地孔孟之乡,
　　　不负前辈希望努力奔跑向着前方。
　　　躺在求知摇篮进入知识的殿堂,
　　　强农兴农努力实现我们的愿望。
　　　听到祖国召唤我们都在都在,
　　　无论在世界哪个角落我们都来都来。
　　　Shout out to农科人群我们都爱都爱,
　　　携手登攀创造辉煌我们向着未来。
杨：希望播撒在田间,
　　　我们代表着明天,
　　　祖国花朵的笑脸。
商：当红光撒向我的脸庞自觉温暖,
　　　指引着前方的路不知不觉消解了时间。
杨：坚持四个自信始终也相信,
　　　搞清人民所思所想我们都听。

始终坚持奋斗也开拓创新,

新的一年山东的梦就要实现。

商：我看见各行各业在奋斗,

翻过一关关山头,

脱贫攻坚始终坚持都睡温柔的枕头。

前辈出发在前头,

后辈跟着手牵手,

始终跟随他的脚步。

杨：听着他的思想也始终相信,

2049梦想实现越来越靠近。

矗立齐鲁大地上的我们相信,

领导山东人民新年共创佳绩。

合：中国梦遍四周神州大地,

新的气象围绕在这里。

我懂得一些哲理所以不会放弃,

也从来不会忘记自己出生来自哪里。

那里是高楼林立或绿草如茵,

遍布祖国各地都有崭新的气息。

我们都向着党的光明,

整装待发开启我们新的世界。

商：看着那黄河流去,

新生在它的流域。

孔孟之乡有人气,

遍地是名人事例。

从小就习得字句翻阅文化书籍,

也学会博古通今学习新的主义。

杨：从东边走到西边,

攀爬到泰山之巅。

东昌湖多么耀眼儿,

威海的风很滋儿。

没事儿就吃个烧烤，

把子肉去放纵一下。

有时候放个风筝，

看来年的牡丹。

商：每天都会牢记使命责任抗双肩，

回想起那抗疫期间我们都肩并肩。

无论哪个时代，党把人民心头放在心头上，

用智慧现代生活人民安居乐业。

杨：听着他的思想，也始终相信，

2049梦想实现越来越靠近。

矗立在齐鲁大地上的我们相信，

领导山东人民新年共创佳绩。

合：中国梦遍四周神州大地，

新的气象围绕在这里。

我懂得一些哲理所以不会放弃，

也从来不会忘记自己出生来自哪里。

那里是高楼林立或绿草如茵，

遍布祖国各地都有崭新的气息。

我们向着党的光明，

整装待发开启我们新的世界。

（曲艺类优秀奖）

"心动力"直播间（情景剧）

车琳琳/山东高速泰安发展有限公司 泰安东收费站副站长
韩　坤/山东高速泰安发展有限公司 新泰养护中心巡查员

时间： 周末
地点： 山东高速泰安发展公司职工车琳琳的家
人物： 车琳琳，山东高速泰安发展公司"心动力"志愿服务队志愿者
　　　　韩坤，网红带货主播、志愿者家属

韩： 老铁们，大家好！欢迎走进大漏直播间，不用东奔西走，大漏要啥都有！

车： 山东高速"心动力"，志愿服务我先行！欢迎走进"心动力"志愿服务直播间，我是志愿者车琳琳。今天利用周末，去给月亮孩子送爱心。我给孩子们准备了防晒衣、遮阳帽……

韩： 感谢啊，感谢"佐罗侠"拍的皮夹克，"杨贵妃"拍的胭脂盒，"关二爷"拍的刮胡刀，"蓝精灵"拍的白围脖！三二一，上车！

车： 哎，我说你能不能小声点，我这正直播呢！

韩： 你直播，我也直播，咱两口子各干各的活儿！

车： 什么"蓝精灵""关二爷"啊，这不都是你同学嘛，都是托儿！

韩： 你就没托儿？

（手机直播间连线声：丁零零……）

韩： 哟，托儿来了！

车： 您好，"心动力"直播间，有什么可以帮您？

宋婷婷（画外音）：琳琳姐！

车：哎，婷婷呀！你好吗？

【宋婷婷抱婴儿出现在大屏幕】

宋婷婷（画外音）：好，琳琳姐，今天孩子百天了。

车：呀，都100天了。

宋婷婷（画外音）：是啊，琳琳姐，当初要不是你们，就没有我们娘俩的今天。

车：客气啦，只要你和孩子平平安安比什么都好。

宋婷婷（画外音）：现在想起来还心有余悸。那天，本来我们全家欢天喜地等待这个小生命的到来，没想到手术台上我突然大出血，医院的O型血告急，只能向社会发布求援信息。在这万分紧急时刻，是山东高速迅速组织了五十多名志愿者为我献血，这才保住了我们母子平安。是志愿者们给了我第二次生命。今天孩子百天了，我代表全家向所有志愿者们表示感谢，谢谢！

车：不用谢，这是我们山东高速人应该履行的社会责任！希望孩子健康成长。

宋婷婷（画外音）：谢谢！再见！

韩（讽刺）：你这托儿还挺好的。

车（甩了丈夫一眼，看表）：我没时间跟你掰扯，我得赶紧走，老公你开车送我去车站。

韩：哎，我就纳了闷了，你们志愿服务是能升职还是给加薪啊？春节，你们给孤寡老人包饺子；六一，你们给留守儿童捐本子；端午，你们给环卫工人送粽子，就是不能在家陪孩子，陪陪我（做怄气状）。

车（无奈探口气）：你到底送不送？！

韩（生气状）：不送！

（手机直播间连线声：丁零零……）

【吴大哥出现在大屏幕】

吴大哥（画外音）：他不送，我送！琳妹妹！

韩：哎，你谁啊？还妹妹。

车：是老吴大哥！

吴大哥（画外音）：我是一名汽车司机，五一我自驾去广西，来回跑了四千里，快要下道了，这破车不争气，停在了路口出不去。眼看要过免费期，我上蹿下跳干着急。多亏你们志愿者，帮我推车又加油，费用还省了一千七！在直播间，听说你们要给月亮孩子做公益，我也出上一份力。

韩：你们还给司机加油？

车：我们做的事多着呢，给电动车充过电，堵车的时候送泡面，还送过走丢的老大妈，把迷路的孩子送回家。赶过羊、攥过猪，帮掉落的货物找失主！您要是遇到了小困难，志愿服务团队把您来帮助。

吴大哥（画外音）：琳妹妹，我现在也加入了志愿服务队！要用车我马上到，等我哟！

韩（生气地挂断连线）：还等你哟，下去吧你！

车：听见了吧？你不送，有人送！

韩：月亮孩子就这么重要吗？

车：对，你知道他们为什么叫做月亮孩子吗？

韩：为什么？

车：月亮孩子天生眼球震颤、弱势、散光、畏光，有的孩子视力甚至不足0.1……

韩：0.1！

车：他们非常害怕阳光照射，否则皮肤就会红肿、形成水泡，所以一年四季都要穿着防晒服。

手机直播间连线声：丁零零……

【陈大姐出现在大屏幕】

陈大姐（画外音）：大妹子。

车：陈大姐！

陈大姐（画外音）：我来给你报喜来了，俺家老大今年以688分的成绩考上了清华大学！

【大屏幕显示月亮孩子张艺瑄央视采访视频】

张艺瑄（画外音）：我是张艺瑄，高中毕业于山东省菏泽第一中学，今年高考以688分成绩，有幸能进入清华大学的致理书院，数学与应用数学专业就读。

车（高兴地）：太好了！

陈大姐（画外音）：这都离不开你们这些志愿者们年复一年的帮助，谢谢你们！

车：大姐千万别这么说，是孩子用汗水和拼搏换来了今天的成绩，我们只是尽了一份绵薄之力。

陈大姐（画外音）：俺这两个孩子因为得的是白化症，俺怕有人说他们是"怪物"所以我从不让他们出门见人。孤独、迷茫折磨着孩子，也折磨着俺呐。是你们敲响了俺的家门，带他们去医院检查、去研学拓展，还为他们辅导作业，购买学习资料。孩子能有今天这样的成绩，离不开你们志愿者热心帮助。大妹子，俺从心底里感谢你们，不仅打开了俺的家门，也打开了俺和孩子的心门（心情激动地鞠躬）。

车：大姐，你客气啦，不是有首歌这样唱吗："只要人人都献出一点爱，世界将变成美好的人间"。我们志愿服务团队，就是要用行动传递温暖，用爱心和奉献点亮社会的每一个角落，为构建美好社会贡献国企力量！

陈大姐（画外音）：对了，大妹子，这是孩子们手工制作的工艺品（举着手工艺品）。

车：真漂亮啊。

陈大姐（画外音）：他们说，要像你们一样做一个对社会有用的人。再次谢谢你们，再见！

车：再见，陈大姐！

韩：媳妇，我刚刚把孩子们做的工艺品挂上了小黄车，现在已经有很多人下单了。

车：太好了，谢谢你，老公！

韩：那个……媳妇，我看你们"心动力"志愿服务这么好，我也想加入你们的团队。

车（怀疑的眼光看着）：你？

韩（不好意思地）：赠人玫瑰、手有余香嘛。

车：那要看你的表现咯！

韩（高兴地一手提箱子，一手拉着车琳琳）：媳妇，走，我送你去！

（曲艺类优秀奖）

海油父子（小品）

杨文冲/胜利油田老年服务管理中心
王韶华/胜利油田胜利采油厂

地点：胜利油田海洋采油厂海上平台
人物：魏海洋（王韶华饰），平台班站长，工龄30年
　　　　魏铁军（杨文冲饰），平台青年员工，魏海洋儿子

杨：妈，我已经到平台了，我还是有信心把我爸带下平台，本来前几天就该下去了，这回不能惯着他，生日宴你们就照常准备，你听听，我这第一步已经开始了。

（对讲机）魏海洋站长，魏海洋站长，请来一趟生活平台。

王：有什么事儿吗，我这正忙着呢。

（对讲机）那个，魏铁军，你儿子，他他，他病了。

杨：哎哟笨蛋，白给你一大块肘子吃，不是妈，我不是说你。

王：铁军，怎么回事？

杨：妈我先不跟你说了，哎哟。

王：哪里疼？

杨：肘子疼。

王：肘子疼？磕哪了？

杨：肚子。

王：磕肚子上了？

杨：柱子，磕柱子上了。

王：来我给你治治。

杨：来不及了，咱先登船再说。

王：坏了，我东西还没收拾。

杨：我都给你收拾好了，咱快走吧。

王：好了？不疼了？肘子碰肚子上了，我看你是脑子碰柱子上了吧！

杨：爸，你不能人身攻击啊。

王：别叫我爸，我没你这么没出息的儿子。

杨：我没出息？来，您看看这是啥。

王：你这肚子上的疤是怎么回事。

杨：去年，因为恶劣天气影响，电网波动造成的大面积停井的事儿还记得吧？

王：记得啊，当时我就在平台值班，然后突击队连夜出海都给开起来了。

杨：对，你儿子我，当时第一个举手报名参加突击队。

王：不愧是我儿子，这是抢险时被划伤的吧？

杨：阑尾炎手术，怕你担心，都没跟你说。

王：这就是你说的有出息。

杨：抢险那天海况太差了，我觉得就是吐得太厉害。

王：行了吧，海油人怕坐船，你配叫海油人吗。

杨：是，你配，你连名字都叫魏海洋。

王：魏铁军，你真应该随你妈姓，叫贾铁军。

杨：别提我妈，那天接到你不能下平台的电话，她在窗前站了很久，我不知道你心不心疼她，但我心疼，我跟她保证了，带你回去，吃团圆饭。

王：铁军，你今天也看见了，这储罐流程的施工改造，正是最吃劲儿的时候。

杨：所以我妈就该等着，等你完工了，等你不忙了，等着海况好了？

王：铁军……

杨：爸，从小到大，您陪过我和我妈几天？从小我就很羡慕别的同学，他们生病的时候，都有爸爸妈妈陪在身边，而我生病的时候，您在哪呢？他们受委屈的时候，会找爸爸撑腰，我受委屈的时候，您在哪呢？他们爸爸会带他们去游乐园去旱冰场，那个时候，您在哪呢？您就只会出现在我的作文里！

王：我……

杨：但是爸，后来我长大了，而且我也成了一名海油人，我开始理解你，我妈跟我说了，你把家里膏药都带走了，关节炎又犯了吧？您不是年轻人了，跟我走吧。

王：不要说了，我不走，你走吧。

杨：还是我奶奶和我妈更了解你啊，她们打赌说我今天肯定没法把你劝回去，虽然她们挺想输一次。

王：铁军……

杨：这是奶奶给你亲手做的手擀面，这是妈妈给你准备的生日蛋糕，爸，生日快乐！

王：铁军啊，我最怕过的就是这个生日，它提醒我已经不是当年那个抢风头战浪尾的小伙子了，我在平台三十年了，当初海洋刚成立，我是我们班最年轻的小伙，我跟着师傅们，怀揣着"以海为家，艰苦为荣"的光荣传统，遇水架桥，逢山开路，见证着，也分享着胜利海油一路凯歌的喜悦，所以我在这里一天，就要把这种传统坚持下去，传承下去！铁军，替我跟你奶奶和妈妈道个歉，她们能理解我，还有你小子给我记好了，进了平台的大门，端起了能源的饭碗，就得是海油作风的传承人。

杨：魏铁军，留下！

（曲艺类优秀奖）

"跑"与"不跑"（山东琴书）

亓　瑞/国铁济南局济南车辆段动态检车员
姬丛丛/国铁济南局济西站财务协管

【山东琴书对唱】
亮晃晃，最美铁路人榜样力量，
闪闪亮，普通的名字光耀四方，
平凡岗位书写劳动篇章。
学先进，前行路上，咱拼搏进取斗志昂扬，
努力奋斗，追逐梦想。

【对话】
亓：《最美铁路人》看了吗？
姬：看了，他们都是在平凡的岗位上做出了不平凡的业绩。
亓：我们用山东琴书唱一唱咱们身边最美的铁路人怎么样？
姬：咱唱谁呢？我给你们提供点原材料吧。
亓：欢迎您向我们提供生活素材。
姬：可惜我手里也不多，先给您少对付点吧。
亓：多少不拘啊，那么你打算给我对付点什么呢？
姬：我呀，先给你对付一个叔叔吧。
亓：说这么热闹就给我找一个叔叔。
姬：一个是少点。
亓：少点？
姬：也拿不出手，一会儿想想我再多给您对付几个。

亓：行了啊，要有富余你自己留着得了，我们家里有五个叔叔呢。

姬：你理解错了，是想给你介绍被网友称为"最美跑叔"的事迹，您给宣传宣传。

亓：哦，跑叔我知道，就是跳舞的那个。

姬：你那是鸟叔，我说的跑叔比鸟叔要勇敢多了，他是我们济南局淄博站的一名客运员。

亓：哦？

姬：不信你听听。话说那是2023年1月14下午19时。

【山东琴书独唱】

姬：2023年春运繁忙，
张华当班立定站岗，
高铁列车关门声响，
突然从车厢跑下四五岁的小姑娘，
看着启动的列车神色慌张，
哭着喊着追赶车厢。
张华见状，毫不犹豫，拼尽全力，
百米速度超过刘翔，

"小朋友，不要动！"边跑边喊扯破嗓。

在列车即将开行的瞬间，抱住孩子确保安然无恙，

然后紧急联系列车长，

帮着找到孩子他娘。

孩子娘说，俺从杭州坐车回青州过年，

列车在淄博站停车收拾行李，

没注意孩子她自己从车厢跑下去了，

谢谢你们了，现在想想心还发慌，

如果你们晚到一两秒，后果真的不堪设想。

【对话】

亓：你瞧瞧，还有这么粗心的家长，

姬：事情一经报道，近亿人次阅读量，迅速冲到热搜榜。网友纷纷点赞留言，引起强烈反响。

亓："最美跑叔"责任担当。

姬：你跑出了一道光。

亓：这位大叔品质高尚。

姬：这展示了咱铁路职工的光辉形象。

姬：张华是车站出了名的"热心肠"。面对采访，他却说，这点事很正常，确保每一名旅客安全乘降，就是我们客运员的责任和担当，我爱我的工作爱我的岗。

亓：遇到紧急危险我们必须冲在前，跑在前。

姬：我再给你提供三个大哥，这三位"淡定哥"就不跑。

亓：不跑怎么行？！不跑怎么能赶上新时代发展脚步，不跑怎么能从追赶到领跑，不跑怎么能够实现中国式现代化，不跑怎么能……

姬：停！淡定，淡定！你听我说完"淡定哥"的事迹你再说。

亓：好，我们洗耳恭听。

姬：说那是在2023年8月6日凌晨的平原站值班室。

【山东琴书独唱】

姬：忽然间，桌面摇晃，水杯翻滚，

值班员石强反应灵敏，

拦停列车！有地震！

第一时间想到的不是自己而是人民。

跟班作业的任吉震按下了"一键报警"的快门，

内勤助理值班员马逸飞立即拿起电话喊停列车，

三人坚守岗位，训练有素，冷静沉稳，

两分钟内将区间内7趟列车全部拦停，

践行了"生命第一、人民至上"的担当与责任，

展现出济铁人勇毅果敢、训练有素的精神。

【对话】

亓：地震来袭，他们第一反应不是避险，而是坚守岗位、果断拦停正在运行列车，为处于险境而沉着冷静的值班员们点赞。

姬：跑叔和淡定哥，一个身轻如燕，一个稳如泰山，都是践行人民为天，他们守护万家祥和灯火，保证了旅客平安。

亓："跑"与"不跑"，是本能，更是责任，不同的选择，共同的坚守，这就是我们铁路职工对安全工作的最深刻理解、对社会责任的最大担当。

姬：对，灿烂星空，谁是真的英雄，平凡的人给我最多感动。

【山东琴书对唱】

最美风采守初心，人民铁路为人民，

服务支撑现代化，实干担当铸忠魂，

至善至美的铁路人。

朴实无华勤耕耘，新征程上齐奋进，

追梦奋斗又一春！

（曲艺类优秀奖）

视频类

山东省"中国梦·新气象·新作为"微视频宣讲大赛理论类作品获奖名单

一等奖

《"幸福"河畔探寻"幸福"密码》

选送单位：中共东营市委宣传部　中共东营市委讲师团

《牢记总书记嘱托　走好国企改革创新担当之路》

选送单位：中共烟台市委宣传部　中共烟台市委讲师团

《山东港口日照港：因地制宜发展新质生产力》

选送单位：中共日照市委宣传部　中共日照市委讲师团

《青春何谓？青年何为？》

选送单位：山东省教育厅（省委教育工委）思想政治工作处

扫码观看视频

二等奖

《中国式现代化，民生为大》

选送单位：中共青岛市委宣传部　中共青岛市委讲师团

《三棵树破解振兴密码》

选送单位：中共烟台市委宣传部　中共烟台市委讲师团

《坚定文化自信　建设新时代文化强国》

选送单位：中共潍坊市委宣传部　中共潍坊市委讲师团

《赓续中华文明　书写时代华章》

选送单位：中共威海市委宣传部　中共威海市委讲师团

《从沂蒙精神内涵看中国共产党为什么能》

选送单位：中共临沂市委宣传部　中共临沂市委讲师团

扫码观看视频

《岁月流转：非遗之韵与时代新章》

选送单位：中共滨州市委宣传部　中共滨州市委讲师团

《文明向新　看齐鲁》

选送单位：中共山东省委省直机关工作委员会宣传部

《为世界自动化码头标定新高度》

选送单位：共青团山东省委宣传部

优秀奖

《深化文化体制机制改革　建设社会主义文化强国》

选送单位：中共济南市委党校　中共济南市委讲师团

《从百年党史探寻"三个务必"的精神内核》（社会征集）

选送人：中共济南市钢城区委党校孙小桐

扫码观看视频

《团结奋斗：创造历史伟业的磅礴力量》（社会征集）

选送人：中共商河县委党校陈庆华

《文化"两创"筑梦新征程》（社会征集）

选送人：中共平阴县委党校严文

《弘扬赶考精神　修好党史学习教育"必修课"》（社会征集）

选送人：中共青岛市即墨区委党史研究中心丁晓娟

《传承红色基因　培育时代新人》（社会征集）

选送单位：中共青岛市城阳区委宣传部

《同学，请做好三次安全"签到"》

选送单位：中共淄博市委宣传部　中共淄博市委讲师团

《齐文化廉政思想及其时代价值》（社会征集）

选送人：中共淄博市临淄区委党校马晓萍

《用好用活红色资源　助推乡村全面振兴》

选送单位：中共枣庄市委宣传部　中共枣庄市委讲师团

《美丽中国新境界——人与自然和谐共生》（社会征集）

选送人：枣庄科技职业学院殷文英

《全过程人民民主之"全"》（社会征集）

选送单位：中共枣庄市山亭区委宣传部

《"两山理论"——展现全球生态治理的中国智慧》（社会征集）

选送单位：中共枣庄市山亭区委宣传部

《人民至上，书写时代答卷》（社会征集）

选送人：枣庄科技职业学院王中迪

《深刻把握伟大建党精神的内涵》（社会征集）

选送单位：中共枣庄市山亭区委宣传部

《乡村振兴的"羊"帆起航》（社会征集）

选送人：中共利津县委党校丁洁

《赓续公路红色基因 新征程共织中国梦》（社会征集）

选送单位：潍坊市交通运输局 潍坊市公路事业发展中心

《让黄河成为造福人民的幸福河》

选送单位：中共济宁市委宣传部 中共济宁市委讲师团

《孔庙万仞宫墙——新时代如何担当新的文化使命》（社会征集）

选送人：山东济宁正德教育干部学院任仰萌

《观戒贪 强党性 讲廉政》（社会征集）

选送人：山东济宁正德教育干部学院齐程程

《跟着总书记学"慎独"》

选送单位：中共泰安市泰山区委党校

《从沂蒙精神的内涵看"坚持人民至上"》（社会征集）

选送人：临沂城市建设投资集团有限公司董雪

《一艘红船的领航》（社会征集）

选送单位：山东省政府和八路军115师司令部旧址管理服务中心 莒南县融媒体中心

《古为今用焕新意 隆礼重法激活活力》（社会征集）

选送单位：中共兰陵县委宣传部

《青山为伴水为邻》

选送单位：中共德州市委宣传部 中共德州市委讲师团

《窑火映日月 贡砖绽新颜—文化遗产的活态传承与创新利用》

选送单位：中共聊城市委宣传部　中共聊城市委讲师团

《文化交流互鉴——点亮文明交融之光》（社会征集）

选送人：聊城职业技术学院孙剑

《习近平文化思想的人民性意蕴》（社会征集）

选送单位：中共聊城市茌平区委宣传部

《触动心灵的"老渤海"精神》（社会征集）

选送人：滨州职业学院陈小敏

《如何发展新质生产力》

选送单位：中共菏泽市委宣传部　中共菏泽市委讲师团

《以新质生产力推动高质量发展》（社会征集）

选送人：菏泽市国家金融监督管理总局成武监管支局袁圆

《奋进新征程 志做大先生》（社会征集）

选送人：成武县郜城第九实验小学孙文瑞

《致敬妇女百年运动 书写巾帼精彩华章》

选送单位：山东省妇女联合会宣传部

《齐鲁大地万象新 向海图强正远航》

选送单位：山东省教育厅（省委教育工委）思想政治工作处

《以实现高质量发展推进中国式现代化》

选送单位：山东省国资委党委宣传与群团工作处

《守护党徽党旗 从规范使用开始》

选送单位：胜利石油管理局有限公司党委宣传部

《做堪当大任的新时代铁路人》

选送单位：中国铁路济南局集团有限公司党委宣传部

《锚定现代化 改革再深化》（社会征集）

选送单位：山东社会科学院

《石榴花开：铸牢中华民族共同体意识的山东实践》（社会征集）

选送人：山东工商学院高国富

山东省"中国梦·新气象·新作为"微视频宣讲大赛故事曲艺类作品获奖名单

一等奖

《向海潮生》
选送单位：中共青岛市委宣传部　中共青岛市委讲师团

《父子约定》
选送单位：中共泰安市委宣传部
　　　　　中共泰安市委理论宣讲中心

《老王的河》（社会征集）
选送单位：中共武城县委宣传部

《虾一刀》
选送单位：中共滨州市委宣传部　中共滨州市委讲师团

《追光者》
选送单位：共青团山东省委宣传部

扫码观看视频

二等奖

《蟠龙梆子》
选送单位：中共济南市委宣传部　中共济南市委讲师团

《百本日记绘初心》
选送单位：中共淄博市委宣传部　中共淄博市委讲师团

《火红的石榴》
选送单位：中共枣庄市委宣传部　中共枣庄市委讲师团

扫码观看视频

《渔家媳妇的"网"事》

　　选送单位：中共东营市委宣传部　中共东营市委讲师团

《传承微山湖上好支书 增写和美渔村新画卷》

　　选送单位：中共济宁市委宣传部　中共济宁市委讲师团

《一毛钱的事》（社会征集）

　　选送单位：中共泰安市泰山区委宣传部

《俺村有好戏》

　　选送单位：中共德州市委宣传部　中共德州市委讲师团

《我和汉服的故事》

　　选送单位：中共菏泽市委宣传部　中共东营市委讲师团

《守望·如愿》（社会征集）

　　选送单位：中共临清市委宣传部

《红日赞歌》

　　选送单位：山东省总工会宣传教育部

《寻亲天使谭英换》

　　选送单位：山东省妇女联合会宣传部

《码出热爱》

　　选送单位：山东省国资委党委宣传与群团工作处

《那一刻，没想那么多》

　　选送单位：中国铁路济南局集团有限公司党委宣传部

《铭记》（社会征集）

　　选送单位：山东广播电视台少儿频道

优秀奖

《"幸福食堂"里的幸福事》（社会征集）

　　选送单位：济南市钢城区民政局

《年轻的老朋友——致敬芳华不老的红色宣讲人》（社会征集）

　　选送单位：济南市老干部活动中心

扫码观看视频

《听爷爷讲那过去的故事》（社会征集）

选送人：青岛市第二实验小学王殿强 姜意桐

《归乡》（社会征集）

选送单位：中共枣庄市山亭区委宣传部

《劝红妆》（社会征集）

选送单位：中共枣庄市山亭区委宣传部

《双凤比翼》（社会征集）

选送单位：中共枣庄市山亭区委宣传部

《救命的半块馍》（社会征集）

选送单位：中共枣庄市山亭区委宣传部

《平安的信仰》

选送单位：中共潍坊市委宣传部　中共潍坊市委讲师团

《一甲青烟助学梦》（社会征集）

选送单位：共青团潍坊市委

《奔赴》（社会征集）

选送单位：中共潍坊市奎文区委宣传部

《格子里的姥爷》（社会征集）

选送单位：中共泰安市泰山区委宣传部

《挑影追光》（社会征集）

选送单位：泰安市泰山区岱庙街道办事处

《老杨来了》（社会征集）

选送单位：中共泰安市岱岳区委组织部

《一码是一码》（社会征集）

选送单位：泰安市岱岳区社会信用中心

《金口》（社会征集）

选送单位：肥城市老城街道办事处

《沐光而行》（社会征集）

选送单位：肥城市新城街道办事处

《老家彭集 等你过年》（社会征集）

选送单位：东平县彭集街道办事处

《送完这一件》（社会征集）

选送人：中共新泰市委宣传部宋川

《社区也有"联名款"》（社会征集）

选送人：山东微爱文化传媒有限公司杨浩　郭昌乐

《在乡村振兴之路上奔跑》

选送单位：中共威海市委宣传部　中共威海市委讲师团

《海龙湾》

选送单位：中共日照市委宣传部　中共日照市委讲师团

《待我回家　带我回家》（社会征集）

选送单位：中共日照市东港区委宣传部　日照市东港区退役军人事务局

《新生》（社会征集）

选送单位：中共日照市岚山区委宣传部
　　　　　　　中粮黄海粮油工业（山东）有限公司

《我们的幸福》（社会征集）

选送人：日照市实验小学焦自尊、徐鑫

《一把种子》

选送单位：中共临沂市委宣传部　中共临沂市委讲师团

《蒙山脚下落凤凰》（社会征集）

选送单位：中共临沂市罗庄区委宣传部　临沂市罗庄区文化和旅游局

《夸夸咱们的好日子》（社会征集）

选送单位：中共沂水县委宣传部

《小鲍书记跑腿记》（社会征集）

选送单位：中共沂南县委宣传部

《爱做梦的兵支书》

选送单位：中共聊城市委宣传部　中共聊城市委讲师团

《好样的，水务人》（社会征集）

选送人：菏泽市水务局郭红军

《选择》（社会征集）

选送单位：曹县人民检察院

《爱心传递"火炬手"》（社会征集）

选送单位：国网山东省电力公司郓城县供电公司

《数智电厂早行人——全国人大代表栾俊成长故事》

选送单位：中共山东省委省直机关工作委员会宣传部

《姜祖明："驱动"人生》

选送单位：胜利石油管理局有限公司党委宣传部

《孟宗哭笋》（社会征集）

选送人：山东传媒职业学院赵朝磊、陈彦全、郑新欣

《发生在陈毅身边的廉洁故事》（社会征集）

选送单位：山东演艺集团